新媒体时代下书话走向研究（HB16WX040）
河北省社会科学基金项目

中国现代书话研究

A Study of Modern Chinese Book Talk

徐 敏◎著

燕山大学出版社

图书在版编目（CIP）数据

中国现代书话研究 / 徐敏著. —秦皇岛：燕山大学出版社，2021.3（2026.1重印）
ISBN 978-7-81142-152-1

Ⅰ.①中… Ⅱ.①徐… Ⅲ.①散文－文学研究－中国－当代 Ⅳ.①I207.67

中国版本图书馆CIP数据核字（2021）第047268号

中国现代书话研究

徐敏　著

出 版 人：陈　玉
责任编辑：张岳洪
封面设计：方志强
出版发行：燕山大学出版社 YANSHAN UNIVERSITY PRESS
地　　址：河北省秦皇岛市河北大街西段 438 号
邮政编码：066004
电　　话：0335-8387555
印　　刷：廊坊市印艺阁数字科技有限公司
经　　销：全国新华书店

开　　本：710mm×1000mm　1/16　　印　　张：16.75　　字　　数：200 千字
版　　次：2021 年 3 月第 1 版　　印　　次：2026 年 1 月第 2 次印刷
书　　号：ISBN 978-7-81142-152-1
定　　价：68.00 元

目　录

绪　论

书话（Book chat/Book talk）是以书籍为谈论中心的一类散文创作。现代以来，一批著名作家、学者，如鲁迅、周作人、阿英、郑振铎、叶灵凤、巴金、曹聚仁、孙犁、唐弢、谢国桢、黄裳等，进行了大量的实践创作。这样的创作持续到当下，而且在港台、海外都有回响。在这些书话文字中，有的谈书籍的版本，有的谈由书引起的对书人、书事的回忆，有的通过书籍说出自己的好恶情愁，还有的通过书的谈论传达出对历史、现实的体悟和沉思……可以说，在繁盛的创作支撑下，书话不仅本身得到了长足发展，文体特性日渐鲜明，而且通过这些书话文字，我们既能找寻到作家对个体生命、文化传承的选择，也能从中梳理出社会、政治、历史的变迁。这一切正如孙郁所说："'书话'，乃系着文化人与历史、与生活的联系，此间所折射的价值态度、美学走向，均是独特的。"[1]

但不容忽视的事实是，在中国现代文学研究领域中，针对书话的研究相较其他文体的研究是匮乏且艰难的。这"一是因为书话是一个边缘的存在，处于被研究者遗忘的角落；一是源

[1] 孙郁选编：《鲁迅书话·编选后记》，北京出版社，1996年版，第377页。

于书话文体本身的庞杂繁复”。[1] 进入 21 世纪以来，在建设“书香社会”口号的推动下，大陆学界一面积极肯定弘扬书话的社会效用与学术意义，一面现代以来的书话写作出现变体，整体创作渐近颓势。这是书话，甚至是文学在时代媒体及现实冲击下的必然衰落？还是提醒我们需给予书话更多地关注以实现其助力文化自信的功能？正如王德威所说：“中国历史文化源远流长，我们必须思考现代如何因应或背离如此丰富的传统资源。另一方面，现代中国经历了激烈的社会政治变革，从王朝到共和，从民国到共和国，我们也必须思考体制转变中文学位置的升沉。”[2] 基于此，本书将通过考察现代以来中国书话的流脉传承、创作表现及文化意义，以期进一步认识现代书话的本质特点，挖掘书话在文学乃至文化方面的魅力，从而促进现代书话更健康积极地发展。

一、“书话”词源考

“书话”，从其字面意义来看，就是关于书的话语。“我国的书籍最早出现于何时，现在尚难确定准确的时间。相传，上古就有史官掌管著作。现在流传的三部古书——《尚书》《易经》《诗经》，据说就是根据上古史官保存的文件编订的。”[3] 有了书籍以后，就会出现对书籍的谈论。最早出现的对于书籍的谈论，据伍杰推断当属孔门弟子子夏所写的《诗经·大序》。伍杰认为

[1] 赵普光：《书话与中国现代文学》，人民出版社，2014 年版，第 1 页。

[2] [美] 王德威：《“世界中”的中国文学》，《南方文坛》，2017 年第 5 期。

[3] 郑如斯、肖东发：《中国书史》，书目文献出版社，1987 年版，第 28 页。

这“大约是有案可查的最早的书评”。[1] 与书评的漫长历史相较，“书话”出现的时间则比较晚，其创作真正成熟一般被限定在20世纪三四十年代。20世纪三四十年代，中国现代文学的发展已经迈入了成熟阶段，书话在这个时间段的成功和成熟，使得它厕身于现代文学之林，体现出现代的意义。

考察书话，有必要对其词源做一梳理。“话”在许慎《说文解字》中的解释为：“合会善言也，从言舌声，传曰告之话言。”故“话”即好的言语。《诗经·大雅·抑》中有“慎尔出话，敬尔威仪”。毛传解释为“话，善言也”。朱熹集传解为：“话，言……言既治民守法，防意外之患矣，又当谨其言语。”晋陶潜的《归去来兮辞》有诗句：“悦亲戚之情话，乐琴书以消忧。”这都作善言讲。到了唐代，“话”开始指说唱的故事。元稹《酬翰林白学士代书一百韵》有“翰墨题名尽，光阴听话移”的句子，其自注：“又尝于新昌宅，说《一枝花》话，自寅至巳，犹未毕词也。”金代董解元《西厢记诸宫调》卷一记“曲儿甜，腔儿雅，裁剪就雪月风花，唱一本儿倚翠偷期话”。这种解释和“话本”中的“话”是同一个意思，即作故事讲。[2] 又据钱仓水先生的考证，“话”作“故事”解，早在隋唐时代就已存在了[3]。

把“话”和文学联系起来组成词，最早出现的应该说是诗话。诗话最早出现于宋代，宋人诗话最早者，为欧阳修的《六一诗话》。《六一诗话》原名为《诗话》，后人为了和其他诗话作品区别，故称之为《六一诗话》。清代章学诚《文史通义·诗话》中认为“诗话之源，本于钟嵘《诗品》”。欧阳修在

[1] 徐柏容：《现代书评学》，苏州大学出版社，2005年版，第6页。
[2] 以上解释见《汉语大词典》第11卷，汉语大词典出版社，1993年版，第175页。
[3] 钱仓水：《童话的“话”》，《文教资料》，1993年第4期。

其《诗话》中谈道："居士退居汝阴而集，以资闲谈也。"《彦周诗话》中具体阐明了诗话的书写内容："诗话者，辨句法，备古今，纪盛德，录异事，正讹误也。"由这些表述可知，诗话的创作目的是以资闲谈："则知其撰述宗旨初非严正。是以论辞则杂举隽语，论事则泛述闻见，于诗论方面无多阐发，只成为小说家言而已。"[1]这说明诗话一体并不是严肃的高头讲章，而是与诗有关的博杂性的文字。其后出现的"词话""曲话"与"诗话"在表现内容上大体是相同的。

把"书"和"话"二字联系起来，最早见于叶德辉的《书林清话》。此书"以笔记体裁记叙古代版刻、藏书情况，多有专门知识性的掌故。但他未说及何以名为'清话'。按陶渊明有诗云：'信宿酬清话，益复知为亲。'(《与殷晋安别》)他与挚友临别，可以连续两夜(信宿)谈话，即清雅不拘世俗之交谈，故更为亲切。又'建安七子'之一刘桢有'清谈同日夕，情眄叙忧情'(《赠五官中郎将》)之二；东晋时名士殷浩因事离开京都，宰相王导特约其共叙：'身今日当与君共谈析理。'于是，'既共清言，遂达三更'(《世说新语·文学》)。可见清话、清谈、清言，都有情深思切、朝夕细叙之意"。[2]由此可知"清话"强调的是一种谈话的氛围、姿态，是有感情基础的私人之间的絮谈，给人亲切、亲密、诚恳的感觉。

从词语构成可以推知，"书话"一词正是脱胎于"诗话"。据姜德明的考证，最早提出"书话"一词的是曹聚仁。1931年8月15日，曹聚仁在《涛声》半月刊创刊号上发表了《书话二

[1] 郭绍虞：《中国文学批评史》(上卷)，百花文艺出版社，1999年版，第330—331页。

[2] 傅璇琮：《从〈学林漫录〉丛刊到〈书林清话文库〉》(代序)，《书林清话文库》，河北教育出版社，2006年版，第7页。

节》一文，在同月22日出版的《涛声》第2期上他又发表了《书话·2》一文。在《书话二节》中，曹聚仁开宗明义："我现在开始来写一种可有可无的闲文，所谓'书话'者。"[1]曹聚仁用"可有可无的闲文"对书话作了简单的限定，抛开其中可能带有的自谦或其他情感成分，我们可以感觉到书话在名称、写作内容、创作目的等方面与"诗话"有关，而其书写的姿态、氛围则与"清话"相承。

在英语界，"书话"可译为"Book Chat"或"Book Talk"。"chat"的原文解释为"friendly informal conversation"，即chat强调的是友好的、亲切的、非正式的交谈，其特点是唠叨琐碎的。这个特点体现在开创了西方书话新气象的A.爱德华·纽顿所著的《藏书之爱》中。在这本书中，纽顿坦诚地讲述自己买书、藏书的经历和经验，介绍他所了解的旧书店的样貌，他还常常记录下自己因资金缺乏而感到的尴尬和因书获得高额回报而产生的得意之情。其文字轻松、幽默、俏皮，拉近了和普通读者的距离，对"前人的作品太半出自学者、作家或书贾之手，内容偏重校雠、鉴赏、评价等功能"[2]的谈论书籍的写法是一个大的颠覆。另外呼声很高的一本是Basbanes的《文雅的疯狂：藏书家、书痴以及对书的永恒之爱》，此书在2010年被《华尔街日报》评为"one of the most influential works about book collecting published in the twentieth century"。书中塑造了西方历史上一个个鲜活的藏书家形象，同时也以其轻松的笔致实现了书话与大众的贴近。从西方现代书话的创作看，亲切、自由的

---

[1] 曹聚仁：《书话（一）》，《曹聚仁书话》，北京文学出版社，1998年版，第3页。

[2] 陈建铭：《藏书诚有乐，祸害尤其多（译序）》，[美]A.爱德华·纽顿：《藏书之爱》，重庆出版社，2005年版，第4页。

写法也是其发展的倾向。

因此，从上述词源的角度可以认识到，“书话”作为一种文体，它在创作态度和表现内容博杂方面与“诗话”“词话”“曲话”等体式相关。从语词具体的指涉内容来看，“诗话”“词话”“曲话”关注的是“诗”“词”“曲”等文体，而“书话”指涉的对象则呈现出鲜明的物质性，即“书”。那么，简单地说，“书话”就是关于“书”这一具体事物的话语。而“书”的定义又是比较模糊的。联合国教科文组织对书下的定义是：“它指的是至少50页以上的非定期印刷出版物。”[1] 这个定义显得有些刻板。在书话的具体创作中，很多文章谈的不只是如上的出版物，还有期刊等。所以书话所话之“书”作为一种客观具体的存在，所涵盖的内容极其宽泛：说书，可以说一本书的版本、款式、装帧、作者、出版者、书的内容构成；可以集中于书中，去探讨一本书传达的思想意蕴，领略作者的风格神采；可以谈与书相关的一些事情，如买书、藏书的经历；同时也可以不停留在具体的一本书上面，综合谈论与书相关的人、事。

二、现代书话研究综述

“书话”一词迟至20世纪30年代才出现，但是它的创作实践早在此之前就开始了。有学者认为，叶德辉创作于20世纪初的《书林清话》和《书林余话》两书“总结并弘扬了中国书史独到的成就，同时也开创了‘书话’写作的先源”。[2] 到了

[1] [法]弗雷德里克·巴比耶著，刘阳等译：《书籍的历史》，广西师范大学出版社，2005年版，第3页。

[2] 秋禾：《书话：一种有书卷气的随笔》，《书话史随札》，河北教育出版社，2006年版，第1页。

20 世纪 30 年代左右，鲁迅、周作人、郑振铎、阿英、叶灵凤、周越然等人就以“书”为谈论中心，创作了具有现代意义的书话作品。唐弢于 20 世纪 40 年代中期开始写作书话，1962 年结集出版了《书话》一书，此书的出版引起了更多人对“书话”的兴趣，很多人开始步其后尘从事具体创作。20 世纪 80 年代以来，书话被重视的程度大大提高了。其中生活·读书·新知三联书店于 80 年代初在范用的主持下率先出版了一系列书话作品，计有唐弢重新整理出版的《晦庵书话》、黄裳的《榆下说书》、陈原的《书林漫步》、郑振铎的《西谛书话》、孙犁的《书林秋草》和曹聚仁的《书林新话》等等。这套“搞的很有气势”，开始“大多是赔本出的”[1] 丛书渐渐地“很引起人们的兴趣”[2]。除了图书，《读书》杂志于 1979 年 4 月创刊，这是一本以书为中心的思想评论刊物。当年李一氓、王辛笛、董乐山等人在上面辟专栏写稿，创作了一批书话类文章。之后，一些杂志也开辟了“书话”专栏。如《散文世界》于 1988 年和 1989 年分别开辟了“散文品书录”和“现代散文书话”专栏。《书屋》《博览群书》《文汇读书周报》等报刊上常有与“书话”相关的文章出现。1995 年后，又有一批书话作品的单行本出现，如陈子善编的《学人书话》（上海文汇出版社，1995 年 1 月版）、邓云乡著的《水流云在书话》（上海书店出版社，1996 年 12 月版）、杨栋著的《荫园书话》（山西高校联合出版社，1995 年 8 月版）等。在 1996 年，北京出版社隆重推出了由姜德明主编的《现代书话丛书》，对包括鲁迅、周作人、郑振铎、

[1] 黄裳：《书林漫话——与刘绪源对谈录》，《春夜随笔》，安徽教育出版社，2006 年版，第 84 页。

[2] 吴泰昌：《书林秋草 · 编后记》，生活 · 读书 · 新知三联书店，1983 年版，第 359 页。

阿英、巴金、唐弢、孙犁、黄裳等现代知名作家、学者在内的谈书人书事的文章进行了整理选编。1998 年，北京出版社又相继推出了《现代书话丛书》（第二辑），包罗了夏衍、曹聚仁、胡风、叶灵凤、陈原、姜德明、倪墨炎、胡从经等人的书话创作。同年，浙江人民出版社推出了钱谷融主编的《近人书话系列》。2002 年，云南人民出版社推出《港台名家书话丛书》。另外，辽宁教育出版社出版了《书趣文丛》，汉语大词典出版社推出了倪墨炎主编的《书友文丛》等等，被归类于“书话”或自称为“书话”的创作蔚为大观。

21 世纪以来，网络的普及带来了文学创作上颠覆式的改变：作家书写的方式、发表的渠道平台由传统的纸媒转移到了网络上。网络上的书写也带来了文学体式的新品。书话的写作随应媒体的先后，较为明显地出现了博客阶段与微博阶段，创作者表现出同人圈写作及个体写作的特点，出现了被命名为“日记体书话”“微博体书话”的样式。一些网站也开设了与书话相关的论坛，如豆瓣的书鱼馆沙龙、天涯社区的闲闲书话等。

与创作的繁荣局面形成强烈对照的是对书话研究的滞后和缺乏。从已经收集到的资料看，一直迟至 20 世纪 90 年代，书话才逐渐进入研究者的视野。

首先从书话文献的整理看。国内书话文献整理始于 20 世纪 80 年代后期，首先表现为作家书话集的整理出版，从钟叔河整理的《知堂书话》起步，到姜德明主编的《现代书话丛书》、钱谷融主编的《近人书话系列》蔚为大观。其间以辽宁教育出版社、浙江人民出版社、生活 · 读书 · 新知三联书店、河北教育出版社等出版的作家书话集引发了书话的写作阅读热潮。其次，一些杂志也专设“书话”、读书随笔等栏目刊载零散书话作品。进入 21 世纪后，随着书话写作的衰落及新媒体对写作的影响，大型书话丛书的出版基本停滞，只有个人作品集的不时面世。

书话文献的整理，有贡献有缺失。书话集及书话丛书的出现不仅凸显了书话文体的存在，同时也引发了对书话的学理性研究，但丛书也使书话出现泛化的现象，将书话进一步推入论争的旋涡。

近几年来，国家社科基金重大项目“民国话体文学批评文献整理与研究”中将“书话”作为考察对象之一；赵普光于2019年获批国家社科基金重点项目“百年中国书话重要文献整理研究与数据库建设”，这个项目如果完成的话，将为中国书话研究奠定坚实的材料基础。

其次从国内书话研究的成果看。从目前的研究成果看，大致可以分为两个阶段。

第一个阶段是从20世纪90年代到2012年前后。这个阶段的工作主要是为书话正名，其研究主要表现在以下几个方面：

1. 书话概念、文体及其源流的辨析

书话概念在研究界一直有广义、狭义之争。广义概念以倪墨炎为代表，狭义概念以唐弢、姜德明等为代表。唐弢四个“一点”的界定突出了书话的特质，但容易造成创作的僵化。倪墨炎以书话为“读书随笔或准读书随笔”的看法扩大了对象的范围，但也消弭了书话的特质。对书话文体研究的代表性论文有罗文华《一种特殊的散文——论书话》。在此文中，罗文华首次试图较系统地论述书话的文体特点。文章从七个部分展开论述：一、书话是一种特殊的散文；二、书话与书评各有所职；三、书话家是学识渊博、修养丰赡的文学家；四、书话既要有书卷气又要有文体美；五、“抄书”是书话文体的一大特色；六、应当重视书话的文化消闲功能；七、书话作品最宜见于寻常报刊的副刊专版。这篇论文结合了当代书话创作的大量实例，通过对书话文体特色和社会价值的分析研究，进一步明确了书话在文学坐标上的位置，以期引起更多的作家和评论家重视书话的创作与研究。秋禾（徐雁）的论文《书话：一种有书卷气的随笔》（原题为《书话源流与文体风范》，《出版广角》，1998年第1期）一文介绍了现代以来书话创作的盛况，对“书话体”作了分析并考察了书话的源头，全文属于书话情况的基本介绍，作者自己的结论很少。王兆胜在2001年《中国社会科学院研究生院学报》的第1期上发表了《论20世纪中国书话散文》一文。文章设计了五个分点，具体考察了周作人、叶灵凤、郑振铎、曹聚仁、唐弢、黄裳等人的书话创作，并总结出各自的特点。这篇文章谈及的作家比较多，触及作家各自的创作特色，但是并没有就书话本身作出界定，只是以“书话散文”一词为书话在体例上找到了一个归属，论述的深度有待加强。朱金顺的《新文学书话叙考》（《中国现代文学研究丛刊》，2005年第6期）一文对书话作了界定，具有一定的全面性，但是文章的主体集中在对各本书话所涉及内容的纠错上，没有就书话文体本身展开论述。

第一次立足于对书话进行系统研究的是南京师范大学赵普光的硕士论文《缱绻与决绝——现代书话的产生及其文学史意义》（2006年）。在这篇硕士论文中，赵普光分析了现代书话的起源、定义、文体特点、文学史意义，并对林纾的书话创作进行了细致分析。但是鉴于书话这种文体本身的散乱、复杂性，所以其论文铺开的面比较大，论述涉及的方面较多，常常产生论述游离论题的情况，而且对书话的深入性研究还待进一步加强。上述论者认为书话属于散文范畴，短小精悍的题跋式散文、谈书人书事及版本考订的小品文和书卷气的随笔是其基本创作体式。而对书话源流的认识基本形成定论，论者们认为书话和古代文体关系密切，主要来源于目录、解题、题跋、诗话、词话、札记、笔记等类。

2. **书话代表作家研究**

现代书话对读者的诱惑很大程度上在于有一批大家致力于书话的写作。目前进入研究视野的作家有唐弢、周作人、鲁迅、孙犁、黄裳、郑振铎、姜德明、徐雁等人。主要的研究成果有孙郁《唐弢的书话》，徐鹏绪、张华《论周作人的书话体散文——兼及其文体生成的心路历程》，赵普光《文体与人：论周作人对书话的经营》，马德生《晚年生命的言说：孙犁书话论》，赵普光《黄裳书话的文体之美》，徐敏《孙犁书话：现实的剖析与心灵的隐曲》《黄裳书话：隽永凌厉间的书写》等。由于作家创作个性鲜明，上述研究内容各有侧重。此研究方向欠缺的是21世纪以来较活跃的一批书话作家没有被研究者关注，即便有所谈也基本停留在作家印象层面。2017年8月，王成玉出版《书话点将录》，评点了众多书话作家、研究者，但收录是否准确、品评是否妥当需要进一步深入推敲。从书话角度看作家创作及特性是作家论的一个极好的生长点，可以继续深入研究。

从2013年开始，书话研究进入第二个阶段。之所以以2013年为阶段的划分，因为从此年起，书话界的研究代表者赵普光开始发力，从书话与文化的角度开始深入研究，主要的成果表现在：

1. **书话对现代文学史的贡献及其史料意义研究**

对书话和现代文学史的关系的研究出现得较早。如樊骏在《唐弢与中国现代文学研究》长文中特别指出唐弢书话在现代文学史上的重要意义。谢泳《书话作家对新文学的贡献》、朱金顺《新文学书话叙考》均指出书话在史料上的重要性。赵普光发表的系列论文，《论书话的现代文学史料学意义》《史料、理论及观念：作为现代文学史料的书话及其研究意义》《现代文学书话史料的发掘与研究》等进一步论证了现代书话具有的版本学、目录学、史料学意义。这些研究不仅从学术史角度确立了书话存在的价值，而且扩展了文学史研究的视野。

2. 书话与中国传统文化研究

书话的书写内容、表达方式、情感蕴藉都与传统文化密不可分。这对文学研究者提出了更高的要求。赵普光的《周作人书话与文人传统的重建》《书话与现代中国文学批评的民族化》等文从书话特质出发，结合具体作家作品指出传统士人情怀在书话中的延续和书话作为批评模式的一种对诗话、词话、评点等的承接。其研究具有一定的开拓意义和启示作用。

目前书话专著仅有王成玉的《书话史随札》及赵普光的《书话与现代中国文学》。在《书话史随札》中，王成玉就书话的含义、起源做了探讨，对现代书话的发展做了描述。其中着力比较多的是他列举、介绍了众多的与书话有关的古代书籍和藏书楼情况。作者是一位爱书、藏书的工人，这本书是他多年执着阅读的产物，从表述来看，感性比较强，就像其书名所说是“随札”，即随写随联想开去的，而学理性研究的广度和深度就差一些，并且缺乏一定的系统性。赵著在学界被认为是第一部成系统的书话研究专著，其视野宏大，基础扎实，以书话为基点进而探讨中国现代文学与文化，探讨书话具有的文化意蕴、价值及出路，为书话的进一步总结研究奠定了良好的基础。

钱理群在《中国现代文学编年史：以广告为中心（1915—1927）》一书的序言中称此书采用的写法是“书话体”。以“书话体”完成文学史的写作，表明书话具有独特的学理意义，在文学研究中有定性、被经典的趋向。在当下文化向传统致敬的心理下，书话作为和传统文化扭结的文体之一，其独特性和重要性更是不容忽视的。大陆对书话的研究，虽然已达到一定高度，但还存有一定的困惑：（1）书话的定义是多种还是唯一？书话和读书随笔、札记等称谓是同义还是异义？（2）被视为边缘的书话为何被知识分子深爱？其在传统文化传承和与国外文化交流中起到的作用如何评定？（3）21世纪以来的书话研究比较空缺，书话在新媒体的影响下是积极应对还是明日黄花？（4）走过百年的书话经典性如何确定？等等。

面对这些突出的问题，再结合21世纪后书话写作呈现出萧条气象的事实，有人认为盛极一时的书话开始退烧，“成了强弩之末”。[1] 也有学者谈道：“没有专业训练或长期的学术积累，没有对书籍的耽爱和独具的审美趣味，没有文学创作方法尤其是散文写作的修养，想写出雅俗共赏、吸引不同文化层次读者的书话，是不太可能的。直到眼下，书话作为散文或学者散文的一体，仍未受到文学界的重视，恐怕不但是书话难写，也与真正可作为文学来欣赏的书话不多，理论总结与倡导不够有关。”[2]

针对这些现实，厘清书话自身的概念和特质，把握书话代表作家的创作表现，总结书话的文化意义等，从而实现对文学经典的总结及挖掘传统文学当代价值的新生，是本书研究的最

[1] 宋庆森：《现代书话世纪回眸》，《中华读书报》，2004年6月23日。
[2] 喻大翔：《学者书话与话语方式》，《现代中文散文十五讲》，同济大学出版社，2008年版，第308—309页。

终目标。

三、研究思路及方法

本书以“中国现代书话研究”为题，在研究思路上，有这样一些考虑：

1. 研究的范畴

“中国现代书话”中不言而喻包括三个关键词：“中国”“现代”“书话”。“中国”是一个限定词，应为“中国的”。在文学艺术学界，对中国的理解往往从几个层面展开：国家的、民族的、语言的。在本书中，“中国的”一方面是从地域角度看，多关注的是中国大陆出产的作品；另一方面是语言，指的是用汉语书写的作品。

现代书话的出现、形成在20世纪30年代前后。从目前已有的研究成果看，提到书话有这样一些称谓：“书话”“20世纪书话”“新文学书话”“现代书话”等。在具体的研究中，虽然称谓不同，但论者谈论的对象是一致的，即都是现代历史阶段以来出现的作品。本书关注的同样是现代以来出现的书话作品，之所以刻意用“现代”来限定书话一词，有几个方面的思考：一是书话作为一种与传统渊源甚深的文体，其正式被命名和创作上的成熟都在现代文学时期；二是有必要辨析一下目前出现的所谓“古籍书话”“现代书话”之说。

徐雁在《书话主人》一文中说：“国内的书话经过半个多世纪来的发展已经约略可以分为两派了。一派以旧书（即线装古籍）为‘话题’，喜谈买卖、借刻、校勘及版本、藏家诸书林掌故；一派以新书（旧平装及再版书）为‘话题’，所谈不出现代文坛的书人书事。”[1]在《书话源流与文体风范》一文中，他又指出，叶德辉的《书林清话》和《书林余话》开创了书话写作的范例，“然而，人们却并不推崇这些一脉单传的‘古籍书话’的学者对‘书话’文体的奠基之功，倒是不约而同地把多谈现代文学作家作品的《书话》和后来的《晦庵书话》的作者唐弢先生奉为‘书话主人’”。[2]王成玉认为，所谓“古籍书话”，“是指关于古籍的书之话，其中包括题跋、藏书记、读书记、访书记乃至有关记载书人书事的日记等。其对象是以古籍为主，兼及藏家、版本、流传经过、掌故遗闻等等。特点是‘材料的记录多于内容的评论，掌故的追忆多于作品的介绍’”[3]，而“现代书话的写作，是在研究现代文学资料以及现代文学版本的基础上发展起来的”。[4]

如徐雁所说，现代以来出现的书话创作有两种倾向：一是谈古籍，一是谈现代以来的新文学和西洋文学。在具体的创作中，我们可以看到，很多的现代书话作家是古籍、新文学书籍兼谈的，代表人物如鲁迅、周作人、阿英、郑振铎、曹聚仁、孙犁、黄裳、李一氓等等。那么，他们谈论古籍的书话应该被视作是“古籍书话”还是“现代书话”呢？属于本文的研究范畴吗？笔者认为，目前有的“古籍书话”和“现代书话”的划分是从书话所谈书籍出发而作的简单分类。这种分类方法，尤其是对“古籍书话”的认定看起来拓展了书话的领域，即把藏书题跋、读书记纳入其中，这其实是一种事后追认，即古代出现的藏书题跋、读书记也成为书话园地中的一员。古代的藏书

[1] 徐雁：《书话主人》，《秋禾书话》，书目文献出版社，1994年版，第214页。
[2] 徐雁：《书话源流与文体风范》，《出版广角》，1998年第1期。
[3] 王成玉：《书话史随札》，河北教育出版社，2006年版，第188页。
[4] 王成玉：《书话史随札》，河北教育出版社，2006年版，第19页。

题跋、读书记等是否可以被指认为书话？如果可以，从何时是其源头？如果不可以，从哪些角度来辨析古代的藏书题跋等与现代以来创作的题跋等的不同？这其中涉及的问题非常复杂。鉴于此，本著不讨论“古籍书话”的涵盖范围，也不强调书话所谈论的内容，只是用时间段来作划定，当然在具体论述时也会涉及古代与现代在创作时的不同。

本书的研究对象是现代以来出现的书话作品：一是“书话”一词正式出现在现代历史时期；二是这个时期的书话具有明显的文学性，属于现代文学的范畴；三是现代以来的书话创作表现出明显的现代体征，体现出鲜明的现代意识。所以，用“现代”来限定书话，既表明了书话的历史，又表明了书话的特质，是科学的论述范围。

其次，从作家的个体创作来看。在现代文学史上，很多作家都写过与书籍相关的文章。且不说那些直接提到或使用过“书话”一词的，如阿英、唐弢、曹聚仁、黄裳等等；那些没有提到过“书话”一词，但创作了大量书话类作品的更是大有人在，如鲁迅、周作人、郑振铎、叶灵凤、茅盾、郁达夫、孙犁等等。如孙郁就认为“鲁迅是位大书话家”。[1]面对如此众多的书话作家，选择哪些做个案研究就显得有些困难。在进行了认真的考辨以后，笔者选择了周作人、唐弢、孙犁、黄裳四位书话大家。

之所以选择这四位作家进行个体研究，主要原因是前面提到的，现代以来有一些作家写作了谈论古籍的书话。面对这些书话，限于专业背景、学识、图书留存等众多因素，笔者不可能去触及他们所谈内容，也不可能考察他们谈得怎么样，只能分析他们是怎么谈的。因此，在个体作家选择时，笔者一方面

[1] 孙郁选编：《鲁迅书话·选编后记》，北京出版社，1996年版，第379页。

考虑这些作家的书话创作成果及成就，另一方面主要是从他们的创作特色考虑：周作人书话创作中有突出的抄书现象，抄书这种方式是书话文体方面的一个重要特点；唐弢被称为“书话主人”，他的书话创作标志着现代书话的成熟并且产生了极大的影响；孙犁的“读书记”“书衣文录”体现出明显的个人色彩，是特殊的书话形式；黄裳作为“文体家”，其书话创作模式多样而风格突出。

21 世纪以来出现的书话创作因其体式的承接，包含内容的复杂，发表平台的多变等因素，在本书中虽没有进行专章专节论述，但在写作中也会涉及。

2. 研究思路

在明确了上述研究范畴后，本书确立了整体论述与个案研究相结合的研究思路。即全文将分为两大部分：第一部分从整体上对现代书话作学理性的考察和总结，探讨现代书话的界定、产生要素、来源、文体特征、发展历程及文学史意义，从而建立对书话本身的清晰认识；第二部分是具体的个案研究，对遴选出的四位作家的书话创作进行文本分析，着眼点在其创作手法上，兼及其创作内容。

3. 研究方法

（1）文本细读。本文考察现代以来的书话创作。对文学创作进行研究，第一步就是必须要进行大量的文本细读工作。这样落实到学理上才有所凭依，才可能做到论从史出。

（2）比较的方法。在对具体作家作品做分别考察时，尽可能运用横向比较的方法，从而凸显出各位作家的不同选择和独特的个性特色。

第一章　现代书话的界定及其产生的要素

现代书话创作从20世纪30年代前后兴起，到现在为止已经走过了近90年的兴盛与沉寂交替出现的发展历程。针对“书话”一词不仅出现在传统纸媒，而且在网络上出现频率越来越高[1]，但创作却渐渐滑坡的事实，我们应该认真地对书话作出学理的考察和总结。就现有的研究成果看，对现代书话的认识依然处于不清晰、不明朗的状况之中。正如当代书话大家姜德明在他主编的《现代书话丛书》序言中所指出的：

> 现在，书话这种形式已经非常习见了。
>
> 特别是在读书界，所有爱书者几乎没有不喜欢读书话的。
>
> 中国文学史上出现的诗话、词话、曲话古已有之，名著多有，唯有书话似乎是近六十年始为人们所用，并逐渐

[1] 书话被使用的频率越来越高，出现的场合越来越多。不仅在传统的书籍出版方面，近年出现了很多以书话命名的丛书。而且“书话”一词也频频出现在网络中，如天涯网的天涯社区中有“闲闲书话”。这个网页浏览的人次很多，目前已经编辑成书。再如孔夫子旧书网，也有“书话精品”社区，网友在上面发表淘书的文章，展示所藏的书籍。

流传，终于为公众所认可。

到目前为止，人们对书话的理解仍各有不同，在理论和实践上，既无统一的定义，写法上也各行其是。书话的形式也许还要经过一段较长的时间的发展和探索，才能更臻完美，认识统一。[1]

面对这样的困境和希冀，笔者想做的工作就是试图给予书话一个较有科学性和代表性的界定，从而厘清书话的本质特征，使得书话能够在学理的指导下更加健康地发展。

第一节　现代书话的界定

所谓定义是“对于一种事物的本质特征或一个概念的内涵和外延的确切而简要的说明”。[2] 实践证明，给任何一个事物下定义，都不是一件容易的事情。尤其我们面对的是书话这样一种文体。正如有论者所谈，它“是一种散文，但不像狭义上的现代散文；它可以说是一种小品文，也有现代杂文的意思；它和书评难以分家，又与书目书序书跋沾亲带故。钟叔河先生是把《知堂序跋》作为《知堂书话》的续集来编的。书话也可以归于文学范围内，也可列入版本目录学范畴。它似乎就是这么一种‘四不像’。书话作家们下笔的时候，谁也不会去考虑，我这篇文章算不算书话。等到出书话集子的时候，再依内容排列组合。例如，‘书谭偶拾’‘版本丛谈’‘书里风景’‘书外乱弹’等等不同的板块。有些书话集索性以序

[1] 姜德明:《现代书话丛书·序言》，北京出版社，1996 年版，第 1 页。
[2]《现代汉语词典》，商务印书馆，1996 年版，第 298 页。

数一二三四卷来归类。这种现象说明，书话的概念是相当宽泛的”。[1]这的确是在对书话作界定时存在的困难。但是对一件事物认识和理解的第一步，往往又是从界定开始的。因此，我们还是从此开始论述。

一、书话概念举要

从目前收集到的材料看，很多人都谈到书话，对于这个名词的具体内涵是各有己见。在这些不同的看法中，比较有代表性的是以下几家。

首先较系统地提出对书话认识的是唐弢。唐弢在1962年结集出版的《书话·序》中谈道：“中国古代有以评论为主的诗话、词话、曲话，也有以文献为主，专谈藏家与版本的如《书林清话》。《书话》综合了上面这些特点，本来可以海阔天空，无所不谈。不过我目前还是着眼在‘书’的本身上，偏重知识，因此材料的记录多于内容的评论，掌故的追忆多于作品的介绍。”[2]在1981年重新整理出版的《晦庵书话·序》中他再次明确了自己的书话写作：“我写《书话》，继承了中国传统藏书家题跋一类的文体，我是从这个基础上开始动笔的。我的书话比较接近于加在古书后边的题跋。”[3]同时，他从文体上把书话归属于散文，认为作为散文之一种的书话，其内容应该“包括一点史实，一点掌故，一点观点，一点抒情的气息；它给人以知识，也给人以艺术的享

[1] 宋庆森:《现代书话世纪回眸》,《中华读书报》,2004年6月23日。
[2] 唐弢:《书话·序》，北京出版社，1962年版，第3页。
[3] 唐弢:《晦庵书话·序》，生活·读书·新知三联书店，1981年版，第5页。

受”。[1] 在唐弢对书话的理解中，他把自己的书话创作和古代藏书家所写的题跋联系起来，为书话找到了源头；同时，也提出了自己对书话创作的独特认识，即著名的四个“一点”。这四个“一点”对其后书话的认识所产生的作用是巨大的。

姜德明是在唐弢的影响下踏上书话写作之途的，他不仅创作了大量的书话，而且也积极从事书话研究。他认为：“现在，人们对书话范围的界定还比较宽泛，多数人把凡是关于谈书的散文、随笔，包括书的序跋，甚至较短的书评，一律目为书话。或者说，书话本来就内容宽广，可以无所不谈，不必强求统一。但，有些认识已经逐渐为更多的人所接受也是事实。如，书话源于古代的藏书题跋和读书笔记，并由此生发、衍变而成。书话不宜长篇大论，宜以短札、小品出之。书话以谈版本知识为主，可作必要的考证和校勘，亦可涉及书内书外的掌故，或抒发作者一时的感情。书话不是书评，即不是对一本书作理论性的全面介绍、分析和批评。书话不能代替书评。”[2] 姜德明对书话的认识是在唐弢基础上的一种加深，他把唐弢提出的四个“一点”作了更明确的扩大式的阐释。同时他也指出书话不是书评，这从细部给书话提出了一条限定。

与唐弢和姜德明试图给予书话一个限定不同，倪墨炎把书话的概念泛化了，他提出了“读书随笔或准读书随笔”的说法：“读书随笔是小品散文的一种，是一种较自由的文体，可容的内容也比较广阔。它可以写人书事，可以侧重写人，可以侧重写事，也可以侧重写书；它可以是读书札记，诸如史料考证，版

[1] 唐弢：《晦庵书话·序》，生活·读书·新知三联书店，1981 年版，第 6 页。

[2] 姜德明：《现代书话丛书·序言》，北京出版社，1996 年版，第 1—2 页。

本书话，钩沉辑佚，掌故琐记，乃至一段古文的释义，一条注文的纠错，一篇赝品的辨伪，都无所不可；它也可以是读书随想，可以接近于书评，也可以接近于鉴赏，也可以接近于创作谈，乃至于接近社会文化现象的短论。至于写作谋篇，更无拘束，既可以是文章，也可以是日记、书信、访谈记录；既可以笔致凝重，也可以下笔轻松；既可以生动活泼，也可以严肃老道；既可以絮絮如谈家常，也可以机智而妙语连珠。我们不大赞成把读书分成求知和求趣两类，好像一种是为‘致用’而读书，一种是为‘趣味’而读书。其实在读书生活中，常常是求知中得趣，自娱中得识，两者总是相辅相成，不大可能分离而对立。”[1]

之所以提出倪墨炎的这种看法，是因为其比较具有代表性。把与书相关的一切文字都归于书话之中，虽然少了辨析上的麻烦，但是这样做的一个直接后果是消解了书话的特质，使得“书话”这个名词及这种文体存在的意义被质疑。这样的见解是我们不能认可的。

除了以上这些代表性意见之外，还有的学者认为：“书话是散文体式的一支，是有关于书的随心漫话。作者可以谈与书相关的一切事情，也可以记下由此引发的所思所感。文学性、趣味性和主观随意性是书话体散文的主要特点。在中国古典文学里，书话多表现为笔记、丛谈、随笔、杂记、诗话、词话等形式，与批评体式也常处于胶着状态，杂乱而零散，虽也具有散文文类的整体特征，但未能形成独立的文体范式和文体规则。”[2] 这种对书话的认识也存在泛化的倾向。

---

[1] 倪墨炎：《书友文丛·总序》，汉语大词典出版社，1996年版。

[2] 徐鹏绪、张华：《论周作人的书话体散文——兼及其文体生成的心路历程》，《山东师范大学学报（人文社会科学版）》，2001年第6期。

为了涵盖更广，表述更清楚，朱金顺提出书话可以有狭义和广义之分。他认为："唐弢先生《晦庵书话》中，'读余书杂''诗海一勺''译书过眼录'三部分，每则千八百字，谈及一两种书的那些短章，应当认为是书话的正宗，它是从藏书题跋中发展来的。这种书话，就一书下笔，说它的版本、作者，有版本知识，有有关掌故，自然也有作者的观点，就是对该书的评论了，但它是在记叙中带出，而不是一则书评。我认为这就是狭义书话的样子，是读书人应当提倡的。""广义的书话，往往所谈不限于一书，涉及的范围也广得多了。"可以包括短评、知识性小品。但是书评、札记、笔记式文字，考据、补正的短文、序、跋等，都不是书话。朱金顺还认为，书话应该是版本学的一个分支，书话写作是版本学研究的重要内容。[1] 目前在读书界比较有影响的徐雁给书话下的定义，即："一种关于书及与书有关的人和事的知识小品。"[2] 这个定义非常简短，但就"知识小品"来讲，也存在不同的理解，不能达成共识。

对书话概念界定的众说纷纭不仅体现在学理层面，也体现在目前出版的一些以书话为名的书籍的编选上。我们来看看在文坛上产生较大影响，由姜德明主编，北京出版社于1996年出版的《现代书话丛书》（第一辑）。这套丛书包括《鲁迅书话》《周作人书话》《郑振铎书话》《阿英书话》《巴金书话》《唐弢书话》《孙犁书话》和《黄裳书话》等。每本书的字数在20万左右，分别由相关作家的知名研究者、家人或作家自己来编选。关于选本，鲁迅先生曾经多次提出过自己的意见，他认为："选

[1] 朱金顺：《新文学书话叙考》，《中国现代文学研究丛刊》，2005年第6期。

[2] 秋禾：《书话：一种有书卷气的随笔》，《书话史随札》，河北教育出版社，2006年版，第4页。

本所显示的，往往并非作者的特色，倒是选者的眼光。眼光愈锐利，见识愈深广的，选本固然愈准确，但可惜的是大抵眼光如豆，抹杀了作者真相的居多，这才是一个‘文人浩劫’。”[1] 从整体上看这套丛书的选编，其选家应该是见识深广的，选本也比较准确的。但是由于对书话理解的差异和作家本身创作的复杂，所以在篇目的选择上各有侧重。

经过分析，可以看到各书在篇目的遴选上，大体分为这样几个方面：一是注重选择作家的读书感受或者是文学批评文章，即作家所写的对某本书做详细介绍和分析的文章，从篇幅来讲，这类文章很长，比较倾向于文学批评类的文字。以这个角度为选择标准的，典型地体现在周作人和阿英的作品编选中。二是比较重视编选一些有关书籍本身具有知识性的文章，如介绍书籍的版本、装帧、插图等，其代表有唐弢和黄裳的书话。三是重视作家们为各类书籍写的序跋。这类文章的选择在编选中见得最多，几乎每部都有涉及，其中《郑振铎书话》中还专门收有《西谛题跋》。四是编选了一些作家为书籍所做的广告，其中以巴金的书话为代表。从以上的简单分析可以看出，这套书以丛书的名目出现，在其编选上应该有一个大致统一的标准，但是具体到每一本书还是体现出各位选家自己的眼光和标准的，这在某种程度上也表明各位选家对书话概念的认识是模糊的。正如孙郁在《鲁迅书话·后记》中所说：“当我真正着手做此事时，方觉得这并不是件轻松的工作。其一是我对‘书话’的概念较为含糊，于是便找来唐弢、孙犁、姜德明的书话集，了解此类文体，梳理思路；其二是，鲁迅并未有意地去写‘书话’，用后人的文体标准，去编选先生的作品集，会有生硬附会的感

[1] 鲁迅：《且介亭杂文二集·“题未定”草（六）》，《鲁迅全集》第6卷，人民文学出版社，1981年版，第423页。

觉吧？”[1] 孙郁的担心其实也是我们在对书话进行界定时所遇到的困惑之一。

书话概念的模糊必然导致对书话文体特质认识的模糊，对其特质认识的模糊就会给书话的发展带来困扰和阻碍。因此笔者认为，从学理的角度来关注书话，尽可能给出书话一个科学的界定，这对于影响越来越大的书话创作的健康成长是非常必要和重要的。

在被认为是中国现代书话第一部学术性专著的《书话与中国现代文学》中，赵普光也对书话作出了界定：“对‘书’的感悟、品评、考索，或在此基础上生发开来谈及与书相关的人物故实掌故，或抒发社会历史人生的种种况味，往往用蕴藉含蓄的方式将这些感受、议论表达出来的文字，叫书话。”他还特别补充道：“这里对书的感悟、品评、考索可以包括对书的内容、艺术以及书的装帧、历史变迁、史料的考辨等诸多方面。”[2]

作为现代书话的重要研究者，赵普光也是很努力地为书话下定义，希望从此见出书话的特质，为书话立名。但从上述的文字来看，他依然是采用描述的手法，力避严谨的什么是什么的说法。由此可见，为书话下定义是比较难的，当然，从整体来看，“文学是什么”都是一个难以解读的命题。书话其涵盖内容的广泛性更加剧了其界定的困难。基于此，本书将不再执着于给书话下定义，而是把握书话一体的特质，归纳出几个核心点。

---

[1] 孙郁选编：《鲁迅书话·选编后记》，北京出版社，1996 年版，第 377 页。

[2] 赵普光：《书话与现代中国文学》，人民出版社，2014 年版，第 23 页。

二、现代书话核心特质分析

“书话”一词，顾名思义，就是关于或涉及“书”这一文本样式的话语。现代以来，它在创作上表现出的繁盛表明它有着特定的生命力。这种生命力来自在不断的发展中，它逐渐形成了自己独特的风貌和创作范式。正如小说、诗歌、戏剧等其他文学形式都有着自己的特质，并且作家在创作时思想意识也是清醒的。贾平凹说过：“在我的写作中，有时才动笔，就踌躇了，自问：按整个构思写出来，像个小说吗？往往就力求写得像小说。”[1] 同样，随着书话的发展，一些作家开始有意识地创作书话，那么他的头脑里也一定在思考：我写的是书话吗？[2]

在仔细审查了关于书话的创作和理论主张之后，笔者尝试着提出对书话的看法：

1. 书话要传达出一定的知识

书话既然是关于书的“话”，那么一篇书话作品的内容就要围绕“书”而展开。“书”可以说是形成书话文体凝聚力和特质的首要条件，正如唐弢所说：书话创作要“着眼在‘书’的本身上”。[3] 既然着眼于“书”的本身，那么构成一本书的物理属性就是书话写作的重要内容。从具体的书话创作来看，一本书的物理属性基本上包括书的版本、版式、卷册、作品内容及作者的相关情况等。这些方面的介绍首先从客观上直接为读者呈现出了书的状貌，其次这种根据书本身做的例如对版本、版式

[1] 贾平凹：《我看小说》，《小说文体研究》，中国社会科学出版社，1988年版，第44页。
[2] 如徐雁就为自己写的是书话还是书评而苦恼过，见《雁斋书灯录·序引》，陕西师范大学出版社，1998年版。
[3] 唐弢：《书话·序》，北京出版社，1962年版，第3页。

等严谨的考证为了解文学、文学史，进行学术研究提供了必要帮助。

所谓版本，是指“同一部书因编辑、传抄、刻版、排版或装订形式等的不同而产生的不同的本子”。[1] 在书话的写作中，这是一个重要的组成部分。据叶德辉《书林清话》所讲，我国最早开始注意到版本问题，始于宋尤袤的《遂初堂书目》，而兴起对版本的辨别，则由宋末的士大夫开其风气。[2] 之后，对于版本的重视成为谈论书籍的一个重要组成部分。《书林清话》本身就是研究版本的入门书，正如周越然所说：“初学者（研究版本——笔者注）又不得不读一种谈论版本的书籍，最简易的，是叶德辉的《书林清话》”。[3] 黄裳也谈到自己最初买旧书时没有文献学、版本学方面的知识和参考书，“偶然碰上了叶德辉的《书林清话》，不禁大喜。如饥似渴地读了，又按照他的指引，搜罗起书目题跋来”。[4] 唐弢写作书话也是受到了《书林清话》的影响，因此比较偏重知识的介绍[5]。当然，对于版本方面知识的重视也是书话受到传统目录版本学和藏书题跋影响的一个明证。

谈论版本涉及的内容是比较复杂的。周越然在《古书一叶》中详细介绍了关于版本的一些专门名词，如“口、脑、眼、目、头、尾、面、心、耳、角与根、行格”[6] 等等。在据此谈论书籍时，介绍这些内容成为周越然文章的必然组成部分。例：“《痴

[1]《现代汉语词典》，商务印书馆，2005 年版，第 36 页。
[2] 叶德辉：《书林清话 书林余话》，岳麓书社，1999 年版，第 4—5 页。
[3] 周越然：《版本》，《周越然书话》，浙江人民出版社，1999 年版，第 78 页。
[4] 黄裳：《书缘》，《书之归去来》，中华书局，2008 年版，第 72 页。
[5] 唐弢：《书话 · 序》，北京出版社，1962 年版，第 3 页。
[6] 周越然：《古书一叶》，《周越然书话》，浙江人民出版社，1999 年版，第 80—85 页。

婆子传》分上下两卷，芙蓉主人辑，情痴子批校，上卷二十七叶，下卷二十八叶，每半叶七行，每行十五字，小字双行，字数同，白口，版高四寸半（市尺），宽约三寸，有乾隆甲申年序。"[1] 这样的介绍从读者的阅读感受来说，虽然显得枯燥了一些，但是从对书籍的了解和保存来讲是非常必要的，而且也是后人鉴别古本、孤本真伪的一个客观依据。同时，通过阅读这些版本的介绍，读者也可以丰富学识、扩展知识。从大量的书话创作来看，书话所话之书往往是古书旧书。这些书籍因为社会变动、时代变迁、保存艰难等原因退出了流通市场，那么，如周越然这样的细致版本介绍就显得必不可少，从而构成了书话最基础、最核心的部分。为此，很多学者也把书话归于版本学范畴的写作。正如叶圣陶说唐弢的书话写作开创了新文学的版本研究[2]；朱金顺认为书话属于版本学的研究领域[3]；当代的书话作者陈子善以现代文学资料研究著称；在 2007 年被评为全国优秀四位书评人之一的徐雁，其大学的专业是图书管理。从这些信息我们也可以体会到谈论书籍的版本是一项具有科学性、专业性的工作，其中蕴含的知识自然不言而喻。

在现代书话中，谈到现代以来的新文学版本时，一个比较引人注意的话题是对毛边本的重视和谈论。所谓毛边书是指装订好后不切边的书刊。它最早源于德国、法国、英国等欧洲国家，后来传至日本。正宗的毛边本规格是在切书时，只裁地脚（下切口），不裁天头（上切口）和翻口（外切口）。洋装书要直立在书架上，裁了地脚，就和一般裁去三边的书一样，容易站

[1] 周越然：《幸运》，《周越然书话》，浙江人民出版社，1999 年版，第 21 页。

[2] 唐弢：《晦庵书话·序》，生活·读书·新知三联书店，1981 年版。

[3] 朱金顺：《新文学书话叙考》，《中国现代文学研究丛刊》，2005 年第 6 期。

立；不裁天头和翻口，是因为毛边本是用来赠送朋友的，属非卖品，因此，还附带送一把裁纸刀夹在书中，兼具书签用途，相信对方在起居室里，会慢慢地一页一页裁开，恬适地阅读和细细地品味。还有一个原因，看书时，一般是翻阅书的翻口即外切口一侧，看的时间长了，翻口容易变脏，到时请装订作坊将毛边切去，就可以保持一副簇新的面目。正因为毛边本有这么多的讲究，自然深得绅士、淑女们的喜爱，视其为一种优雅的生活态度和高雅的阅读文化而风行欧洲，并迅速流传到其他国家。[1] 黄裳认为毛边书是“五四以来最早的新文学出版物的传统”。[2] 根据唐弢的考证，“我国最初出现的毛边书，毛在书根，不在书顶”，“等到各书归北新书局出版，毛的一边才移到书顶，而且一直沿用下来”。[3]

对于这样的版式和装帧风格，很多的现代作家都表达了自己的喜爱之情。鲁迅可以说是这种版式的大力提倡者。他在《域外小说集·略例》中就专门指出此书的装订是：“装钉均从新式，三面任其本然，不施切削；故虽翻阅数次绝无污染。……且纸之四周，皆极广博，故订定时亦不病隘陋。”[4]1935 年 4 月 10 日在致曹聚仁的信中，写道：“《集外集》付装订时，可否给我留十本不切边的。我是十年前的毛边党，至今脾气还没有改。”[5] 在给萧军的信中也说道：“切光的都送了人，省得他们

[1] 张磊：《鲁迅与毛边本》，《图书馆论坛》，2004 年第 6 期。
[2] 黄裳：《萧珊的书》，《黄裳书话》，北京出版社，1996 年版，第 219 页。
[3] 唐弢：《“拙的美”——漫谈毛边书之类》，《唐弢书话》，北京出版社，1996 年版，第 280 页。
[4] 鲁迅：《域外小说集·略例》，《鲁迅全集》第 10 卷，人民文学出版社，1981 年版，第 157 页。
[5] 鲁迅：《致曹聚仁》，《鲁迅全集》第 13 卷，人民文学出版社，1981 年版，第 108 页。

裁，我们自己是在裁着看。我喜欢毛边书，宁可裁，光边书像没有头发的人——和尚或尼姑。”[1] 这种比喻体现了鲁迅的幽默，更是凸显了他对毛边书的嗜好。周作人对此也发表过见解，在《谈毛边书》一文中他说道：“毛边书的理由，据我想来是很简单的，大约与上边所说的第一项相像，但是利益在于读者的方面。第一，毛边可以使书不大容易脏，——脏总是要脏的，不过比光边的不大容易看得出。第二，毛边可以使书的‘天地头’稍宽阔，好看一点。不但线装书要天地头宽，就是洋装书也总是四周空广一点的好看；这最好自然使用大纸印刷，不过未免太费，所以只好利用毛边使它宽阔一点罢了。”[2]

随着社会经济的发展，出版印刷业的发达，我们看到近来出版的以书话为名的作品谈到版本知识的越来越少。在谈论书籍时，作者更多地将笔触、视角集中在书籍的内容、作品的评价和作者的情况介绍方面，版本的知识逐渐退出了书话的内容。“较之于传统的题跋，现在的书话在写法上大多更侧重于对书的内容、义理的品评、阐发，这也是势所必然，因为传统题跋中的某些重要话题，如版本等，对于晚近新刊书籍来说，几乎已经无话可说了。”[3] 出现的这种创作倾向在一定程度上消解了书话的特质，使得现在的书话或者像文学欣赏，或者像书话杂评。对此倪墨炎也表达过自己的想法：“我读了近年的一些书话，深感所缺的不是‘抒情’而是材料，有的书话就是某本书的内容复述，连起码的版本知识、有关史料都没有，或者像一篇书评、

[1] 鲁迅：《致萧军》，《鲁迅全集》第13卷，人民文学出版社，1981年版，第170—171页。

[2] 周作人：《谈毛边书》，《语丝》，1927年4—9月刊，《知堂书话》，海南出版社，1997年版，第16页。

[3] 钱谷融：《近人书话系列·总序》，浙江人民出版社，1999年版，第1页。

像一篇赏析文字。书话的核心就是史实、掌故、版本知识以及对这些史实、掌故、知识的观点，倒不是抒情。”[1]

笔者认为，对版本、版本考订、装帧、插画等这些书籍最基本样貌的介绍应该是显示书话知识性的核心组成部分。当前，在出版界出现了一批有关新文学作品图志的著述，代表性的有姜德明编著的《书衣百影》（生活·读书·新知三联书店，2001年版），唐文一、沐定胜著的《消逝的风景——新文学版本录》（山东画报出版社，2005年版），于润琦编著的《唐弢藏书：签名本风景》（中华书局，2006年版），等等。这些书籍以图文并茂的形式，重点在展示书籍的版本，并附有简短的图录说明。笔者认为这类图录说明可以被视为书话，尽管其文学色彩淡一些。

2. 书话要具有一定的文学性

书话如果仅仅耽于知识的介绍，就会成为目录、版本方面的专学。当然实际的创作情况并非如此。最先提出书话一词的曹聚仁将书话称之为“一种可有可无的闲文”[2]。“书话主人”唐弢写书话不过是“随手写点什么，作为调剂精神、消除疲劳的一种方式”。[3]而今人更是“习惯于斜躺在床上读书话，好处是随时可以搁下，没有半点‘苦读’的念头”[4]。从以上表述看出，无论是认识、创作还是阅读，书话都表现出一种轻松的状态。从接受美学的角度讲，读者在进行阅读时有一定的接受视

[1] 倪墨炎：《倪墨炎书话·选编后记》，北京出版社，1998年版，第391页。

[2] 曹雷选编：《书话（一）》，《曹聚仁书话》，北京出版社，1998年版，第3页。

[3] 唐弢：《书话·序》，北京出版社，1962年版，第5页。

[4] 陈平原：《漫卷诗书——陈平原书话》，浙江人民出版社，1997年版，第69页。

域，这种接受视域来自所阅读的内容。依我们日常的阅读经验，学术性的文字阅读起来是比较沉重、枯燥的，而文艺性的文字则会轻松自在些，尤其是一些以“情趣、味道”为标榜的小品类创作。因此，黄裳就认为“书话其实是一种随笔，一种很有文学性、很有情趣的文字”。[1] 姜德明也说：“书话的形式无法统一定格，文章长了亦未必不好，可书话仍以篇幅短小隽永为宜。”[2] 胡从经在“年青时很为阿英、唐弢等前辈作家文情并茂的书话所吸引，因为其中既有学术性的论辩，又有絮语式的抒情，亲切如叙家常，于涵养知识、陶冶文章而外，也可获取美的享受”。[3]

可以说，书话作品之所以在文艺性的副刊上发表，之所以受到读者欢迎，其关键的因素就在于它的文学性。笔者认为，书话的文学性一般是通过两个方面表现出来的：一个是掌故，一个是情感的抒发。

书话是要话书，那么其最基本的一点就是要谈论与书相关的内容。与书相关的内容包括很多，从我们看到的书话作品来讲，有谈买书、卖书、藏书的，有谈得书经过的，有谈作家之间的逸闻的，等等。这些内容被称为“掌故”。当代著名书话作家黄裳解释道：

> 掌故，也有人写作“掌固”。它的溯源也算得很久很久，在《周礼》这样的古书中就出现过了。那是管建筑工

[1] 黄裳：《书林漫步——与刘绪源对谈录》，《春夜随笔》，安徽教育出版社，2006年版，第83页。

[2] 姜德明：《〈姜德明书话〉选编后记》，《姜德明序跋》，东南大学出版社，2003年版，第63页。

[3] 胡从经：《胡从经书话·选编后记》，北京出版社，1998年版，第379—380页。

> 程的一种官，大概这就是取名的“固”的由来。汉代也有同名的官，不过任务已经变为掌管礼乐制度等等事务，“掌故”的名目也在这时出现。“故”者故事也。后来就一直泛指上起朝章国故，下至乡里旧闻，上下古今无所不包的一种记事为“掌故”。[1]

书话中的掌故就是关于书与人的故事，“是由书而人又由人而书，书的命运和人的命运交织在一起，在时代的变迁和书厄中聚散沉浮的云烟过眼录。一本书从一人之手到另一人之手，乃至循环往复，失而复得等，都在爱书人那里留下了雪泥鸿爪。这些在古代的藏书题跋和现代的书话中，就成了书话掌故”。[2] 在书话的写作中，记录下关于书的掌故，就增加了文章的故事性、情节性，增加了书话的可读性、艺术性。这也是书话之所以能快速流行的一个原因。而且通过掌故，读者可以了解一部书的成因，书人之间的交往，得书的经历，在故事的叙述中感受到书话的独特魅力。我们发现一个人即使是过眼书无数，也不一定能写出书话来，因为有关书的“掌故”限制了他。所以唐弢讲自己的书话是“偏重知识，因此材料的记录多于内容的评论，掌故的追忆多于作品的介绍”。[3]

除了谈掌故，作者在创作书话时，还要能传达出一定的感情，即唐弢所说的“一点抒情气息”。在与书的纠葛中，作者自然会有得书的欣喜、失书的怅惘。在话书时，也常常会有往事的回忆和现实的触动。这些都被写入书话中，从而传达出作

---

[1] 黄裳：《谈“掌故”》，《书之归去来》，中华书局，2008 年版，第 54 页。

[2] 王成玉：《书话史随札》，河北教育出版社，2006 年版，第 11 页。

[3] 唐弢：《书话·序》，北京出版社，1962 年版，第 3 页。

者的情愫，这些情愫的呈现使得书话具有了一定的情感性和抒情性，产生了对读者的感染力，这同样增加着书话的文学色彩，使得书话这种体式被无异议地归入散文之中。当然，在具体写作时，作家也要考虑运用一些文学笔法，正如唐弢所说："我是一个和文字结了缘的人，不得不时时探索这些问题，《书话》是我的描红本，它给我以锻炼笔头的机会。十几年来，所以一直没有放下《书话》的写作，这就是唯一的秘密。艺术无止境。"[1]

综上所述，笔者认为，知识性和文学性是现代以来书话的核心特质，书话就是以谈书人书事为主的一种较为短小的具有文学性的散文创作。在一篇书话中，既要有关于书籍的知识性介绍，有关于书籍掌故的讲述，也要能传达出作者一定的思想和情感，引发读者的情趣。

第二节　现代书话产生的要素

美国著名的文学批评家M.H. 艾布拉姆斯在《镜与灯：浪漫主义文论及批评传统》一书中指出："每一件艺术品总要涉及四个要点，几乎所有力求周密的理论总会在大体上对这四个要素加以区辨，使人一目了然。第一个要素是作品，即艺术生产品本身。由于作品是人为的产品，所以第二个共同要素便是生产者，即艺术家。第三，一般认为作品总得有一个直接或间接地导源于现实事物的主题——总会涉及、表现、反映某种客观状态或者与此有关的东西。这第三个要素便可以认为是由人物和行动、思想和情感、物质和事件或者超越感觉的本质所构成，

[1] 唐弢：《书话·序》，北京出版社，1962年版，第3页。

常常用‘自然’这个通用词来表示，我们却不妨换用一个含义更广的中性词——世界。最后一个要素是欣赏者，即听众、观众、读者。作品为他们而写，或至少会引起他们的关注。”[1]

在这段话中，艾布拉姆斯提出了著名的文学四要素的观点。这四个要素是与一件艺术品的整个情况有关的。这个观点已经获得了文学理论界的广泛接受。从文学产生的过程及四要素这个角度出发，来关照现代书话产生的要素，可以说不失为一种比较清晰的认识。

一、所话之书

“书话”是关于“书”的话语。也就是说，书是书话要显现和表达的“导源于现实事物的主题”[2]。现代书话所谈论书籍的范畴是非常广泛的。

1. 外国书籍和翻译文学

19世纪下半叶，一方面是社会内部政治和文化状况的日益恶化；一方面是帝国主义势力的不断侵犯，中国日益陷入了严重的危机之中。1894年至1895年甲午战争的失败，更加把内外危机的尖锐性呈现了出来。面对这样的现实，使得“晚清先锋知识分子认识到，西方文明作为一个由器物到精神的统一形态，实在是不可分割的整体；从物质文化到精神文化向西看齐，是中国谋求独立富强所不可摆脱的命运，西方的政治、法律、

[1] [美]M.H.艾布拉姆斯著，郦稚牛等译：《镜与灯：浪漫主义文论及批评传统》，北京大学出版社，1989年版，第5页。
[2] [美]M.H.艾布拉姆斯著，郦稚牛等译：《镜与灯：浪漫主义文论及批评传统》，北京大学出版社，1989年版，第5页。

思想学说被视为拯救国家的良药”。[1] 在这种意识的驱使下，中国文化界掀开了继佛经翻译之后的第二次翻译大潮。

1898 年，严复翻译了赫胥黎的《进化论与伦理学》，以《天演论》为名出版。1899 年，林纾翻译了小仲马的《茶花女》，以《巴黎茶花女遗事》为名出版。这两部书的翻译出版对中国人的思想和文学观念产生了极大的影响。之后，小说翻译进入一个高潮。“在较新的理论里，翻译被认为是政治性十分强烈的活动。透过翻译所引入的新思想，既能够破坏以至颠覆接受文化中现行的权利架构及意识形态，又能协助在接受文化中建立新的社会秩序及架构，在政治、社会、文化等方面造成重大的冲击。”[2] 用这种翻译理论来解释 19 世纪末 20 世纪初的翻译热潮，在某些方面是完全行得通的。也就是说，对于晚清民国时期的先进知识分子来说，他们从事翻译工作有着强烈的政治目的。

梁启超于 1898 年时在《清议报》上发表《译印政治小说序》一文，在这篇文章中，他提出要翻译“外国名儒所撰述，而有关切于今日中国时局者”[3] 的政治小说。林纾几乎为自己早期翻译的每部小说都写有序文，在这些序文中，他以左（《左传》）、马（《史记》）文章来比照西洋小说，表达出了强烈的呼吁倡导新学、进行变法的心声[4]。时代呼唤、需要翻译文学和外

---

[1] 杨联芬:《晚清至五四：中国文学现代性的发生》，北京大学出版社，2003 年版，第 1 页。

[2] 王宏志:《导言：教育与消闲——近代翻译小说略论（代序）》，王宏志编，《翻译与创作——中国近代翻译小说论》，北京大学出版社，2000 年版，第 1 页。

[3] 梁启超:《译印政治小说序》，《清议报》，第 1 册，1898 年 12 月。

[4] 钱谷融主编，吴俊标校:《林琴南书话》，浙江人民出版社，1999 年版。

国文学，而在19世纪20世纪之交对外国书籍和所翻译书籍作的介绍和评说，往往是通过序跋的形式完成的。这些序跋之作被认为是现代书话创作的先声。也正是在这个层面上，我们看到，外国书籍和翻译书籍成为现代书话一个重要的展示、评说对象。对外国书籍的介绍给现代书话带来了庞大的言说对象，同时也使得现代书话在内容上和“现代”“现代性”“世界文学”产生了对接，使其成为现代文学的一部分。

2. 鲁迅对翻译文学的选择及其序跋

在现代文学发展进程中，对外国文学作品的翻译和介绍一直是其重要的组成部分。其中，以书话形式出现的文章数量相当不少。如郑振铎在1929年于《小说月报》上就发表了谈论外国书籍的书话式文章，叶灵凤于1936年出版的《读书随笔》一集基本上由介绍外国书籍的文章组成，其写作形式属于书话一体。再如钟叔河编的《知堂书话》中选了周作人出版于1923年9月的《自己的园地》中的16篇文章，其中谈论外国书籍的就占12篇[1]。在朱正编的《鲁迅书话》中收入了鲁迅谈外国书籍及自己翻译的书籍的文章多达98篇[2]。

上文谈到，对西方书籍的翻译、介绍是一批有识之士有意识、有目的的选择。他们写下的相关文字不仅充实了书话领域，而且也彰显了书话这种文体具有的社会意义和文化价值。我们仅以鲁迅的译文序跋为例进行细致的分析。

鲁迅的译文序跋创作可以分为几个阶段，这几个阶段揭示了鲁迅内在思路的变化，也就是说，对于鲁迅来讲，他的译作不是随意地选择，而是有着明确的目的性。第一个阶段，是科

[1] 钟叔河编:《知堂书话》，岳麓书社，1986年版。
[2] 朱正编:《鲁迅书话》，湖南教育出版社，2007年版。

幻小说翻译阶段。鲁迅在留日时期的整个文学活动和他这一时期的文论一样，始终钟情于创造力的表达与发扬：当更多的中国学人致力于西方政治小说的译介之时，鲁迅却格外关注科幻作品。他于1903年10月翻译出版了儒勒·凡尔纳的《月界旅行》，同年译儒勒·凡尔纳的《地底旅行》发表于《浙江潮》第10期，1905年春又翻译美国作家路易斯的《造人术》发表于《女子世界》第4、5期合刊。后来还翻译过一部《北极探险记》，可惜稿子在辗转投寄中丢失了。在《〈月界旅行〉辨言》中，鲁迅清楚地指明科幻小说的作用："必能于不知不觉间，获一斑之智识，破遗传之迷信，改良思想，补助文明，势力之伟，有如此者！"而他之所以翻译的原因在于："我国说部，若言情谈故刺时志怪者，架栋汉牛，而独于科学小说，乃如麟角。智识荒隘，此实一端。故苟欲弥今日译界之缺点，导中国人群以进行，必自科学小说始。"[1]

鲁迅是怀着求取现代科学技术的心情到日本留学的，他选择医术，写作《说鈤》《人之历史》《科学史教篇》等文章，都是要从科学的角度给予国人现代的知识。但是"幻灯片事件"之后，他更感觉到思想革命的重要，所以选择了文艺作为革新的手段。与此相应，在翻译作品的选择上，他关注的对象就改变了，进入了其第二个阶段，即对东欧等弱小民族国家文学作品的翻译。在1909年3月于日本东京出版的《域外小说集·序言》中，他谈到了翻译的目的："异域文术新宗，自此始入华土。使有士卓特，不为常俗所囿，必将犁然有当于心，按邦国时期，籀读其心声，以相度神思之所在。则此虽大涛之微沤与，而性解思惟，实寓于

[1] 鲁迅：《〈月界旅行〉辨言》，《鲁迅全集》第10卷，人民文学出版社，1981年版，第152页。

此。”[1] 即他翻译的目的，在于通过阅读外国作品，来考察、分析外国人的精神所在，从而推动中国人的思想解放。在 1921 年为《域外小说集》新版写的序中，他再次明确了自己当年的说法：“我们在日本留学时候，有一种茫漠的希望：以为文艺是可以转移性情，改造社会的。因为这意见，便自然而然的想到介绍外国新文学这一件事。”[2] 对于鲁迅的这一独立姿态，日本学者也深有体会。竹内好说：“（鲁迅）在明治末年留学日本，学会日语又学会德语，吸收了欧洲的近代文学。这种吸收方法颇有特性，比如他学会了德语，但除了尼采之外，不怎么引进德国的文学（只是到了晚年才注意海涅，说是准备读海涅全集）。他引进的不是德国文学，而是用德语翻译的弱小民族的文学，以及斯拉夫系统的反抗诗人的文学。这些东西在他看来是切实的，因此他才引进了吧。”“日本文学为了引进欧洲的近代文学，没有用这种方法，而是马上就扑向第一流的东西。接连不断地猎取欧洲当作近代文学主流的东西。首先是第一流的，然后是第二流的，这就是日本文学的做法。不单是文学，在一般文化方面也是这样。日本文化是用接近更接近欧洲文化的态度来使自己近现代化的。”“从日本文学方面怎么来看鲁迅这种引进外国文学的方法呢？认为这是落后。从欧洲近代文学的主流看来，鲁迅所引进的是二流或三流的。不是主流而是支流。抛开主流、第一流的东西而特意去翻译那些，是不懂时势。”[3]

但是对于鲁迅来讲，对其他弱小民族的认同与发掘则无疑更

[1] 鲁迅：《域外小说集·序言》，《鲁迅全集》第 10 卷，人民文学出版社，1981 年版，第 155 页。

[2] 鲁迅：《序》，《鲁迅全集》第 10 卷，人民文学出版社，1981 年版，第 161 页。

[3] 竹内好：《鲁迅与日本文学》，《鲁迅与中日文化交流》，湖南人民出版社，1981 年版，第 297—298 页。

能推动国人的自我意识。这些民族与中国有着类似经历，他们的遭遇更便于我们在生存体验中奋发抗争，更能激发我们不屈奋斗的勇气。正如当时和鲁迅有着同样取向的周作人所说："那时我的志趣乃在所谓大陆文学，或是弱小民族文学，不过借英文做个居中传话的媒婆而已。""俄国不算弱小，其时正是专制与革命对抗的时候，中国人自然就引为同病的朋友，弱小民族盖是后起的名称，实在我们所喜欢的乃被压迫的民族之文学耳。"[1]

之后，鲁迅、周作人、周建人合译的外国短篇小说集以《现代小说译丛》的名目出版。其中收了 8 个国家 18 个作家的 30 篇小说，原作者多为俄国、芬兰、保加利亚等属于"被损害民族"的成员。在这些译作的附记中，鲁迅一边对这些作家作品给予了介绍，一边也指明了翻译的目的，即"我所想的，只在自己这中国，自从杀掉蚩尤以后，兴高采烈的自以为制服异民族的时候也不少了，不知道能否在平定什么方略等等之外，寻出一篇这样为弱民族主张正义的文章来"。[2]

从 1919 年开始，鲁迅接连翻译了一批日本作家、学者的著作。在给《一个青年的梦》写的序中，鲁迅通过这部反战戏剧探讨思考的是"我想如果中国有战前的德意志一半强，不知国民性是怎么一种颜色"[3]，"我以为这剧本也很可以医许多中国旧思想上的痼疾"。[4] 正如日本学者武田泰淳所说："大正十一年

---

[1] 周作人：《东京的书店》，《瓜豆集》，河北教育出版社，2002 年版，第 71 页。

[2] 鲁迅：《〈医生〉译者附记》，《鲁迅全集》第 10 卷，人民文学出版社，1981 年版，第 177 页。

[3] 鲁迅：《译者序》，《鲁迅全集》第 10 卷，人民文学出版社，1981 年版，第 192 页。

[4] 鲁迅：《译者序二》，《鲁迅全集》第 10 卷，人民文学出版社，1981 年版，第 195 页。

武者小路实笃的《一个青年的梦》、大正十三年厨川白村的《苦闷的象征》、昭和元年厨川白村的《出了象牙塔之后》、昭和三年鹤见祐辅的《思想·山水·人物》、昭和四年板垣鹰穗的美术评论、片上伸的文艺评论，鲁迅不断翻译出这些作品的努力，与其说是在静静地品味作品的乐趣，让人更加感觉到的是一种激烈现实的催逼感。一种为了不被撞到而双腿注力、无法顾及表情的形态。可以说，虽然在昭和八年他与周作人一同出版了《现代日本小说集》，但此后他离日本小说的主流渐行渐远。曾经使鲁迅对发达国家日本的文艺更感其魅力的现实之幕、感情之膜，终于开始成为鲁迅与日本文艺之间的障壁。”[1]

这段话谈到了鲁迅和日本文艺之间的关系。虽然鲁迅翻译了很多日本的作品，而且从文艺思想来讲，他一度对厨川白村的文艺思想非常倾倒，可是对于他来讲，更强烈感受到的是“现实的催逼感”。这种催逼感我们可以理解为是鲁迅对中国现实、对中国文艺的真情关照。也就是说，他的译作是有目的而为之的，是和现实发生密切关系的。

从20世纪20年代末开始，鲁迅开始大量翻译苏联的文章，翻译的文类也从作品转向了文艺理论。如《壁下译丛》《现代新兴文学的诸问题》《艺术论》等等，这是他说的遭到创造社、太阳社攻击、排挤的结果。但是从鲁迅的认真态度来看，这同时也是鲁迅自觉地对新兴文艺的一种选择，在这种选择的过程中，鲁迅鲜明的思想和独特的个性表现得淋漓尽致。他并不耽于就书而谈书，而是常常延展开去，用所译作品来比对中国，来考察、反思中国的现实和历史。尤其是对苏俄的作品进行介绍时，他也要廓清社会上对苏俄的错误认识，从思想上进行彻底的肃

[1] [日] 丸山升著，王俊文译：《鲁迅·革命·历史：丸山升现代中国文学论集》，北京大学出版社，2005年版，第1—2页。

清。如《林克多〈苏联闻见录〉序》中，鲁迅批评了中国人长期以来不愿说别国好处的弱点：

> 不过我们中国人实在有一点毛病，就是不大爱听别国的好处，尤其是清党之后，提起那日有建设的苏联。一提到罢，不是说你意在宣传，就是说你得了卢布。
>
> ……
>
> 我不加戒备的将这读完了，即因为上文所说的原因。而我相信这书所说的苏联的好处的，也还有一个原因，那就是十来年前，说过苏联怎么不行怎么无望的所谓文明国人，去年已在苏联的煤油和麦子面前发抖。而且我看见确凿的事实：他们是在吸中国的膏血，夺中国的土地，杀中国的人民。他们是大骗子，他们说苏联坏，要进攻苏联，就可见苏联是好的了。这一部书，正也转过来是我的意见的实证。[1]

对苏联进行攻击，自然有意识形态方面的原因，而鲁迅敢于正视现实，用事实来说话，这是一个有良知的知识分子的本性，也是鲁迅之所以能够洞察社会的根本所在。

从鲁迅的多篇译文序中，能够深刻地体会到鲁迅“生命的深层奔突”[2]和他永远的忧患之心。鲁迅虽然没有提到过“书话”，但是他所写出的谈论书籍的文字却独具魅力，其内在精神和他的杂文是一致的。也就是说，鲁迅为书话类作品注入了强

[1] 鲁迅：《林克多〈苏联闻见录〉序》，《鲁迅全集》第4卷，人民文学出版社，1981年版，第427页。

[2] 孙郁选编：《鲁迅书话·选编后记》，北京出版社，1996年版，第377页。

大的精神内蕴，在他的笔下，书话所面对的世界不仅是书籍所展示的世界，更是作家目光炯炯所凝视、所启蒙的那个现实世界。这正如孙郁的评述：“这类书话的文字绝无一点闲适和宁静，它是生命律动的一缕波光，这波光照耀着艺术的伟大与人格的伟大。”[1]

3. 古籍和鲁迅的选择

除了外国书籍和翻译文学，在现代时期，大量的古籍也是书话的言说对象。

我国是一个历史悠久、文化遗产丰富的国家。其中，图书已有2000多年的发展历史。来新夏认为“简书是中国的正式图书的开端”。[2]之后，出现了竹木简书、帛书、纸书。“纸的发明、改良和纸书的流通，使中国传统文化的传递得到廉价而可靠的依托。”[3]书籍在传递文化的同时，也面临着如何保存和管理的问题。中国最早的藏书是官藏。据史料记载，早在周朝时就正式建立了国家藏书机构并有正式的管理人。《史记·老庄列传》中就记载老子曾任周王室的“守藏室之史”。之后历朝各代都有国家专设的藏书机构。大约在官藏出现的同时，私人藏书也出现了。“私人藏书之风，其来古矣。庄子《天下篇》，称‘惠施多方，其书五车’。而《史记·苏秦传》，亦言秦自说秦失意以后，夜发家中书读之。然当时以竹简为册，卷帙繁重，收弆不易，度情可知。两汉之时，缣帛代兴，收藏

[1] 孙郁选编：《鲁迅书话·选编后记》，北京出版社，1996年版，第379页。
[2] 来新夏：《书文化的传承·序言》，山西古籍出版社，2006年版，第1页。
[3] 来新夏：《书文化的传承·序言》，山西古籍出版社，2006年版，第2页。

较易……然自宋代印刷盛行以后，藏书家更易于得书，书亦不复秘于中秘矣。”[1] 清人叶昌炽的《藏书纪事诗》一书以诗文的形式记载了我国历代藏书家的事迹，从五代讫于清末，共一千一百多人。这些藏书家不仅珍藏了大量的图书典籍，而且都是有成就的学者。他们在庋藏书籍的同时，还发展了版本、校勘、目录等方面的专学，其撰写的书目、题跋直接开启了现代书话的创作。

当中国的历史走到清末时，“自 1851 年太平军从广西金田村暴动以后横扫南中国，至 1866 年太平军江南余部在广东嘉应州（今梅县）的最后溃散，到 1976 年‘文化大革命’被宣布终结，这期间的百余年历史，是中华民族由内忧外患的旧社会，走向革故鼎新的新时代的重大转折时期。就中国文化史而言，这新旧交替的百余年，几乎就是中国典籍文献聚而复散、旋聚旋散、散而复聚的痛史，也是有识之士前赴后继地抢救、掇拾和护卫典籍文献的奋斗史”。[2] 在这部奋斗史中，现代书话的作家作出了巨大的贡献。

“现代文学中的外来影响是自觉追求的，而民族传统则是自然形成的，它的发展方向就是使外来的因素取得民族化的特点，并使民族传统与现代化的要求相适应。用鲁迅的话说就是：‘都和世界的时代思潮合流，而又并未梏亡中国的民族性’。”[3] 因此，在现代阶段，对于古籍的研究、收藏是一批作家、学者的选择。如阿英和郑振铎，在充分了解了西方文化、思想的基础上转入了对古典文学的研究；周作人和孙犁，一心

[1] 陈登原：《古今典籍聚散考》，上海书店出版社，1983 年版，第 300 页。

[2] 徐雁：《中国旧书业百年》，科学出版社，2005 年版，第 346 页。

[3] 王瑶：《论现代文学与中国古典文学的历史联系》，《中国现代文学史论集》，北京大学出版社，1998 年版，第 314 页。

回到古代，在古籍中找寻自己心灵的倾诉和安置之地；鲁迅和黄裳通过考察历史来关注现实……这些作家还以书话的形式介绍古籍，并展开了深入的研究，为文学史、文化史留下了宝贵的财富。

如鲁迅对中国古代文化典籍有着深入、开拓性的研究。他在《〈浮士德与城〉后记》中明确指出："因为新的阶级及其文化，并非突然从天而降，大抵是发达于对于旧支配者及其文化的反抗中，亦即发达于和旧者的对立中，所以新文化仍然有所承传，于旧文化也仍然有所择取。"[1] 因为有这样清醒的认识，所以鲁迅对中国的古籍是非常重视的。他于 1909 年自日本回国，在杭州、绍兴等地中学担任教员，课余便从类书中辑录亡佚的古小说和会稽的历史、地理佚书。1911 年，任山阴初级师范学校校长，公余记录唐刘恂的《岭表录异》；1912 年，辑成代表其古籍整理主要成就之一的《古小说钩沉》；到北京国民政府教育部工作后，公余辑录唐宋传奇文和乡贤著述。1913 年，校订吴谢承的《后汉书》、晋谢沈的《后汉书》和晋虞预的《晋书》，并开始校《嵇康集》。1914 年，辑成《会稽郡故书杂集》、宋张淏《云谷杂记》《魏子》《任子》《志林》《广林》等书。1916 年，整理了《寰宇贞石图》。1920 年起，鲁迅在北京几个高等学校讲授中国小说史，为此又陆续摘编《小说旧闻钞》，校录《唐宋传奇集》。1924 年，编成《俟堂专文杂集》；同时编有《汉碑帖》《汉画像》《六朝造像目录》《六朝墓志目录》，以及许多碑志、墓志考证。他除著有《中国小说史略》《汉文学史纲要》等文学史著作外，还辑录校勘了《唐宋传奇集》《古小说钩沉》《嵇康集》等近 20 种书籍，并整理了大量的金石拓片和

[1] 鲁迅：《〈浮士德与城〉后记》，《集外集拾遗》，《鲁迅全集》第 7 卷，人民文学出版社，1981 年版，第 355 页。

石刻文字。在人民文学出版社 1981 年的《鲁迅全集》第 10 卷《古籍序跋集》中共收入了鲁迅从 1912 年至 1935 年间辑录或校勘的 19 种古籍，包括 32 篇序跋。在这些序跋的写作中，鲁迅基本上是继承了中国传统题跋的写作手法。一般来讲，他在序中着重介绍的是古籍的卷目、版次，并对作者的生平作简单的介绍和考证；在跋中，概述自己在校勘中所做的工作。鲁迅本着客观、科学的态度对古籍进行整理、辑录、校勘。对于每一部古籍，他都是尽可能收集能找到的所有版本，进行校注，“不敢轻改，细心校之”。鲁迅的古籍序跋体现出他的科学、客观精神及对保存历史文化的特别关注。

鲁迅重视古籍，沉入古籍的整理和校勘中，将生命“暗暗的消去了”[1]。但是对于他来说，这种沉潜正是一种积蓄，他的目的是要保存本国文明的某些因素，使中国弗失固有之血脉；他想在彻底了解中国国民性的基础上，去思考怎样能够创造性地把本国的某些因素和西方的先进因素相结合。所以他在阅读、校勘古籍的过程中，并不是机械式地为了整理而整理，而是要探讨中国历史的弊端，从中认清历史，对广大的民众进行启蒙。

从上面的分析可以看到，现代以来，书籍的极大繁荣为书话创作提供了物质基础与表现对象，同时书话的创作也彰显着时代的要求、社会的发展、作者的选择和个体的情怀，这种种因素使得现代书话不仅仅停留于书本身，同时还成为时代的见证，发挥出重要的文化功能。

4. 书话与书评

在现代书话的所话之书中，除了外国书籍和古籍外，当

[1] 鲁迅：《呐喊·自序》，《鲁迅全集》第 1 卷，人民文学出版社，1981 年版，第 418 页。

代文学（即“五四”以来的新文学，在当时为当代文学——笔者注）也是一个重要的表现方面。这方面的首创者当属阿英。1937年10月19日阿英在上海的《救亡日报》上发表《鲁迅书话——为鲁迅先生逝世周年作》。这三则书话奠定了现代书话的基本创作模式和格调。而把新文学作品、作家作为书话核心谈论对象的则是唐弢的《书话》和《晦庵书话》。把当代文学纳入书话的写作范畴，是现代书话开辟的新领域。因此吴泰昌有此论：“一般写‘书话’，喜谈古书、洋书，至少是我国现代的名家佳作。孙犁则不然。他津津乐道的作品大多是当代的，有不少是近两年的。这就使习见的‘书话’的内容有所开拓，使这一活泼散文品种与现实生活和文学发展接近。”[1]

在书话中谈当代文学，因之而起的一个问题就是书话和书评的关系。

由于书话与书评所面对的对象都是书籍，在写作中，也都要对所谈书籍作一种评判，因此有人认为不如用书话一词来涵盖书评[2]。而一些名之为书话的著作也被认为是书评专集，如伍杰在《中国书评二十年》一文中写到，在1988年前后“出版了许多书评文章的专集，有钟叔河的《书前书后》、罗先霖的《说三道四》、徐雁的《秋禾书话》、雷群明的《微型书话》等”[3]。

---

[1] 吴泰昌：《书林秋草·编后记》，生活·读书·新知三联书店，1983年版，第360页。

[2] 武宁：《缕缕情愫皆系书——书评及书评业现状之我见》，《博览群书》，1995年第2期。在此文中，武宁认为“书评”这两个字表达的含义过于宽泛，不够准确。它究竟指的是“图书评论”还是“图书评介”？仅这两个语汇所表达的内涵就有差别。况且与书相关文章的内容、文体五花八门，也很难用“书评”二字概括。因此，他觉得大多数的书评称为“书话”更为贴切。顾名思义，既然与书有关的话，从内容到文体形式就自然宽得多。

[3] 伍杰：《中国书评二十年》，《中国图书评论》，2001年第12期。

伍杰把徐雁、雷群明的标为书话的著作认为是书评。与上述说法相异，姜德明则明确地强调：“书话不是书评，即不是对一本书作理论性的全面介绍、分析和批评。书话不能代替书评。”[1]朱金顺也指出：“什么样的文章不是书话呢？我可以这样说，书评不是书话，短篇的书评也不是；虽然书话有‘一点观点’，那与书评不同。”[2]香港知名的书话作家黄俊东认为：“书话不同于书评，书评是书评家的责任，书评家学识丰富，态度严谨而客观，为读者分析内容和性质，具有引导和启发性的作用。”“但书话只是一个爱书人的立场，说些与书有关的闲话，有时不免也有三言两语的批评，但读者不必视为严肃性的书评。书话所谈及的无非是书的知识、消息和作者的点滴资料，目的在提供读者知道有这么一本书——可能因疏忽而未晤目的书而已，并不在为读者选择书籍，因此所提及的书，不一定是最新出版的书，可能是久已未见的旧书，或者冷僻的绝版书。”[3]

书话与书评在理论家们这里存在着争议，同样在创作者那里，也存在着自己写的是书话还是书评的焦虑。徐雁于1994年出版《秋禾书话》一书，他以《书话因缘》代序，详细回忆了自己与书话结缘的经历，称自己为唐弢书城中的“小小学童”[4]。而收于名为“书话”中的文章，有多篇又以“论”字为标题。同样，在钱璎、钱小惠选编的《阿英书话》中，收入的《〈鸭绿江上〉——蒋光赤第二小说集》《哀中国》《关于〈都市

[1] 姜德明：《现代书话丛书·序言》，北京出版社，1996年版，第2页。
[2] 朱金顺：《新文学书话叙考》，《中国现代文学研究丛刊》，2005年第6期。
[3] 黄俊东：《香港版〈猎书小记〉序》，《猎书小记》，云南人民出版社，2002年版，第368页。
[4] 徐雁：《书话因缘（代序）》，《秋禾书话》，书目文献出版社，1994年版，第9页。

之夜〉及其他——戴万平的短篇的两个主要的描写对象》等文，读来给人的感觉更像是书评或者是文学评论。

那么，我们首先需要处理的问题就是要辨析清楚书话与书评的关系，通过分析考察二者的异同，以期能够更清晰地明确两个名词各自的内涵和外延。

从发生学的角度讲，书评出现得较早。伍杰甚至认为“孔门弟子子夏所写的《诗经·大序》，大约是有案可查的最早的书评”。[1] 在1935年的时候，萧乾就以《书评研究》作为自己在燕京大学学习的毕业论文。毕业后，他到天津《大公报》编文艺副刊，“声嘶力竭地为书评而呐喊过”，还“宣告职业化的书评家终将诞生”。[2] 从萧乾对书评积极提倡那个时候算起，一直发展到现在，可以说书评的创作和研究已经比较成熟，还出现了所谓的“书评学”[3]。同时，从概念的角度看，对于书评的界定相对来讲是比较明晰的。在徐柏容的《现代书评学》一书中，他是这样界定书评的：“书评是什么？简单地说，书评就是对书籍进行评论，分析、探讨书籍的内容——思想性、科学性、艺术性乃至书籍的形式，从而对书籍进行价值判断，包括对书籍正面的价值判断与负面的价值判断的文章。”[4] 从这个概念来看，书评着重的是“价值判断”，是要对所评之书进行优劣评判。正如徐柏容以为的，“判断、分析、论证”是书评的实体，“文意疏通、内容提叙、作者作品考证研究等是书评的延伸体、附属体”。[5]

用书评这个概念来辨析一些经典式的书话创作，可以看到

[1] 徐柏容：《现代书评学》，苏州大学出版社，2005年版，第6页。
[2] 姜德明：《书评研究》，《姜德明书话》，北京出版社，1998年版，第99页。
[3] 伍杰：《中国书评二十年》，《中国图书评论》，2001年第12期。
[4] 徐柏容：《现代书评学》，苏州大学出版社，2005年版，第22页。
[5] 徐柏容：《现代书评学》，苏州大学出版社，2005年版，第27页。

在书话的写作中，虽然也会对所谈书籍作分析、品评，但是一般不作价值判断，而且很少直接论说书籍的好和坏。也可以说，书评的实体，如“判断”“分析”“论证”对于书话来讲是附属的，而对作者作品的知识性考证和作品内容的简单提叙等则构成了书话的主体。如叶灵凤的一些谈论外国作品的书话，常常会简明扼要地对作品内容和作家身世作一介绍，之后加上他对作品的点评，读之获益匪浅。而且从涉及的话题来看，书话所谈并不限于书籍本身，与书相关的很多内容都可以纳入其范畴。如由黎先耀主编的《书林佳话·中外名家书话经典》一书就包括了“书林佳话”“书之礼赞”“书市寻梦”“买书、借书及其他”“藏书家的心事”“书斋志异”“读书的天堂”“书的命运”等等内容[1]。

其次，我们还可以从书评和书话所谈论的书籍来看。一般来讲，书评所评的多为刚刚面世的书籍，书评一般具有时效性，而书话所谈的书籍在时效性方面不是很突出。这正像姜德明所说“书话写的愈多，愈有不敢下笔的顾虑，生怕读者和编者不以为然。因为时代相距日远，访旧书，谈版本，类似玩古董了。如今要找旧版书得去拍卖市场，写书话岂非诱人下海！”[2]倪墨炎对于书话所论书籍也谈过自己的意见，他认为“能写书话的书至少要具备两条：一条是比较鲜为人知，人们耳熟能详的书何劳你去写它；二是要有点意思，或在见解上会有所启迪，或在性情上能引起共鸣，或能引发介绍一段史实或一种知识，或很有趣可供人解颐。我以为，选择写书话的对象必须慎重，宁

[1] 黎先耀：《书林佳话》，重庆出版社，2004年版。

[2] 姜德明：《〈姜德明书话〉选编后记》，《姜德明序跋》，东南大学出版社，2003年版，第63页。

缺毋滥”。[1]

另外，书评家在对所评之书做价值判断的时候，其态度应该是客观、公正的。如刘西渭在《〈边城〉——沈从文先生作》一文中这样写道：“我不大相信批评是一种判断。一个批评家，与其说是法庭的审判，不如说是一个科学的分析者。科学的，我是说公正的。分析者，我是说是独具只眼，一直剔爬到作者和作品的灵魂的深处。”[2]与书评的客观、公正不同，书话的写作常常带有作家个人的情感色彩。且不说唐弢直接提出书话写作要有“一点抒情的气息”[3]，即使像谢国桢这样治学严谨的历史学家也不例外。他在《瓜蒂庵读明代史乘题识》中有《〈留青日札〉跋》一文，其中的文字充满了诗意：“今春多雨，灯前点滴，细听檐花，辄无足迹。一日傍晚，新雨初霁，斜阳在树，落英缤纷，坐窥窗外，见书友骑自行车，持蓝布书袱，挟是书至矣。乃摒挡故物，竭其所有而易得之。”[4]在令人舒畅的场景中购得心爱之书，作者的喜悦之情、对书籍的浓厚感情自然呼之欲出。所以，从这一点来看，书评属于评论性的文章，带有科学性，而书话则是文艺类的创作。

再次，从创作者这个角度看，写作书评的作者范围很广，可以是一般的读者，也可以是专家、学者。而我们在考察了书话的作者之后，就会感觉到书话对自己的作者多一点要求，其

[1] 倪墨炎：《倪墨炎书话·选编后记》，北京出版社，1998年版，第391页。

[2] 刘西渭：《〈边城〉——沈从文先生作》，《文学季刊》，1935年9月，第2卷第3期。

[3] 唐弢：《晦庵书话·序》，生活·读书·新知三联书店，1980年版，第6页。

[4] 谢国桢：《〈留青日札〉跋》，《瓜蒂庵小品》，北京出版社，1998年版，第216页。

作者首先一定是爱书者、藏书家。这种身份的确认使得书话体现出了更多的个人色彩。

二、作家的身份识别

在文学四要素之中，生产者即我们通常所言的作家是整个文学活动的起点，作家创作的优劣对作品、欣赏者都会产生重要的影响。就我们所要探讨的现代书话这个课题来说，书话作家有着独特的身份特征。

与其他文学创作显得不同的是，“书话”一词在内容上为自己规定了话题，也就是说，能够称为书话的作品最核心的要素就是“书”。“书”是书话谈论的内容同时也是书话得以存在的根源，可以说，书话是由书起而又终于书的。正如唐弢所说自己创作的书话“着眼在‘书’的本身上”。[1] 也就是说，“书”是书话所要面对和表现的世界。正是在这个角度上，书话对自己的作者作出了选择，同时也建构起了自己的作者群。

1. 书话作者必须是爱书者、藏书者

书话作者作为个体，其最突出的一个属性就是爱书、藏书。很难想象一个不爱书的人会写出书话作品来。正如孙犁所说：“一个作家如果不爱书，那是不可想象的事。搞文化工作的干部不爱书竟能做好工作，我表示怀疑；写书的人不爱读书，要想写出好作品，我也怀疑。”[2]

中国的私家藏书萌芽于春秋时期，老子、孔子是我国古代

[1] 唐弢：《书话·序》，北京出版社，1962 年版，第 5 页。

[2] 姜德明：《孙犁谈书》，《姜德明书话》，北京出版社，1998 年版，第 339 页。

记载最早的藏书家。至秦汉，私家藏书有了一定的发展。魏晋南北朝时期在政治相对稳定、经济文化发展较为平稳的江南，藏书家数量猛增。出现了“萧绎这样拥书八万卷之巨的大藏书家。在此背景下，这时出现了专门用以藏书的书室或书楼及中国私家藏书史上最早的私家藏书目录”。[1] 宋元时期是我国古代私家藏书事业的繁荣期。藏书风气兴盛、规模大，而且“随着中国古代经济重心在南方的确立，南方的文化有了很大的发展，已逐步超过了北方文化，自然其私家藏书事业也有了飞速的发展，超过了北方，并由此奠定了其后近千年南方藏书发达的局面”。也正是在这个时期，出现了“晁公武的《郡斋读书志》先开提要之例，陈振孙的《直斋书录解题》首创解题一体。尤袤的《遂初堂书目》独擅版本记载，而郑樵的《校雠略》更是开创了对藏书目录学的研究工作”。[2] 明代私家藏书达到了空前兴盛的地步。藏书人数远远超过了之前的任何一个朝代。在叶昌炽的《藏书纪事诗》中谈到的就有 427 人。出现了著名的藏书家、藏书楼。我们在现代书话作家笔下常能看到的叶盛的菉竹堂、王世贞的小酉馆、范钦的天一阁、赵琦美的脉望馆、祁承㸁的澹生堂、钱谦益的绛云楼都出现在这个时代。清代是我国私家藏书发展的最高峰时期。“它承继明代的遗风，讲求宋元旧刻、明刻精印及精校精抄本，并逐步形成地区的群体。”[3] 典型的藏书地区有江苏、浙江、北京、山东、福建等地。中国古代的藏书家在孜孜以求收藏图书的同时也留下了很多让人动容的

[1] 傅璇琮、谢灼华主编：《中国藏书通史》，宁波出版社，2001 年版，第 7 页。

[2] 傅璇琮、谢灼华主编：《中国藏书通史》，宁波出版社，2001 年版，第 8 页。

[3] 傅璇琮、谢灼华主编：《中国藏书通史》，宁波出版社，2001 年版，第 9 页。

人与书的故事，表现了他们对图书的极端热爱。经常为人所称引的例子是宋代著名诗人尤袤。他藏书是“饥读之以当肉，寒读之以当裘。孤寂而读之以当友朋，幽忧而读之以当金石琴瑟也”。其对书籍的爱好可见一斑。

进入近代以后，中国的私家藏书呈现出由盛而衰的趋势。除了近代图书馆的出现和文化教育事业的发展对传统的藏书有所影响外，更主要的在于社会的急剧变动，政治的更迭，经济的衰颓，战争的毁坏，富商豪贾、中兴将帅、海外势力对图书的抢夺等原因，使得传统的藏书家家道中落，大批的藏书散出。这时，就出现了一批近代的藏书家。伦明所著的《辛亥以来藏书纪事诗》中收有藏书家188人，其中著名的有傅增湘、叶德辉等人。现代的书话作家也是在这个历史阶段开始从事图书收藏并进行书话写作的。与古人的爱书之情传承一脉，在现代书话作家那里，爱书、藏书是他们生命的重要组成部分。

“叶灵凤是著名的小说家，更是个知名的藏书家，无论来港前或来港后，买书藏书读书，已成为他生命重要的元素。”[1]作家自己也多有对读书情愫的倾诉，叶灵凤说：“藏书家不难得，难得的是藏而能读。藏书而又能读书，则自然将心爱的书当作作家的性命，甚至或重视得超过自己的性命。”[2]据叶圣陶回忆，郑振铎对于书是“喜欢得弗得了”。在《西谛书话》的序中，他深情地回忆了20世纪20年代他们在上海逛四马路中段旧书铺的情景：“四马路中段是旧书铺集中的地方，振铎经过书铺门口，两条腿就不由自主地踅了进去。伯祥倒无所谓，也跟

[1] 小思：《叶灵凤书话·选编后记》，北京出版社，1998年版，第381页。

[2] 小思：《叶灵凤书话·选编后记》，北京出版社，1998年版，第382页。

进去翻翻。我对旧书不感兴趣，心里就有些不高兴：硬拉我来喝酒，却把我撇在书铺门前。可是看他兴冲冲地捧着旧书出来，连声说又找到了什么抄本什么刻本，‘非常之好’，‘好得弗得了’，我受他那‘弗得了’的高兴的感染，也就跟着他高兴起来。”[1]

阿英同样如此，他在青年时代就和书结下了不解之缘。芜湖、上海、苏州到处有他为收集书而奔波的身影。在他的一生中为访书、买书、藏书而不辞辛苦，甚至“曾几度梦到觅得奇书，醒来往往为之惘然”[2]。曹聚仁形容自己的书房是“书似青山常乱叠”，他买的书有历史、文学、哲理、军事、经济、美术、自然科学……方面。黄裳在中学时代就把一点点的点心钱都留下买书，而且乐此不疲。鲁迅一生中对图书非常喜爱，藏书非常丰富，古今中外无所不包。读他早期的日记，差不多十之六七是记访书、购书事情的。根据《鲁迅日记》统计出的书帐，他的藏书中古籍及与古籍整理有关的书，占了很大的比重，有1017种，6799册，其中尚未包括那些大部头的专书、类书、丛书。他收集的古代金石拓片共1051种，4864枚。鲁迅重视翻译被压迫民族的文学作品，所以舍得用高价购买外文书，共得875种，1145册。另外，他还大量购买了古今中外的画谱、画集、画册及书法书籍，共有艺术类书440种，673册；佛经95种，244册；中外版画64种，468帖。还有现代文学书288种，426册；自然科学书籍68种，195册。他在1912—1936年这期间共买书9559册，拓片4864枚，版画468帖，图片418帖，

[1] 叶圣陶:《西谛书话·序》，生活·读书·新知三联书店，1983年版，第1页。

[2] 钱璎、钱小惠选编:《阿英书话·选编后记》，北京出版社，1996年版，第328页。

共用钱 13372.65 元。[1]

叶灵凤在《书痴》一文中为我们描述了麦赛尔（Mercier）的铜刻《书痴》的画面：

> 画面是一间藏书室，四壁都是直达天花板的书架，在一架高高梯凳顶上，站着一位白发老人，也许就是这间藏书室的主人，他肋下夹着一本书，两腿之间夹着一本书，左手持着一本书在读，右手正从架上又抽出一本。天花板上有天窗，一缕阳光正斜斜的射在他的身上。[2]

这幅画面可以说是那些浸淫于书中的读书人的真实写照。

现代的书话作家爱书、藏书，在他们的身上，虽然深深浸染着传统文化的底蕴，但同时又有着西方现代思想和观念的影响。因此，在读书和藏书方面，他们表现出了和前人很不同的地方。

第一，收藏眼光的不同。

中国传统的藏书家往往以古书为尚。仅举对宋元版的刻意收集来看："藏书崇尚宋元版肇始于明代，经明末藏书家钱谦益、毛晋大力提倡，清初钱曾、季振宜、徐乾学继之，至乾、嘉时蔚成风气，以至'南北书贾莫不以宋、元版书为佳货，学者亦以得之为荣'。"[3]如黄丕烈的藏书以既富且精著称，他还特辟"百宋一廛"专室贮所得宋版书一百余种。到了近代，宋版书已经被视为藏书家的镇库之宝。这种风尚在现代书话作家那

[1] 施乐：《鲁迅的"书帐"》，《鲁迅研究月刊》，1993 年第 9 期。

[2] 叶灵凤：《读书随笔》，生活·读书·新知三联书店，1988 年版，第 132 页。《读书随笔》的最初版本由上海杂志公司 1936 年出版。

[3] 李雪梅：《中国近代藏书文化》，现代出版社，1999年版，第219页。

里表现得不明显。虽然他们也看重古本、宋版，但是并不孜孜以求。应该说，在东西文化的参照下，现代书话作家以更广阔的视野、从更高的角度看待传统，“通过‘五四’文学革命才对中国文学遗产提出了新的评价，把一向不受重视的小说、戏曲和民间文学提高到了文学正宗的地位”。[1] 再加上当时的社会因素，因此“晚明野史、清代禁书的身价突然上升了。这是民族主义思想风起云涌的结果；紧接着是群经地位的一落千丈；再以后是小说戏曲书变成了珍品，这自然是五四运动以后，俗文学研究兴起的必然趋势。再后来，是过去无人问津的地方志大行一时，这与帝国主义的大力搜罗是密切相关的”。[2]

在现代这样的藏书新取向中，阿英所藏的书更是别具只眼。他多收藏戏曲、小说、弹词、唱本等在古代被认为是不登大雅之堂的通俗文艺作品。这类图书在历史上很少为藏书家所重视，因为其时代较近，既没有宋元明刻，也没有惊世秘籍。所以一般的藏书家根本看不上这类图书，书商们也因为无利可图而很少经营。阿英却致力于此，为了访书，他奔走于全国各地，我们在他写的《城隍庙的书市》《西门买书记》《海上买书记》《浙东访小说记》《苏常买书记》中能够看到他为了买书节衣缩食、备尝艰辛的身影。阿英曾自述道：“我的这些书，没有成批搜集起来的，全是东一本西一本从破书堆里淘出来的。”[3]

郑振铎极力从事的是弹词、宝卷以及佛典民歌的收集和研究，还编写了《中国俗文学史》。他的兴趣广泛，重视收集版

[1] 王瑶：《论现代文学与中国古典文学的历史联系》，《中国现代文学史论集》，北京大学出版社，1998 年版，第 315 页。
[2] 黄裳：《谈“善本”》，《榆下说书》，生活·读书·新知三联书店，1982 年版，第 23 页。
[3] 姜德明：《阿英坐拥书城》，《书林》，1980 年第 4 期。

画，“二十余年来，倾全力于搜集我国版画之书……自唐宋以来之图籍，凡三千余种，一万余册，至于晚明之作，庋藏独多；所见民间流行之风俗画、吉祥画（以年画为主），作为饰壁与供奉之资者，亦在千帧以上”。[1]

周越然喜欢收藏小说、弹词和平话类图书，这些图书均属言部，所以他叠用其意，把藏书处命名为“言言斋”。

在中国的藏书传统中还存在一种贵远贱近的习气。1905 年，陆心源“皕宋楼”和“十万卷楼”的藏书被日本岩崎氏以十万元之价舶载而去。“秘密促成其事的日本汉学家岛田瀚稍后撰成《皕宋楼藏书源流考》，自日寄请董氏（董康，1867—1947，光绪进士。民国后任大理院院长、司法总长、财政总长之职。晚年任北京大学教授。1937 年年底任伪华北政府最高法院院长。抗战胜利后被捕，死于狱中。他除了以中国古代法律史研究见长外，更以藏书与刻书著称——笔者注）刊行。董氏为之作跋，痛悼众多名家旧本流落异域，一去不返，竟至于说这‘反不如台城之炬，绛云之烬’，魂魄还能长留故乡。其刻骨的沉痛，溢于言表。”[2] 而对于新刊时籍却是采取鄙夷的态度。正如黄裳所说：“在四十年前，如果有谁提出新文学书也有版本问题，大抵是必然会引起哄堂大笑的吧。”[3] 与这种藏书风气相反，唐弢把收藏的重心放在与时代接近的新文学的书籍和期刊的收集上，从而不仅以收藏新文学版本的精全为世人称道，也为后人留下了丰富的学术遗产。

第二，藏书公之于众。

---

[1] 郑振铎：《〈中国版画史图录〉自序》，《郑振铎全集》第 14 卷，花山文艺出版社，1998 年版，第 236 页。

[2] 傅杰：《书舶庸谭·本书说明》，《书舶庸谭》，辽宁教育出版社，1998 年版，第 1 页。

[3] 黄裳：《先知》，《黄裳书话》，北京出版社，1996 年版，第 221 页。

中国传统的藏书基本上是以藏为主，为藏而藏。传统藏书家大多对自己所藏秘不示人并且希望子子孙孙世代守之。郑观应指出：“海内藏书家，指不胜屈，然子孙未必能读，戚友无由观，或鼠啮蠹蚀，厄于水火，则私而不公也。”[1] 与之相反，现代书话的作家并不以独得秘书为可矜，而是常常公之于众。阿英发现了孔尚任的《燕九竹枝词》，马上撰文向读者介绍；历经艰难觅得的《清平山堂话本》，后来送给了郑振铎；郑振铎在编写《晚清文选》时，更是得到了阿英在版本史料上的大力协助，他讲过：“如晦先生（阿英的笔名——笔者注）收藏晚清文史资料最富，余前辑《晚清文选》，深资其助……余收藏戏曲近二十年，亦奋写为一目传世，然所得以明人所作为多，至道、咸间而止，盖偏于古典剧之庋藏，视如晦先生此目之有裨时人，诚瞠乎后矣。”[2] 这段话中自然有郑氏的自谦成分，但是“既能突破文类等级的传统规定，又能不汲汲于古典而将晚近乃至当下的文献作为一种事业进行庋藏者，阿英可算是卓尔有成的了”。[3] 郑振铎在抗日期间，没有去“大后方”，而是留在上海，为国家抢救了大量珍贵的文献古籍。在他生命的最后几年，常和家人说及：“我的这些书将来都是国家的。”在他牺牲后，家属遵其遗志，将其近十万册藏书全部捐献给了国家。唐弢的藏书收于现代文学馆，叶灵凤、曹聚仁等的藏书在身后或是进入了大学图书馆，或是捐献给了国家。周书弢认为自己耗费数十年精力所藏的书是天下的公物，所以在1952年到1957年间，他先后

[1] 郑观应:《盛事危言·藏书》，中州古籍出版社,1998年版，第91页。
[2] 郑振铎:《晚清戏曲小说目·叙记》，古典文学出版社，1957年版，第3页。
[3] 陈泳超:《阿英与晚清通俗文艺研究》，《中国文学研究现代化进程二编》，北京大学出版社，2002年版，第206页。

将藏书四万余册，文物一千二百六十多件，无偿捐献给了国家。从这种对图书的态度上，也可以看出现代书话作家的通脱和开放。他们和传统的藏书家是大大不同的。

第三，藏书是为了学术。

现代时期书籍的大规模聚散，对中国现代学术的兴起有着推波助澜的作用。同时，藏书的目的在于学术，这是现代书话作家表现出的与传统藏书家的又一不同点。正如黄裳所说："是什么促使人们热爱书本，那原因看来也只能归结为强烈的求知欲。"[1] 在现代的书话作家这里，我们可以看到的一个明显现象是：他们并不汲汲于藏书本身。有论者认为在书话中，"首先应该写而且应该好好写的，就是书籍的价格"。[2] 但是在中国现代书话作家那里，虽然也时有提及买书所费，但都笼统涉及，较少津津于每部书。黄裳在"文革"中不但书籍被全数抄走，而且和"四人帮"有密切关系的"大人物"还要掌握他"投机倒把的证据"。面对此不平事，黄裳不由讥嘲道："不幸我没有学项子京的样，没有在每件书画上标明进价几何的习惯，满足不了他们的要求。"[3]

对于现代书话的作家来讲，并不是为了藏书而藏书，或者说是为了从中赢利。对他们来说，买书、藏书是为了阅读、为了研究。唐弢说自己藏书是为了读书的需要。曹聚仁的妻子邓珂云在回忆中说："许多人都不相信，他的这些书是一个人所读得了的。但我可作证，他收藏的书决不是放着做装饰品的，他几乎每本都

[1] 黄裳：《书痴》，《银鱼集》，安徽教育出版社，2006 年版，第 50 页。
[2] 杨照：《唠叨琐碎与耐心坚毅——读〈藏书之爱〉》，A. 爱德华·纽顿著，陈建铭译：《藏书之爱：A. 爱德华·纽顿的藏书趣闻逸事》，重庆出版社，2005 年版，第 8 页。
[3] 黄裳：《书之归去来》，中华书局，2008 年版，第 49 页。

看过。”[1] 阿英根据自己的藏书写作了《晚清小说史》《小说闲谈四种》《弹词小说评考》《晚清文学丛钞》等等。郑振铎涉及的领域更广泛，每有一个想法，他都要努力收集到这个领域的全部书籍。他说：“我不是一个藏书家。我从来没有想到为藏书而藏书。我之所以收藏一些古书，完全是为了自己的研究方便和手头应用所需的。”[2] 也正是藏书为了学术，使得现代书话作家具有了一定的识见，保证了书话的书写。

2. 书话作者需要具有一定的识见

识见来自作家丰富的人生阅历，来自他们从书本中获得的知识、经验。从现代书话作家的身份来看，一个值得注意的现象是他们往往具有作家和学者的二重身份。其中最具代表性的有鲁迅、周作人、阿英、郑振铎、唐弢、曹聚仁、谢国桢、黄裳等人。如郑振铎“一生中在文学上的成就是多方面的，诸如中国古代文学史的研究，中国古典文学的整理、编选，诗和小说的创作，外国文学的翻译及文学刊物的编辑工作等方面，都有很大的贡献”。[3] 身为学者，在书话中自然表现出一定的见解。见解不仅指对书籍版本等方面知识的辨别，还体现在对作品的品评、鉴赏等方面。正如唐弢对杜渐的书话所分析的那样：“这不是一般的读书记，而是掌故史乘的漫谈，谈的是成书的经过，版本的优劣，插图的变易，观点的沿革，作者的遭遇，……一句话，不限于书里的故事，多的是书外的见闻。这样，属于知

[1] 邓珂云：《曹聚仁与书》，《曹聚仁书话》，北京出版社，1998 年版，第 356 页。

[2] 郑尔康选编：《郑振铎书话·选编后记》，北京出版社，1996 年版，第 333 页。

[3] 嵩山：《〈散文二集〉导言》，《中国新文学大系导言集》（内部资料），第 309 页。

识范围的纵笔所之的放谈不必说了，便是就书论书，也要有独具的识见，精当的材料，那就完全依靠作者平日的修养和积累，不是可以侥幸取得、一蹴即就的了。我以为这是《书海夜航》的一个最大的特色。”[1]

三、发表的园地

任何一种文学文本，如果创作出来不面世，不寻求阅读主体，那么它就没有完成文学作为一种生产品的流程，不能称为真正意义上的文学作品。同样，作家写作出书话后，要为它选择阅读、接受的群体。从现有的资料看，还没有一位书话作家为自己的作品规定过阅读范围。但是我们从书话选择的发表地可以窥见其创作取向及创作目的。

对于现代书话作家来讲，他们的书话写作常常是其业余的产物。唐弢把写书话看作“是在工作余暇，抽一支烟，喝一盅茶，随手写点什么，作为调剂精神、消除疲劳的一种方式”[2]；曹聚仁的书话是“一种可有可无的闲文”[3]；阿英写作《夜航集》“全成于偶尔的感兴，是算不得‘文章’的”[4]。从这些作家的自我表述可以看出他们对书话的态度，因此，对于书话发表的园地，也就不会苛求了。唐弢就认为自己创作书话是为报纸补白。

从现在掌握的现代书话最早发表的情况来看，报纸的副刊

[1] 唐弢：《〈书海夜航二集〉序》，生活·读书·新知三联书店，1984年版，第1页。

[2] 唐弢：《书话·序》，北京出版社，1962年版，第3页。

[3] 曹聚仁：《书话·2》，《曹聚仁书话》，北京出版社，1998年版，第3页。

[4] 阿英：《夜航集·自序》，《阿英文集》，生活·读书·新知三联书店，1981年版，第194页。

是其最集中的展示地。

"'报纸上为什么要有个副刊呢？'刘半农先生曾在《世界日报》副刊的发刊词中说过：'这个问题是谁也回答不出的；不过好像见"报谱"上写着，有报必有副刊。'这是一句幽默的说法。因此，胡道静兄说：'一般新闻学里说组织成报纸的元素是新闻、评论及广告，并没有副刊在内。贝士鼎（Geo.C.Bastian）的《日报编辑法》里，开宗明义说什么是报纸，报纸生产及扮演些什么东西，分析得比较仔细，据他说是：一天的世界消息、社论、卡通、特写、彩色滑稽画、展示的广告，以及分类的广告，也不曾说到副刊。然而凭你怎么来搁煞，打开一份报纸来看，总有不止一个副刊，在上举的诸种原素之外，足见半农先生的秘本确是大有道理。'"[1]

报纸在出现之时，是并无副刊存在的。1872 年 4 月，《申报》在上海创刊。为了增强自己的竞争力，它在发刊条例中征文："如有骚人硕士，有愿以短什长篇惠教者，如天下各明区竹枝词及长歌记事之类，概不取值。"[2] 于是，很多文士就纷纷投以辞章之作。当时的报纸，在编排上是不分栏目的，评论、新闻和那些竹枝词、辞章之类是连着排的。可以说，从《申报》起，报纸有了副刊的内容，但是副刊没有单独出来，可以说只是出现了雏形。到了 1897 年，上海的《字林西报》出了中文版《字林沪报》，但是经营一直没有起色。到了 1900 年，出让给日本人主持的东亚同文会，改名为《同文沪报》，由高太痴、周品珊任编辑。为了和《申报》《上海新报》争市场，他们出了副

[1] 曹聚仁：《我与我的世界》，人民文学出版社，1983 年版，第 361—362 页。

[2] 曹聚仁：《〈申报〉创刊号》，《我与我的世界》，人民文学出版社，1983 年版，第 362 页。

刊，名为《同文消闲录》，用专门的版面集中刊载诗词、小品、乐府、传奇之类带有消闲性质的作品，随正报附送。读者买一得二，生意就渐渐好起来了。《同文消闲录》的成功也给了其他报纸以启示，于是各报纸纷纷增加副刊。最早的副刊目的单纯，只是为了吸引读者，所以在内容选择上和小报类似，多为街谈巷议、私隐秘闻。也刊载一些“诗词、游戏小品、笑林、剧评、灯谜等等”[1]。可以说，副刊的创意和源头可以追溯到小报。所谓小报“是指篇幅较小，一般为八开或小于八开的小型报纸，它以消遣性为主旨，内容包括新闻、小说、随笔、游记、小品文、新旧体诗词、掌故、影戏舞动态、社会知识和生活话题等。一言以蔽之，小报是休闲性的小型报纸”。李伯元的《游戏报》被公认为是第一份小报。[2]小报以俯就的姿态刊登迎合普通大众口味和心理的文章，故拥有大量的读者群。报纸的副刊正是从这个角度借鉴了小报的做法。1911年8月，《申报》就新辟了副刊《自由谈》。可以说，“进入二十世纪以后，绝大部分报纸都在自己的版面上设置了副刊。其中有的印有专门的刊头，如《中国日报》的《鼓吹录》，《时民报》的《醒狮》……有的虽没有刊头，却有固定的版面，如《神州日报》的第六版……没有刊头和固定版面的，也多数设有刊载副刊文字的专门栏目，如《浙江潮》的‘小说’、‘文苑’、‘丛谈’，《江苏》的‘说苑’等”。[3]

针对副刊应该刊登什么样的作品，严独鹤曾提出四个标准：“（一）隽雅而不深奥；（二）浅显而不粗俗；（三）轻松而不浮

[1] 曹聚仁：《我与我的世界》，人民文学出版社，1983年版，第363页。
[2] 李楠：《晚清民国时期上海小报》，人民文学出版社，2006年版，第22页。
[3] 方汉奇：《中国近代报刊史》，山西人民出版社，1981年版，第658—659页。

薄；（四）锐利而不尖刻”[1]。这当然是比较高的期待和标准。仅以对现代文学影响甚大的《申报·自由谈》看，内容上，“杂感之外，散文、随笔、速写、游记、读书记、小考证、文艺评论、科学小品、短篇翻译等等，应有尽有”。[2] 如阿英的《旧书新话》系列发表于1933年7月10日、11日、12日的《申报》副刊《自由谈》上。柯灵于1938年2月10日加入《文汇报》工作，负责副刊的编辑工作[3]。2月11日，副刊《世纪风》创刊。从《世纪风》所登载的文章来看，其早已不再是小报的做派，而是紧贴现实，文章极具先锋意义。如《世纪风》连载过史沫特莱作的《中国红军行进》，也发过纪念三八节特刊、五四纪念特刊等。到了1939年5月被迫停刊。1945年日本投降、上海光复后，《文汇报》复刊。唐弢最初写的书话就刊登在《文汇报》的副刊“文化街”上。郑振铎的《求书日录》发表于1945年11月1日至12月24日的《大公报》文艺副刊上。50年代末、60年代初的书话，多刊载在《人民日报》的副刊上，如有郑振铎的“书林漫步”、唐弢的“书话”、阿英的“近代文学丛谈”、陈原的“中外读书小品”、赵家璧的“编辑忆旧”、钱君匋的“书籍装帧琐谈”、李健吾的“艺术短简”、路工的“访书见闻录”等等。

报纸副刊之所以成为书话发表的主要园地，其根本原因在于副刊的办刊宗旨和书话的创作意图存在着相和之处。从上文对副刊的介绍可以看出，副刊一般具有文艺性、趣味性、消闲

[1] 严独鹤:《副刊的“四个要点”》，王文彬编:《中国报纸的副刊》，中国文史出版社，1988年版，第30页。
[2] 唐弢:《影印本〈申报·自由谈〉序》，《唐弢文集》第9卷（文学评论卷），社会科学文献出版社，1995年版，第252页。
[3] 文汇报报史研究室编:《文汇报大事记》，文汇出版社，1986年版，第4页。

性和知识性等特点[1]。这些特点和书话创作姿态的休闲、阅读心理的轻松、读后获得点知识的效果是相一致的。所以副刊于书话正是理想的发表园地。而副刊也因为刊载书话而提升了自己的文化品格。正如姜德明所说："我以为报纸副刊是发表书话的理想园地，不仅可以提高报纸的文化品位，也是普及文学史和培养读者艺术修养的极好方式。"[2]

[1] 严独鹤：《副刊的"四个要点"》，《中国报纸的副刊》，中国文史出版社，1988年版，第29页。

[2] 姜德明：《现代书话丛书·序言》，北京出版社，1996年版，第3页。

第二章　现代书话的历史渊源及其文体特征

"所谓'二十世纪中国文学'，就是由19世纪末20世纪初开始的、至今仍在继续的一个文学进程，一个由古代中国文学向现代中国文学转变、过渡并最终完成的进程，一个中国文学走向并汇入'世界文学'总体格局的进程，一个在东西方文化的大撞击、大交流中从文学方面（与政治、道德诸多方面一道）形成现代民族意识（包括审美意识）的进程，一个通过语言的艺术来折射并表现古老的中华民族及其灵魂在新旧嬗替的大时代中获得新生并崛起的进程。"[1] 这段文字的表述带着激昂慷慨的感情色彩，为我们勾画出20世纪初整个中国文学表现出的最显著变化，即与"世界文学"交轨。在小说、诗歌、戏剧更多受到西方文学的影响，呈现出与传统文学不同样式的映衬下，散文对传统的承传就显得醒目了。在散文这个大的体裁范畴中，书话作为其边缘文体，更在形式和内容上保持着与传统最为密切的联系。

[1] 钱理群、黄子平、陈平原：《二十世纪中国文学三人谈·漫说文化》，北京大学出版社，2004年版，第11页。

第一节　现代书话的历史渊源

钱谷融在《近人书话系列》的总序中这样说道：

> 中国自古就有为书籍（藏书）写题跋的传统。题跋的形式一般都比较简短，内容则相应广泛，诸如版本、装帧以及购藏经过，读后的印象、心得之类，都有所涉及。甚至也有借题发挥地针对当时的政治形势、社会风习发些议论的。可谓不拘一格，最为灵活自由。大凡爱书的人每得一种新书，在诵读赏玩之余，总免不了要随手写上一些有关该书的话题。这种文字可能也就是后世所谓书话的发端。[1]

在这段话中，钱谷融提出古代书籍的题跋为现代书话的来源，而藏书题跋又源自古代的目录书志。正如有学者指出的："由志目而为题跋，而为近之书话，著述体裁之递相嬗变，盖因风气所使，古今文人心性不同耳。"[2] 本节将重点考察现代书话的历史渊源，去探寻它与传统的关系。

一、目录解题

目录，历来被公认为是读书治学的门径。它是指按一定体

[1] 钱谷融：《近人书话系列·总序》，浙江人民出版社，1999 年版，第 1 页。

[2] 绿林书房：《今人书话系列·弁语》，浙江人民出版社，1997 年版，第 1 页。

系编排的图书目录。一般记载书名、卷数、作者、版本等项目，有的还有提要。鲁迅先生曾把阅读书目看成是“治学之道”。郑振铎在为孔另境辑录的《中国小说史料》作的序中说：“‘版本’‘目录’的研究，虽不就是‘学问’的本身，却是弄‘学问’的门径。未有升堂入室而不由门循径者，也未有研究某种学问而不明了关于某种学问的书籍之‘目录’‘版本’的。而于初学者，这种‘版本’‘目录’，尤为导路之南针，照迷的明灯。有了一部良好的关于某种学问的书籍目录，可以省掉许多人的暗中摸索之苦。我们都是经过了‘摸索’的境界，吃尽了苦的，故对于‘版本’‘目录’的编著者，往往是抱着很大的敬意的。”[1] 黄裳坦言说自己有读书目的爱好：“这件事初看好像有点不可思议，但事实正是如此。有如讲究饮馔的人爱翻食谱，爱听戏的人喜欢看旧戏单一样，看书目也一样，在每一条目下面，看见简单的版本记录，就仿佛可以想见原书的风貌，如有自己曾经见过的书，就又有旧友重逢之乐了。”[2] 黄裳开始买书时，苦于只能自修而没有参考书。“偶然碰上了叶德辉的《书林清话》，不禁大喜。如饥似渴地读了，又按照他的指引，搜罗起书目题跋来，从钱遵王的《读书敏求记》，黄丕烈的《荛圃藏书题识》，一直到《鲁迅日记》每月后面的书帐，每见必收，迄今也有了百十来种。翻翻书目发现这也有个发展过程。最早的《艺文志》之类，往往只留下孤零零的一个个书名，有时连作者和卷数都不记，实在使人遗憾。到了明清之际，藏书家的书目里在作者卷数之外，才偶尔标明‘宋版’、‘旧抄’字样，觉得有些意思了。再往后，书目中出现了记行款和黑白口……的附

[1] 郑振铎：《中国小说史料·序》，《郑振铎书话》，北京出版社，1996年版，第194页。
[2] 黄裳：《爱书者》，《黄裳书话》，北京出版社，1996年版，第259页。

注，参考意义又多了一层。人们还不满足，以为如此还不足窥见古书面目，从杨守敬开始，又集印了《留真谱》，此后公私藏家也纷纷影印书影，一时蔚成风气。一直到商务印书馆的《四部丛刊》出现，可以说是一部系统完整的留下了古书面目的大丛书，读者从中不但接触了古书的体貌，也看到了中国雕版文化的发展轨迹，真的为买书人提供了极好的教材。”[1]

以上的表述都提示我们，目录学不仅“考证学术传刻版本的异同，辨明学术发展的源流”，还“是研究各项学术必要的途径”。[2] 而且随着书目的逐渐完备，它以文字的形式为后人展示了古籍的样貌，提供了购买古书的依据，同时目录中对书籍基本情况的介绍在现代书话的写作中得以传承。

关于目录学的由来，余嘉锡指出：“目录之学，由来尚矣！《诗》《书》之序，即其萌芽。及汉世刘向、刘歆奉诏校书，撰为《七略》《别录》，而其体裁遂以完备。自是以来，作者代不乏人，其著述各有相当之价值。治学之士，无不先窥目录以为津逮，较其他学术，尤为重要。”[3] 姚名达在《中国目录学史》中也认为“自向、歆校书，著成《录》《略》，实为我国目录学史上之辉煌成就”。[4] 他同时指出，在刘向等人校书的过程中，就已经做到“每一书已，向辄条其篇目，撮其指意，录而奏之”，其体例包括：“著录书名与篇目”；“叙述雠校之原委”；“介绍著者之生平与思想”；“说明书名之含义，著书之原委，及书之性质”；“ 辨别书之真伪”；“评论思想或史事之是非”；“叙述学术源流”；“判定书之价值”。对一部书做了这样的记录

[1] 黄裳：《书缘》，《书之归去来》，中华书局，2008 年版，第 72 页。
[2] 谢国桢：《〈中国善本书提要〉序》，《瓜蒂庵小品》，北京出版社，1998 年版，第 182 页。
[3] 余嘉锡：《目录学发微》，中国人民大学出版社，2004 年版，第 1 页。
[4] 姚名达：《中国目录学史》，上海古籍出版社，2005 年版，第 5 页。

后，则“书既有录，学者可一览而得其指归，然后因录以求书，因书而研究学术，无茫然不知所从之苦，无浪费精神之弊”。[1]这正是版本目录学的价值所在。所可惜的是，刘向、刘歆所撰的《略》《录》现在都已亡佚了。

姚名达按照目录的内容将其分为三类：“有纯书目、纯解题、兼书目及解题之异。”[2]余嘉锡也将目录的编制分为三种：“一曰部类之后有小序，书名之下有解题者；二曰有小序而无解题者；三曰小序、解题并无，只著书名者。”[3]从两位目录学专家对目录种类的分析来看，基本意见是相同的。其中，他们都强调了书籍的解题的重要性。解题又叫叙录或提要。邓之诚在《桑园读书记》前序中说：“解题之作，始于晁陈。至《四库提要》，辨体例，纠谬误，而愈精矣。其荟萃事目，以备遗忘者，则为‘类事’。二者各有藩篱，若不可合。妄意以为若为叙录，当撮其内容，使未读是书者，稍明涂径，且知某事见某书，为较切实用也。”[4]所谓晁、陈，指的是宋代晁公武的《郡斋读书志》和陈振孙的《直斋书录解题》二书。

刘向、刘歆开创了我国目录学学科，他们对书籍所做的剖析源委、推寻事迹的工作，“足以辨章学术，考镜源流”。但是刘向及刘歆所著之书已久佚不传。“其后，晋荀勖因魏秘书郎郑默《中经》更著《新簿》；刘宋王俭别撰《七志》；梁阮孝绪更撰《七录》，目录之学大盛。然荀王阮三氏之书，但题书名，不著解题。及至赵宋，目录之书寖繁，私家撰述尤多；然传世者，

[1] 姚名达：《中国目录学史》，上海古籍出版社，2005 年版，第 29—33 页。

[2] 姚名达：《中国目录学史》，上海古籍出版社，2005 年版，第 11 页。

[3] 余嘉锡：《目录学发微》，中国人民大学出版社，2004 年版，第 4 页。

[4] 邓之诚著，邓瑞点校：《桑园读书记》，辽宁教育出版社，1998 年版，第 1 页。

不过晁公武《郡斋读书志》、尤袤《遂初堂书目》及陈振孙《直斋书录解题》三书而已。三书中以晁氏《郡斋读书志》为最先，叙释亦最精。”[1]

晁公武，字子正，世号昭德先生。台北师范大学硕士研究生刘兆祐在其论文《晁公武及其〈郡斋读书志〉》中详细分析了《郡斋读书志》的撰写体例。其包括：一，著录作者之时代及姓名；二，介绍作者之生平及其学术；三，解说书名之含义；四，介绍一书之内容；五，叙一书之总目或备载篇目；六，叙说学术之源流；七，评价一书之价值；八，判别典籍之真伪；九，引序以见作书之由；十，稽考篇卷之异同；十一，考订入类之不同；十二，记载版本或刊刻情形；十三，广罗诸本，记其异同；十四，著录序文之作者。[2]可以说，其书对书籍的介绍详尽而全面，所以《四库全书总目提要》称之为“终为考证者所取资”。从晁公武所采纳的撰写体例来看，可以说是刘向目录体例的完美体现。其中出现了引文，即抄引书籍的序文来解释写作书籍的缘由，可举一例来看：

> 《非国语》二卷。右唐柳宗元子厚撰。序云：左氏《国语》，其文深闳杰异，而其说多诬淫；惧学者溺其文采，而沦于是非，本诸理，作《非国语》。上卷三十一篇，下书三十六篇。

抄引序文这样的做法被后来的目录著作及藏书题跋所继承。

---

[1] 刘兆祐：《晁公武及其郡斋读书志·序》，（台湾）嘉新水泥公司文化基金会，1969年版，第1页。

[2] 刘兆祐：《晁公武及其郡斋读书志·序》，（台湾）嘉新水泥公司文化基金会，1969年版。

基本上看来，晁公武的《读书志》是比较严格的版本目录学写作，属于考证之类。这类写作到了陈振孙手里，就加入了些个人色彩。

陈振孙的《直斋书录解题》首次提到“解题”之名。王成玉在《书话史随札》的“直斋书录解题”一节中录入了《列女传》的“解题”，转引于下：

> 汉护都水使者、光禄大夫刘向子政撰。成帝时，赵氏姊弟起微贱，逾礼制。向以为王教由内及外，故采取《诗》《书》所载贤妃贞妇，兴国显家可法者及嬖孽乱亡者，序次为八篇，以戒天子。其七篇，篇十五人，为一百五人。第八篇为颂义。隋、唐志及《崇文总目》皆十五卷，盖以七篇分为上下，并颂为十五卷，而自陈婴母以下十六人附入其中，或与向同时，或在向后者，皆好事者所益也。王回、曾巩二序辨订详矣。巩之言曰：“后世自学问之士多徇于外物，而不安其守，其室家既不可见法，故竞于邪侈，岂独无相成之道哉！士之苟于自恣，顾利冒耻而不知反己者，往往以家自累故也。故曰身不行道，不行于妻子。况于南乡天下之主哉！”愚尝三复其言而志之。

从这段解题可看到，陈振孙谈到了创作的缘起、作者、内容、目次、序作、源流等，并且出现了陈氏自己的影子：“愚尝三复其言而志之”。解题作者加入了自己的情绪，给目录的枯燥带来了一丝人文气息。同时，我们看到陈氏在解题中也收入了曾巩的序，作者的“这种‘抄书法’，可以说是他的一大发明，开后世藏书家在书目题跋读书记一类文体抄录原文的先河”。[1]

[1] 王成玉：《书话史随札》，河北教育出版社，2006 年版，第 38 页。

在谈书的文字中作抄录，尤其是抄录序文，成为书话类文章的一个突出的体式特征。这在后文论述。

通过以上两部经典的目录学著作，我们体会到，在解题中一般要涉及书籍的内容、主要的篇章、作者的基本情况、当时社会政治经济的情况、书籍的叶数、行款、尺度的大小、刻书人的姓名、装订的形式等等。这些记录可以给后人留下原书的本来面貌，达到“留真”的目的。使得后来的学者能够不见其书，而由提要想知其书。另一方面，提要也“是为了节省读者的时间，帮助读者尽可能广泛地掌握知识，同时还提示研究的门径、材料的来源，是使浩如烟海的书本活起来的有效办法”。[1]

现代书话的写作与传统的目录学之间存在着密切的因缘关系，最突出的就表现在解题方面。我们在现代书话中能够看到解题的影响。如鲁迅的《〈嵇康集〉序》《〈唐宋传奇集〉序例》就是传统的题解的写法。周作人对书籍内容的评论，郑振铎、阿英对版本的考订，唐弢对新文学书刊出版存佚情况的说明等等，都可以看作是题解的内容。黄裳说：“‘提要’似乎也可以有高低两种标准。能在技术上完成各项为读者提供方便的任务就可以说是达到了最低标准了。如果要更理想，就必须要求对不同著作作出确当的评判，从思想上作出评判。”[2]这样的期待正是现代书话努力的方向。

同时他还认为“版本问题在过去的提要中还没有受到应有的重视。其实这是必须说到的重要内容，张之洞的《书目答问》的学术价值在很大程度上就表现在这里。我们当然不是为版本

[1] 黄裳：《关于“提要”》，《银鱼集》，安徽教育出版社，2006年版，第204页。

[2] 黄裳：《关于“提要”》，《银鱼集》，安徽教育出版社，2006年版，第205页。

而版本，目的依旧在于向读者专家提示最佳的资料来源”。[1] 在现代文学的研究中，关注目录学、版本学的研究成果总体来说并不多见。有研究者认为：“这方面的论文只有朱金顺的《〈骆驼祥子〉版本初探》、龚明德的《〈家〉的版本变迁》等少数几篇。倒是有很多新文学版本方面的‘书话’。在唐弢的《晦庵书话》、姜德明的《余时书话》、胡从经的《柘园草》、吴泰昌的《艺文轶话》、陈子善的《捞针集》、倪墨炎的《现代文坛短笺》等著作中，有不少关于新文学版本的书话。自《晦庵书话》问世以来，书话甚至成了一种新的散文形式。许多关于新文学作品版本的书话把版本资料与人生感慨结合起来，把书的命运与生活、政治、文化等联系起来，超越了版本学的内容，丰富了版本研究的意义。”[2] 可以说，书话从目录学中继承的对版本、提要的关注使得它在内容上具有了知识内涵，对于文学史的版本研究、史料研究的裨益是很大的。

姚名达认为“有于书目后作题解者，有于书籍中作题跋者”[3]，所以，藏书题跋是从目录学的解题发展而来的，在不断的发展中，渐渐形成了自己的特色，直接开启了现代书话的写作。

二、藏书题跋

所谓“藏书题跋是专指写于被收藏的典籍图书卷册前后

---

[1] 黄裳：《关于“提要”》，《银鱼集》，安徽教育出版社，2006 年版，第 206 页。

[2] 金宏宇：《新文学版本研究的角度》，《中国现代文学研究丛刊》，2005 年第 2 期。

[3] 姚名达：《中国目录学史》，上海古籍出版社，2005 年版，第 11 页。

（有时在书卷中间的隙处）的题识文字”。[1] 现代书话的创作从中国传统的藏书题跋那里吸收了丰富的养料。对于这一点，许多作家都有过直接的阐述。唐弢说：“我写《书话》，继承了中国传统藏书家题跋一类的文体，我是从这个基础上开始动笔的。我的书话比较接近于加在古书后边的题跋。”[2] 姜德明讲道：“书话源于古代的藏书题跋和读书笔记，并由此生发、衍变而成。”[3]

所谓题跋，是附于书画、书籍、诗文、碑帖等后的说明、议论、抒情、评价性的文字。“明人徐师曾《文体明辨》说：‘题跋’者，简编之后语也。凡经传、子史、诗文、图书之类，前有序引，后有后序，可谓尽矣。其后览者，或因人之请求，或因感而有得，则复撰词以缀于末简，而总谓之‘题跋’。”[4]

据查，题跋一词最早出现在宋代欧阳修的文集中，他的《集古录跋尾》和《杂题跋》是其代表作。在他的题跋写作中，“首先是形式上变化多了，不但用以跋书，还用以跋画、跋诗、跋书法；文字则长短不拘，各适其宜，有长至八百言，短到仅三十字的。内容则不再偏重议论，而是边叙边议，或者抒写自己的情怀，或者摭拾前辈与同时人物的轶闻，字里行间常常流露浓重的感情色彩。可以说，欧阳修奠定了题跋这一名称和地位，并以他的写作实践为后来者作出良好的示范，有力地推动了题跋的发展”。[5] 后来的苏轼和黄庭坚是两大题跋作家。在他

[1] 徐雁、王燕均主编：《中国历史藏书论著读本》，四川大学出版社，1990 年版，第 23 页。

[2] 唐弢：《晦庵书话·序》，生活·读书·新知三联书店，1981 年版，第 6 页。

[3] 姜德明：《现代书话丛书·序言》，北京出版社，1996 年版。

[4] 曹之：《中国古籍版本学》，武汉大学出版社，1992 年版，第 429 页。

[5] 黄国声选注：《古代题跋选》，广东人民出版社，1986 年版，第 3 页。

们手中，题跋的形式更加灵活，成为一种轻松活泼、短小隽永的散文。这种创作一直延续下来，在“毛晋刻《津逮秘书》中收有苏轼《东坡题跋》、黄庭坚《山谷题跋》、秦观《淮海题跋》、陆游《放翁题跋》、欧阳修《六一题跋》、曾巩《元丰题跋》、朱熹《晦庵题跋》等数十家，可见宋人题跋之盛。宋代以后，不少读书人都有题跋的习惯，一书读完之后，乘兴握管，或叙述著者身世，或详察学术源流，或考订版本原委，足资参考。有些善本书，跋语往往连篇累牍，叫人目不暇接。例如清王士禛抄本宋琬《宋荔裳入蜀诗》累计有王士禛、莫友芝、叶裕仁、戴望、张文虎等 18 跋”。[1]

现代学者、散文家黄裳认为：“题跋小文，是从宋人才开始注意并大量写作的。影响最大的应数苏轼和黄庭坚。他们所写也还不是书籍的跋文，过去一向被视为散文小品，这是与他们集中的大篇正宗文字对比而言的。此外，欧阳修、叶石林等也都写题跋，陆放翁更是此中名手。他们的流风余韵可以说一直延续到晚近也还不曾消歇。南北宋之交的著名女词人李清照所写的《金石录后序》更是突出的作品。”[2] 从以上的解释可以看到，题跋作为一种有宋以来的文体，其数量是非常丰富的。“藏书题跋显然受历代的字画碑帖识语和唐代藏书家的‘题卷末语’的影响。历宋元两代，为藏书写跋已蔚为风气，作手林立。”[3] 到了清末叶德辉的《藏书十约》中已经将藏书题跋作为藏书的必备技术之一。[4]

---

[1] 曹之：《中国古籍版本学》，武汉大学出版社，1992 年版，第 429—430 页。

[2] 黄裳：《黄裳书话》，北京出版社，1996 年版，第 30 页。

[3] 徐雁：《中国历史藏书常识录》，《藏书四记》，湖北辞书出版社，1998 年版，第 350 页。

[4] 叶德辉《藏书十约》之“题跋八”，《叶德辉书话》，浙江人民出版社，1998 年版，第 11 页。

从具体创作情况看，“传统藏书题跋的风格也是多种多样的。粗略地分大抵不外两类。其一是讲究书的内容、版本、校勘这方面的事的，科学性强，缺点是不免枯燥，可作资料用，但不能是通常读物。如陈仲鱼的《经籍跋文》、何焯的《义门读书记》就是。此外就还有另一类，在上面所说的种种内容之外，又添上了书林掌故、得书过程、读书所感……不只有科学性，还增加了文艺性，是散文的一部类了。写这类书跋的前有黄荛圃，后有傅增湘，他们似乎都是爱书如性命的，说起旧本来，也都眉飞色舞，娓娓不倦。但期间也有高下，差别只在情感的真挚与虚矫，如夸张过实，或别有用心，就不免露出广告的气味，不足观了”。[1]

可作资料用的题跋在写法上多与解题更接近。其中影响比较大的为钱曾撰写的《读书敏求记》。钱曾，字遵王，号也是翁，生于明崇祯二年（1629），卒于清康熙四十年（1701）。他是清代著名的藏书家。他以自己所藏的书为本编了三部藏书目录，为《也是园藏书目》《述古堂书目》《读书敏求记》。《读书敏求记》中所著录的书，是钱氏藏书中的精华部分，专记宋元精椠或旧抄。“每书之下标明次第完阙，古今异同，并加以详细考订，兼及作者、作品之评论。”[2] 据说，钱曾编成此书目后，带在身边秘不示人。身为江南典试官的朱彝尊贿赂了钱曾的书童，才将原稿窃出，抄出副本，此书才得以流传。这本书直接影响了后来众多的善本书目录和题跋记的写作。其流脉所及，在近现代的一些作品中能够找到影子。如“藏书家傅增湘的《藏园群书题记》，周书弢先生的《自庄严堪藏书题识》，邓之诚

[1] 黄裳：《黄裳书话·编选后记》，北京出版社，1996年版，第351页。
[2] [清] 钱曾撰，丁瑜点校：《读书敏求记》，书目文献出版社，1984年版，第1页。

先生的《桑园读书记》，马叙伦先生的《读书小记》、《读书叙记》等，尽管偶然会间及掌故，重点仍在资料和校勘"，这类题跋"近于目录学的范畴，更不要讲抒情了"。[1]

与近于目录的藏书题跋相比较，现代书话所继承、现代书话作家所喜爱的还是上文所说的第二类藏书题跋。这类题跋中也有具体资料的介绍，但是在内容和写作手法上强调了文学色彩，具有较强的可读性，可以归属于文学散文之列。其中以黄荛圃的题跋为代表。黄丕烈，字绍武，一字绍甫，号荛圃、复翁等。他是乾嘉时期著名的藏书家、校勘学和版本目录学家。"其藏书以既富且精而著称。他曾辟'百宋一廛'专室贮所得宋版书一百余种。"[2] 仅以《士礼居藏书题跋记》一书看，其中收有题跋 341 篇。在这些题跋中，有丰富的版本学知识和黄氏的校勘成果。同时，"在追述书籍授受源流的同时，又记录了大批藏书家的情况和书林轶事。这些记载不但反映了当时社会文化的风貌，也使我们对清代私家藏书的发展过程及一些藏书家的生平有所了解"。[3]

仅举黄氏《前汉书（残宋本）》一文为例体会：

> 海宁吴槎客先生藏书甚富，考核尤精，每过吾郡，必承枉访，并出一二古书相质。然舣舟匆匆，未及畅谈，余亦不获举所藏以邀鉴赏。顷同陈仲鱼过访，茶话片时，历历述古书源流，俾得闻所未闻，实为忻幸。其行囊携得《汉书》残宋本数册，字大悦目，在宋椠中信为佳刻。余所

[1] 姜德明：《现代书话丛书·序言》，北京出版社，1996 年版，第 4 页。
[2] [清] 黄丕烈著，潘祖荫辑，周少川点校：《士礼居藏书题跋记·点校前言》，书目文献出版社，1989 年版，第 1 页。
[3] [清] 黄丕烈著，潘祖荫辑，周少川点校：《士礼居藏书题跋记·点校前言》，书目文献出版社，1989 年版，第 2 页。

藏景祐本外，却无别本可对，惟《范史》亦有此十六行、十六字本，与此本当同出一时，卷第下撰书、注书亦分两行，盖款式同也。其中字句之不同与注释之详略，余固未及取景祐本相勘，而纸墨精好，有过之无不及矣。且余所深服乎槎客者，如此种残编断简，几何不为敝屣之弃，而装潢什袭，直视惟千金可比，可谓爱书如性命。又得同志之人，劝其翻雕，以惠后学，始幸天壤之大，不乏好古之士。特恐卷帙繁富，窘于资力，尽与孙氏等耳。槎客当亦以余言为然。[1]

在黄氏的这段文字里，有书友之间的交往，有书友藏书的特点，有书籍的版本和流传，有推广书籍的设想，等等。读者通过阅读既了解了所谈书籍的版本等知识性内容，同时也在作者的点染中看到吴槎客的形象，体察到作者自己的情思。黄丕烈从 28 岁起开始写跋，数十年间持之以恒，在当时就非常有名。他死后，其题跋随藏书一起散出，“大宗为汪士钟艺芸书舍、杨以增海源阁所得，散于社会的只卷片跋，成为藏书家竞相争夺、奇价购买的对象。后人评价：‘荛翁题跋于书目别开一派，既非直斋之解题，亦非敏求之骨董。文笔稍多芜累，而溺古佞宋之趣时流溢于行间’（《士礼居藏书题跋记》），‘跋一书而其书之形状如在目前，非《敏求记》空发议论可比’（缪荃孙《荛圃藏书题识》序）”。[2] 所以“黄跋”成为一个专有名词，成为专学。

---

[1] ［清］黄丕烈著，潘祖荫辑，周少川点校：《士礼居藏书题跋记 · 点校前言》，书目文献出版社，1989 年版，第 11 页。

[2] 徐雁、王燕均：《中国历史藏书论著读本》，四川大学出版社，1990 年版，第 19 页。

对于黄氏的题跋，孙犁也谈到自己的意见："此等书，颇便消遣，学问不深，趣味甚浓，玩物者之记录，非考据家之著作也。余好聚书，遂亦好此类书，较之一般书目，可多知古书源流，然于今世，则为几将枯竭之支流，无人向此问津矣。"[1] 其实不然，孙犁自己的《书衣文录》的很多篇幅走的就是黄丕烈的路子。

现代书话作家在写作时从传统的藏书题跋那里吸收到很多东西，有些甚至在文章的谋篇布局上可以看作是传统藏书题跋的现代白话文本，这可以唐弢的书话为代表。我们将在后文进一步分析。值得重视的一个现象是，在现代书话作家这里，他们不仅喜欢古代的藏书题跋，从中汲取有益的资源，而且也从事题跋的实际写作。如周作人的《夜读抄》，郑振铎的《西谛题跋》，孙犁的《书衣文录》，黄裳的多部读书记，李一氓的《一氓题跋》，还有谢国桢、周书弢等人的创作。如郑振铎所表述的："一书之得，其中甘苦，如鱼饮水，冷暖自知。辄识诸书衣，或录载簿册，其体例略类黄荛圃藏书题跋。"[2] 这些作家创作的古式题跋成为现代书话园地中夺人眼目的奇葩，这充分体现了藏书题跋影响之深和书话创作的自由。对此，黄裳曾深情写道："藏书题跋是散文而不是学术论文，这是我的偏见。当然，专讲版本源流、版刻优劣的如陈仲鱼的《经籍跋文》之类，我也是佩服的，但总不是爱读物。如黄荛圃的藏书题跋，那才是理想的爱书人的恩物。这是可以随时浏览的散文，一位爱书如命的老人，孜孜不倦地朝夕以书卷为伴，辛苦收集、装潢、

[1] 孙犁：《书衣文录·士礼居藏书题跋记》，《书林秋草》，生活·读书·新知三联书店，1983 年版，第 33 页。

[2] 郑振铎：《劫中得书记·序》，《郑振铎书话》，北京出版社，1996 年版，第 270 页。

题记，每一段题跋都是一段得书故事，使人读了为之神往。黄荛圃的鉴别力是高的，但并不是没有失误，也常说些外行话，但绝不讨厌。在黄以后能得其遗绪的有郑振铎，他的最好的散文都是藏书题跋与访书记事。为《北平笺谱》而作的‘访笺杂记’是得到鲁迅先生称许的有趣文字，他在《录鬼簿》后所写的题跋更是文情俱胜的散文佳作。可惜《西谛书目》后所附的题跋寥寥无几，使人‘但恨其少’。”[1]

郑振铎作为有名的藏书家，他说自己“对于宋人题跋，很喜观看”，认为“这些题跋，在小品里是上乘之作，其高者常有‘魏晋风度’，着墨不多，而意趣自远”。[2] 他喜欢看题跋，同时也喜欢写题跋：“每当他买到一部好书，他总是喜欢在书的封面，用工整的瘦金体写上一篇，或是蒐求此书的曲折经历；或是得到此书后的心情感想；或是谈书籍的版本，或是写读书心得。”[3]“从他的题跋文中人们可以接触到他对书籍爱好的真挚的心。他在题记中经常会写下‘大喜欲狂’、‘为之狂喜’、‘惊喜过望’这样的词句，只要与西谛相熟的，都会知道这些都是他得到一本满意的书以后真实心情的写照，不是做作出来的。”[4] 他在《道光二十六年日月刻度通书一卷》上写的题跋中有自己得此书后“为之狂喜不已！”的记载。[5] 郑振铎

[1] 黄裳:《漫谈题跋》,《春夜随笔》,安徽教育出版社，2006 年版，第 184 页。

[2] 郑振铎:《求书目录》,《郑振铎书话》,北京出版社，1996 年版，第 103 页。

[3] 郑尔康:《一部“历经浩劫”而幸存的书稿——〈西谛书跋〉后记》,《西谛书跋》,文物出版社，1998 年版，第 641 页。

[4] 黄裳:《黄裳书话》,北京出版社，1996 年版，第 37 页。

[5] 郑振铎:《道光二十六年日月刻度通书一卷》,《郑振铎书话》,北京出版社，1996 年版，第 221 页。

结集出版的《西谛题跋》[1]的创作年代从20世纪20年代开始，一直持续到50年代末，是他对自己所收藏书籍的记载。郑振铎所写的题跋一般比较短小，记录了所藏书籍的卷数，编、作者，出版处，这些都符合题跋所体现的知识性。除此之外，郑振铎更多地记录下了自己求书、得书的经过，记录下了多年访书的心得及对书籍的点评。他收到了《秦词正讹》一书："诚奇遇也。可见凡事须留心，求书尤须不厌其烦琐琐求详。如以为《淮海词》不全本而不收，则必失之交臂矣。复庵曲生辣活泼，写情入骨，不类沈宁庵派之浮烂，实是明代南曲之最上上品。无意得之，欣喜无已，亦劫中杜门索居时一乐也。"[2]在这段文字中，郑振铎寥寥几笔对书籍作了精彩的品评，其中可能有些夸大的成分，但作家那种热情、直率的形象却跃然纸上，读来不禁会和作家同乐。在《明清两朝画苑尺牍》一书的题跋上郑振铎记录此书为博山赠予他的，当初赠书时，博山"病犹未深。不意一月之别，遽成古人。人生诚若朝露，哀哉！"[3]作者对友人的怀念之情，呼之欲出。从郑振铎的这些题跋创作中我们可以清晰地看到中国古代藏书题跋的流脉：语言多使用文言，内容上多谈得书的掌故，观书后的所感及在收书过程中自己和友人之间的交往，并传达出作家对书籍浓厚的感情。文字朴素、精练而老道，其中映射出来的作者的形象及情感感人至深。

---

[1]《西谛题跋》为《西谛书目》第六卷，北京图书馆1963年编，文物出版社出版，收题跋173则。

[2] 郑振铎：《秦词正讹》，《郑振铎书话》，北京出版社，1996年版，第222页。

[3] 郑振铎：《明清两朝画苑尺牍》，《郑振铎书话》，北京出版社，1996年版，第224页。

三、诗话、词话等

从概念来说，书话一词和诗话、词话的关系比较密切。唐弢在《书话·序》中说道："中国古代有以评论为主的诗话、词话、曲话，也有以文献为主，专谈藏家与版本的如《书林清话》。《书话》综合了上面这些特点，本来可以海阔天空，无所不谈。"[1] 陈平原也认为："未考'书话'一词的真正起源，不过，说它是从'诗话'、'词话'、'曲话'延伸开来的专谈书籍的文章体裁，大概总不会错吧？"[2] 杨自伍认为：古代有诗，遂有诗话，书话固然不是古制，不妨推想是由诗话演变而来的。[3] 周振鹤在《书话应该是什么样子》一文中则说："诗话的范围原极宽泛，虽以评价诗歌作品为主，但总要由诗及人，探讨有斯人方有斯诗的道理，进一步甚而专记诗家逸事遗闻的。即评论诗歌本身，也可扩大到讨论格律甚而文学理论的。""书话也与诗话一样，也要涉及作者，也可叙述他们读书写书的故事，而且还可以更加泛化，连爱书、买书、藏书的美谈也可纳于其中，这似是诗话所不能比的。"[4] 从这些学者的表述中可以看到，诗话和书话的关系是密切的。

所谓"诗话是一种漫话诗坛轶事、品评诗人诗作、谈论诗歌作法、探讨诗歌源流的著作"。[5] 据考，诗话这种体式是由宋人开辟的。最早的作品应该是欧阳修的《六一诗话》。欧阳修自

---

[1] 唐弢：《书话·序》，北京出版社，1962年版。
[2] 陈平原：《杂谈书话——代序》，《书里书外》，浙江文艺出版社，1988年版，第1页。
[3] 杨自伍：《书话与书评》，《文汇读书周报》，1997年8月30日。
[4] 周振鹤：《书话应该是什么样子》，《文汇读书周报》，1997年8月30日。
[5] 张葆全：《诗话和词话》，上海古籍出版社，1983年版，第1页。

题《诗话》云："居士退居汝阴而集，以资闲谈也。"从"以资闲谈"可以看出，欧阳修最初的宗旨并非严正。"是以论辞则杂举隽语，论事则泛述闻见，于诗论方面无多阐发，只成为小说家言而已。"[1]欧阳修开了诗话的滥觞，之后有司马光的《续诗话》，其他仍流传的有《中山诗话》《临汉隐居诗话》《石林诗话》《优古堂诗话》等等。郭绍虞认为宋人在写诗话时，是把其作为可供谈资之作，因此在内容上就不纯粹。"其足考当时诗人之遗闻佚事者，体固近于小说；即足资昔人诗句之辨证考订者，亦何尝不可阑入子部呢！所以诗话而笔记化则可以资闲谈，涉谐谑，可以考故实讲出处，可以党同伐异，标榜攻击，也可以穿凿附会，牵强索解；可杂以神怪梦幻，也可专讲格律句法；巨细精粗，无所不包。"[2]

当然，诗话也并不是无所不包。其内容归纳起来不外是两类："一类是品评诗人诗作，考订字句名物，诠释名篇佳句，探讨诗歌源流、体制和作法，着重在'评论'；一类是记载诗坛掌故、诗歌本事和诗人遗闻轶事，着重在'记述'。"[3]有学者认为诗话的源头"一是先秦以来的诗文评论，一是魏晋以来的笔记小说"。[4]故此，"从体制上说，诗话是一种笔记体的短札，兼有诗文评论和笔记小说的特点，但与两者又不完全相同。它没有严密的结构，可以漫笔而书，随意短长，通常分则记事评诗，一则一事，全书无须作开头结尾、承接转折等精心布局。

[1] 郭绍虞：《中国文学批评史》（上卷），百花文艺出版社，1999年版，第331页。
[2] 郭绍虞：《中国文学批评史》（上卷），百花文艺出版社，1999年版，第331页。
[3] 张葆全：《诗话和词话》，上海古籍出版社，1983年版，第3页。
[4] 张葆全：《诗话和词话》，上海古籍出版社，1983年版，第5页。

它是介于诗论和笔记之间的一种漫谈式的随笔”。[1] 朱光潜在《〈诗论〉抗战版序》中也说道：“诗话大半是偶感随笔，信手拈来，片言中肯，简练亲切，是其所长。”[2] 词话是在诗话的影响下，随着词创作逐渐繁荣而产生的。它最初出现是夹杂在或附在笔记和诗话中的。其表现内容与诗话相同，只不过品评的文体改变了。

王成玉在《书话史随札》中谈到诗话和书话的关系时认为：“书话不是由词话而来的。书话是一种很独特的文体，它是综合和吸收了目录、题跋等因素，最主要的是由目录而演变为藏书题跋。说书话是由诗话而来，至多不过是取其诗话闲谈纪事的随笔一体。”[3] 而且从书话的创作者来看，直接提到受到诗话、词话等影响的不多，似乎只有唐弢说过一点意见。像郑振铎、阿英、黄裳等人更看重题跋的影响。因此，考虑到诗话、词话等对书话的影响，笔者觉得主要体现在诗话、词话从内容上为书话提示了可以书写的方面，使得书话表现得内容丰富。至于其他更细致的影响，还需留待时日进一步探讨。

第二节　现代书话的文体特征

文体是文学形式方面的概念，是语言、意象、结构等文学形式要素所表现出的较具整体意义的个性。如果说文学形式包含了作品中的每一个字符，这些字符在意义的形成中都担负着

[1] 张葆全：《诗话和词话》，上海古籍出版社，1983 年版，第 2 页。
[2] 朱光潜：《〈诗论〉抗战版序》，《诗论》，北京出版社，2005 年版，第 1 页。
[3] 王成玉：《书话史随札》，河北教育出版社，2006 年版，第 66 页。

一定的职责，那么，文体是指一种更具整体性、更为个性化的形式构成。韦勒克在《文学原理》一书中认为文体学研究“将成为文学研究的一个主要部分，只有文体学的方法才能界定一件文学作品的特质”。[1] 韦勒克又说：“当文体分析能够建立整个文学作品中普遍存在的统一原则和某种一般的审美目的时，它就似乎对文学研究最有助益。”[2] 因此，探讨现代书话的文体特征对于进一步认识书话有着极大的助益。

一、现代书话的文体归属

“我国的文体论始发轫于魏晋，而盛于齐梁以后。”[3] 曹丕的《典论·论文》正式提出了文体问题。他按照“本同而末异”的原则把流行的文体分为八类，归纳为四科。之后各代都有对文体的认识。清代桐城派的古文家姚鼐编纂了《古文辞类纂》，他将文体分为十三类，其中“序跋类”被单独列出来。在“五四”时期，文体的划分进一步简化，出现了四分法。最早见于傅斯年的《怎样做白话文》中：“散文在文学上，没甚高的位置，不比小说，诗歌，戏剧。但是日用必须，整年到头的做它。”[4] 之后，小说、诗歌、戏剧、散文的体裁四分法基本约定俗成。

---

[1] [美] 韦勒克、沃伦著，刘象愚等译：《文学理论》，生活·读书·新知三联书店，1984 年版，第 193—194 页。

[2] [美] 韦勒克、沃伦著，刘象愚等译：《文学理论》，生活·读书·新知三联书店，1984 年版，第 196 页。

[3] 储斌杰：《中国古代文体概论》，北京大学出版社，1990 年版，第 15 页。

[4] 傅斯年：《怎样做白话文》，胡适编：《中国新文学大系·建设理论集》，上海良友图书印刷公司，1935 年版，第 218 页。

一种文学体裁一旦形成，便具有相对的稳定性。对于作家的创作来讲，具有审美规范的约束力。用现代体裁的分类来考量书话，可以清晰地看到书话是属于散文这种体裁的。把书话归入散文类，在作家和理论家那里都得到了认可。如唐弢对自己创作的书话的期许是："我曾竭力想把每段《书话》写成一篇独立的散文：有时是随笔，有时是札记，有时又带着一点絮语式的抒情。"[1]黄裳认为"书话其实是一种散文"[2]。陈子善说："'书话'已成为现代散文的一种新文体，一种形式极为活泼多样的新文体，理应进一步发扬光大。"[3]

但是接下来比较难处理的问题是，就散文这一文体来讲，其内部是非常复杂的。在我国的古代文论中，所谓散文是与韵文相对的散行文体，其包含的种类是很丰富的。五四新文化运动之后，刘半农的《我之文学改良观》一文才在中国现代文学史上第一次提出了"文学散文"的概念。之后在一些学人的努力下，散文的艺术性被加强，"美文""纯散文"成为现代散文发展的方向。但是，现代散文"是个复杂的多层次的综合概念，人们在不同层次上使用这一概念时，其内涵是不一样的。在多数情况下，人们使用文学散文这一概念时是泛指包括文艺杂感（杂文）、记叙、抒情散文和报告文学等各种样式的散文的，这我们可称之为广义的文学散文；有时则排除杂文和报告文学在外，特指记叙、抒情散文的，这我们可以称之为狭义的文学散文，或纯文学散文；可以说自'五四'迄今，文学散文这个概

---

[1] 唐弢：《书话·序》，北京出版社，1962年版，第6页。

[2] 何倩：《腹有诗书气自华——访黄裳先生》，《识荆记》，复旦大学出版社，2002年版，第55页。

[3] 陈子善：《捞针集——陈子善书话》，浙江人民出版社，1997年版，第4页。

念始终未加统一的规范和界定”。[1]

在这样的局面下，散文的内部分类问题就仁者见仁、智者见智了。如喻大翔就把20世纪以来海峡两岸暨香港、澳门的散文分为四类：“一为议论散文，主要有随笔、杂文、书话、序跋和哲理小品等样式；二为记叙散文，主要有人物小品、叙事小品、景物小品和游记等样式；三为抒情散文，主要有抒情小品和散文诗等样式；四为兼类散文，既指兼富议论、叙述和抒情等多种表达方式，难以牵强划入以上三型中去的全要素散文，又指像书话、序跋、书信和日记等兼有应用与文学双重体裁性质，并能写成上述任何一种样式的文学散文。”[2]

在喻大翔的分类中，他既把书话归入议论散文，又归入兼类，况且书话是否以议论为主还值得商榷。同时，在一些专谈书话的文章中，对于书话的散文体式也是各说各话。如倪墨炎说自己写的是“书话一类读书随笔”[3]。徐雁认为“书话，是指关于书及与书有关的人和事的知识小品。它原是在中国传统的藏书题跋基础上，吸收了诗话、词话的长处而发展起来的一种杂著文体”。[4] 孙郁在评价黄裳的书话创作时说：“先生通晓小品之精髓，又杂以白话之韵致，得其要义而成新体。”[5] 当代书话大家姜德明早年出版了《书叶集》《书边草》《书梦录》《书味集》等。在这些文章中，他主要谈的是有关现代文学的书籍，

[1] 俞元桂主编：《中国现代散文理论》，广西人民出版社，1983年版，第3页。

[2] 喻大翔：《中华20世纪学者散文综论》，《社会科学战线》，2002年第2期。

[3] 倪墨炎：《倪墨炎书话·选编后记》，北京出版社，1998年版，第385页。

[4] 徐雁：《秋禾书话》，书目文献出版社，1994年版，封二。

[5] 黄裳：《黄裳书话》，北京出版社，1996年版，第362页。

他把自己的这些文章认为是“读书随笔”。

“任何一位从事文学研究的学者，都会对于文类的划分，感到一种困惑和无奈，因为这一问题的探讨，常常使自己一不小心就会置身于悖论的境地。英国随笔家本森在《随笔作家的艺术》一书中就抱怨说：‘为文学命名，为文学的表现形式分门别类，实在是一件纠缠不清的、令人扑朔迷离的事情，仅仅为了方便才不得已而为之。’然而我们必须承认，文类的划分和设置，使人们对文学的性质和形式有了新的认识和理解，并作出界定和阐释文类的标准和规则。只不过，从历史的角度来看，被设定的文类的内涵和外延却常常处在动态的变化过程。”[1] 正因为对文类的划分和设置具有相当的难度和混杂性，所以被归入散文之中的书话才经常被认为是其他的文体，其独特性才会被忽视。只有确立了书话一体的文体特性，才有研究的必要和价值。因此，我们首先来考察一下与书话相近的随笔、小品、笔记等文体，从而凸显出书话的文体特质。

1. **书话与随笔、小品、笔记等**

在我国古代，随笔、小品、笔记等的形式都比较接近。

随笔这种文体可以说是古已有之。“魏晋南北朝时，刘义庆编撰的《世说新语》，被称为我国第一部小品文集。晚唐罗隐的《谗书》、皮日休的《皮子文薮》、陆龟蒙的《笠泽丛书》，宋代洪迈的《容斋随笔》、王明清的《挥麈录》等，均可算是我国较早的随笔小品集。”[2] 随笔被定义最早出现于宋人洪迈的《容

[1] 黄科安：《“随笔”文类内涵的多样性和丰富性》，《文艺理论研究》，2003 年第 6 期。

[2] 黄科安：《九十年代随笔的崛起与兴盛》，《中国新时期散文研究资料》，山东文艺出版社，2006 年版，第 44 页。

斋随笔》自序中："予老去习懒，读书不多，意之所之，随即记录，因其后先，无复诠次，故目之曰随笔。""意之所之，随即记录"，就是说想到什么就写什么，随意起笔，纵意而谈而涉笔成趣，颇近于杂文。清嘉道年间的《〈冷庐杂识〉序》中说："暇惟观书以悦志，偶有得即书之，兼及平昔所闻见，随笔漫录，不沿体例。"这就是说随笔的内容是观书、阅世之所得。其文字随着作者的思路率性而流泻，写作体例不受传统规矩的约束。这些具体的表现正是随笔创作的活力之所在。在当代，人们对于传统的随笔定义依然是认同的。张中行以为"随笔"有三个特点：一是内容，要"有情有识"；二是结构，"笔随着思路走"；三是语言，以"清灵"为好。[1]汪曾祺也认为："随笔大都有点感触，有点议论，'夹叙夹议'，但是有些事是不好议论的，有的议论也只能用曲笔。'随笔'的特点还在一个'随'字，随意、随便。想到就写，意尽就收，轻轻松松，坦坦荡荡。"[2]可以说，随笔就是随意写来，意到笔随，不大考虑结构上的精心结撰的作品。

笔记这种文体，"是一种随笔而录，杂谈琐语性质的散文，它的特点是内容广泛，遇有可写，随笔而书，可长可短，不拘形式"。[3]笔记肇始于魏晋，其名称最初见于刘勰的《文心雕龙·才略》篇，当时指的是公牍奏记类的文字。到了北宋宋祁有《笔记》三卷，南宋龚颐正有《芥隐笔记》，陆游有《老学庵笔记》。至此，笔记才指"随笔而录，杂谈琐语"性质的文字。但是古代

[1] 张中行：《我的随笔观》，《写真集》，作家出版社，1997年版，第245页。

[2] 汪曾祺：《塔上随笔·序》，群众出版社，1993年版。

[3] 储斌杰：《略述中国古代的笔记文》，《烟台大学学报（哲学社会科学版）》，1990年第2期。

的笔记文名称不划一，涉及内容也相当庞杂。其中所谓的“丛考杂辨类”主要是指“学术性的读书札记，其内容或证经考史、或说诗评文，以至于杂考名物、训诂文字，多属治学中的一得之见，具有学术价值”。[1] 笔记文在宋明以后最为繁富。南宋以来，凡杂记见闻者，常以笔记为名。“明代中叶以后，笔记之文渐多。作者大抵博学多闻，作品亦包罗万象，从朝章大典，到里巷习俗，从琴棋书画，到柴米油盐，无不备载，作者又多退居林下，往往发愤著书。”[2] 在具体行文时，“笔记文无论记人、记物、记事，虽不免零星枝节，但作者不刻意为文，只是信手拈来，记叙随意，了无拘束，反而有性情，有意境，亦庄亦谐，别有情趣，从而令人喜读不倦”。[3] 因为作者不刻意为文，只要遇到可以写的，就随事写去，“不仅读者多视为茶余酒后供解闷的‘闲书’，即作者亦往往认为写笔记不过为消闲遣日，无关著述。如清纪昀就曾说：‘景薄桑榆，精神日减，无复著书之志；惟时作杂记，聊以消闲。’实际上，古代笔记的内容很丰富，保存了许多可贵的材料，有文学价值、历史价值，能给人多方面的知识；而且由于记叙随意，毫无拘束，所以常常写得活泼生动，亦庄亦谐，颇饶趣味，和一般所谓‘经典’著作那样板着面孔说话的不同；作者的学问、见识，也常常从不经意处或小问题上表现出来，为在其他书中所看不到”。[4]

“小品”一词古已有之。早在晋代，就开始出现小品的概

[1] 储斌杰：《略述中国古代的笔记文》，《烟台大学学报（哲学社会科学版）》，1990 年第 2 期。

[2] 郭预衡：《中国散文史》（下），上海古籍出版社，2000 年版，第 320 页。

[3] 储斌杰：《略述中国古代的笔记文》，《烟台大学学报（哲学社会科学版）》，1990 年第 2 期。

[4] 刘叶秋：《历代笔记概述》，北京出版社，2003 年版，第 11 页。

念。这个概念最早是佛教用语。在佛经中有大品、小品之分，小品与大品相对，是指佛经的节本，这类节本篇幅短小，语言简约。到了晚明，人们把小品的概念引入文学中。陈继儒在《〈苏长公小品〉叙》中将苏轼的“短而隽异”的文章比作佛经的《阿含小品》。从此，小品在晚明逐步兴起，成为颇受世人欢迎的一种文类。晚明小品涵盖的范围较广，各体皆有，其中以序跋、游记、传记、尺牍、论说、笔记（随笔）为主，包括散文、骈文、赋，甚至诗词也被视为小品。这个时期的小品注重独抒性灵，不拘格套，短小精悍，讲究清雅、趣味、韵致、新奇，风格多样。当时的小品重娱乐消遣，也不忘移情益智、救世醒人，属于雅文学的范畴。[1]现代以来，很多的作家、学者积极提倡小品文的写作，并纷纷表述自己的意见[2]。比较公认的见解为现代小品是接受了西方的essay的影响而创立的，在以后的发展过程中，又吸收了日本随笔理论和中国古代小品理论的营养，形成中西合璧的中国现代小品新理论，即小品主要是现代自由主义知识分子自由表达自己自由思想的最自由的一种散文文体。它与传统、正统古文和正规长篇议论文相对立，强调表现自由思想、怀疑精神和理性批判精神。

在新文学以来的散文理论中，起源于法国、繁荣于英国的essay这种文体被介绍进来，在周作人的《美文》、胡梦华的《絮语散文》、钟敬文的《试谈小品文》、梁遇春的《小品文选》中都得到特别的重视。鲁迅翻译的厨川白村的《出了象牙塔》中对essay作出的精辟概括最令人耳熟能详：“如果是冬天，便坐在暖炉旁边的安乐椅子上，倘在夏天，则披浴衣，啜苦茗，随随便便，和好友任心闲话，将这些话照样地移在纸上的东西，

[1] 欧明俊：《论晚明人的“小品”观》，《文学遗产》，1999年第5期。
[2] 俞元桂主编：《中国现代散文理论》，广西人民出版社，1983年版。

就是 essay。兴之所至，也说些以不至于头痛为度的道理罢。也有冷嘲，也有警句罢。既有 humor（滑稽），也有 pathos（感愤）。所谈的题目，天下国家的大事不待言，还有市井的琐事，书籍的批评，相识者的消息，以及自己的过去的追怀，想到什么就纵谈什么，而托于即兴之笔者，是这一类的文章。”[1] 对于书籍的批评可以用 essay 这样的文体表现，所以有很多的外国读书随笔，下笔千言万言，书里书外，洋洋洒洒，娓娓动听地讲述着对书籍的看法和认识。

从以上的简单分析可以看到，在散文这个大的范畴内，随笔、笔记、小品等都是这一家族的成员，长相酷似，难分你我。柯灵说：“随笔与散文、杂文为兄弟行，胸襟放达，神形潇洒。”[2] 鲁迅在致李小峰的信中就将《鲁迅杂感选集》称之为“随笔集”。周作人在《再谈俳文》中说：“英法曰 Essay，日本曰随笔，中国曰小品文皆可也。”[3] 时至今日，人们依然对散文、随笔、小品，甚至杂文之间的联系和区别理不清楚。汪曾祺坦率地说：“我实在分不清散文、随笔、小品的区别。”[4]

从现代书话的具体写作来看，它以书籍和与其相关的人、事作为谈论的主要内容，一般来讲篇幅比较短小，比较接近札记、小品文的体式；在谈书的过程中，作者以一种闲散、轻松的心态意到笔随，呈现出行于所当行，止于所当止的创作姿态；在创作缘起方面，是看到书有说些什么的冲动，就直接用文字

[1] 鲁迅：《鲁迅全集》第 13 卷，人民文学出版社，1973 年版，第 164—165 页。

[2] 柯灵：《随笔与闲话》，《新现象随笔——当代名家最新随笔精华》，中央编译出版社，1994 年版，第 24 页。

[3] 周作人：《再谈俳文》，《文学杂志》第 1 卷第 3 期，1937 年 5 月 14 日。

[4] 汪曾祺：《塔上随笔·序》，群众出版社，1993 年版。

记录下来；从书话的来源看，书话从古代的题跋那里吸收到了很多精华，题跋在古代又被归于小品文的范畴。从书话的这些表现可以看到它和随笔、笔记、小品的关系非常密切，所以常被归入其他类中也是有理由的。

“文体的创造意味着作家找到了一种‘独特的对世界的发言方式，形成文体的深层机制在于他的人生体验、情感方式和审美理想等。’”[1] 书话作为散文这个大类中的新兴力量，其外在的呈现形态和小品、随笔、笔记非常相似。因此，从体裁的角度要界定清楚书话的文体特点存在一定的难度。但是能够在散文园地中占有一席之地，而且越来越得到认可，说明书话还是具有自己的特质的，这种特质就表现在书话是一种具有书卷气的学者散文。

2. 书话是一种具有书卷气的学者散文

台湾学者、散文家余光中在1963年5月20日的《文星》杂志中第一次提出了“学者散文”的概念。他把中国的散文分为四种类型，第一种类型就是“学者的散文”。他认为“这一型的散文限于较少数的学者。它包括抒情小品、幽默小品、游记、传记、序文、书评、论文等等，尤以融合情趣、智慧和学问的文章为主。它反映一个有深厚的文化背景的心灵，往往令读者心旷神怡，既羡且敬”。[2] 与其他散文创作不同，学者散文的创作主体是学者，他们创作出来的文章“融合情趣、智慧和学问”。用这样的标准来考量书话，可以说，书话正是最经典的学者散文。

现代书话的作家本身就是学者。如阿英作为中国近代文学

---

[1] 黄开发：《人在旅途》，人民文学出版社，1999年版，第111页。
[2] 余光中：《逍遥游》，（台北）大林出版社，1977年版，第30页。

研究的开拓者，他在相关资料的整理与出版方面作出了巨大的贡献，编辑了《近代反侵略文学集》和《晚清文学丛钞》两套丛书，编写的《晚清戏曲小说目》是研究近代小说和戏曲的必备参考书，他的《晚清小说史》作为研究晚清小说的一部专著具有重要的学术意义和应用价值。郑振铎在现代戏曲和俗文学方面的研究对整个20世纪古代文学研究格局的形成产生着根本性、实质性的影响，被称为是"文化界最值得尊敬的人"。周氏兄弟的学术研究更是不必细说。最早提出书话一词的曹聚仁做过大学教授、战地记者，是著名的编辑和报人。他的一生中留下的文字有4000万字，出版过《中国学术思想史随笔》《鲁迅评传》等学术书籍。唐弢是中国现代文学研究、鲁迅研究的大家。黄裳在20世纪60年代就对历史问题感兴趣，想了解"清初明遗民的生活与思想，他们与新朝统治者的微妙关系，以及通过像曹寅这样的人物体现出来的清初文化政策"。[1] 他所思考的这些问题，在其书话作品，如《关于柳如是》《陈圆圆》《吴梅村》《杨龙友》等中都有回答。

作家本身是学者，谈论的话题就是书籍，所以他们手中生产出的书话作品就具有了浓郁的学术性和书卷气。

现代书话的作家们虽然历尽艰辛去求书，但并不是为了藏书而藏书，而"完全是为了自己的研究方便和手头应用所需的。有时，连类而及，未免旁骛；也有时，兴之所及，便热衷于某一类的书的搜集"。[2] 这种专业性及触类旁通性使得他们可以说是大手笔写小文章，把自己对书籍的认识、对学问的体悟通过

[1] 黄裳：《银鱼集·后记》，生活·读书·新知三联书店，1985年版，第375页。

[2] 郑振铎：《劫中得书记》，《郑振铎书话》，北京出版社，1996年版，第266页。

书话传达出来，从而给读者以知识和艺术的享受。在书话中，书话作家记录下他们所过眼图书的基本资料，对书籍方面的专业知识也是津津乐道，如唐弢对线装书、藏书印、藏书票、封面画、封面设计及画册的装帧等有专业的介绍；黄裳谈到了书话的起源，对于题跋、提要作了系统的梳理；孙犁对于古代的读书记也有自己的看法。除了这些基本知识外，作家在书话中，还从专家的角度提示读者做学问之道。如郑振铎就常常提示读者某书对于某方面研究的重要作用。在《水浒传注略》中，他提到在《水浒》中多口语方言，“故此书之于语言文字研究者亦一参考要籍也”。[1]《庶物异名疏三十卷》则是“采集事物名辞者，必须参考之一书也”。[2]《南峰杂著七种七卷》则对研究明代弘正时期文学史的人有帮助。[3]《国朝百名家诗选八十九卷》是研究清初诗歌人的第一手材料。[4]郑振铎在一些书话中还指出了学问之道：“论述美术史及园艺史者，首应广搜资料，而图籍尤为主要之研究基础。”[5]

总之，书话所体现出的学问性和书卷气使得它在散文这个大类中显示了独特的存在价值，这也是这种文体之所以能健康、蓬勃发展的原因。当然，我们也看到，由于学术分工的日益精密化，书话写作在内容上也有渐向单一的趋势，少了像周作人

[1] 郑振铎：《水浒传注略》，《郑振铎书话》，北京出版社，1996年版，第275页。

[2] 郑振铎：《西谛题跋》，《郑振铎书话》，北京出版社，1996年版，第249页。

[3] 郑振铎：《西谛题跋》，《郑振铎书话》，北京出版社，1996年版，第242页。

[4] 郑振铎：《西谛题跋》，《郑振铎书话》，北京出版社，1996年版，第233页。

[5] 郑振铎：《西谛题跋》，《郑振铎书话》，北京出版社，1996年版，第240页。

等人的书话那样由一点勾连起无数相关知识的丰富性。同时，当代人生活阅历的单纯也使得书话掌故的讲述少了些魅力。

二、现代书话的文体特征

现代书话经过萌芽、发展、成熟等阶段的创作历程，到了20世纪三四十年代，在阿英、唐弢的手中其创作体式逐渐形成并基本稳定。作为一种具有书卷气的文体，书话选择了自己的表现手法和话语方式，彰显出独具的文体特征。

1. 抄书体

“学者受本身学问的影响，无论自觉或不自觉，都有掉书袋的倾向。”[1] 在书话中，掉书袋的直接表现就是抄书。“抄书”对于书话写作来说既是一种手段同时也是一种写作方式。

从外在的形体特征看，书话表现出的最独特之处在于“抄书”的无处不在。换句话说，“抄书体”成为书话的显著标志。所谓“抄书”就是在文章中抄录所谈论书籍的内容或序跋，有时候是原书内容的整段抄录，有时候是部分的摘引。

前面我们分析过，在晁公武的《郡斋读书志》和陈振孙的《直斋书录解题》中就出现了抄书的端倪。这直接影响了后代藏书题跋对书籍的抄录。到了现代书话作家手中，抄书依然是他们惯用的手法。那么，需要我们分析的问题就是他们为什么选择抄书，抄什么，怎样抄。

书话作家抄书，基本上是出于两个目的：一是保存资料；

[1] 梁锡华：《学者的散文》，台湾远景出版事业公司，1983年版，第309页。

二是支持自己的观点。在前面我们谈到，书话所谈的书籍常常是古籍旧书。这就意味着这些书籍基本上已经退出市场的流通，或者更多的成了孤本、善本，不是普通读者能够得见的。那么，书话的写作就起到了介绍与存留古书的作用。其中，抄书于这样作用的发挥是关键的，这也可以说是抄书最基本的功能之一。这样的例子在书话中随处可见。如陈子善的《爱书家叶灵凤的〈忘忧草〉》一文不吝笔墨，将“妙文难得”[1]的《忘忧草》一文全文抄录，整整占了八页的篇幅，而陈子善对叶灵凤的介绍等只有一页。周越然通过几种版本的比较，往往抄录他本不存或我国抄本所不载的内容，为进一步研究奠定了基础。如《遗山乐府》一文中抄录了高丽本《遗山乐府》卷末的李宗准的跋，因为此“为吾国抄本所不载，真‘不传之秘’也；兹特照录如下”[2]。在《方舆胜略》一文中他抄录了王锡爵的序，其原因是“因世不多见，特转录如下”[3]。在同文中，他还抄录下此书中所述地志方面的荒唐故事，以此来向读者说明“公历一六〇〇年前，西洋地理学已达中国，而天圆地方之说亦将破矣。但清代之所以禁之者何故乎？岂因其学说太新乎？曰，非也；盖其有违碍之文字耳”。[4]他在1931年5月《小说月报》第二十二卷第五号上发表《书谈（一）——抄本·愧郯录》一文中，抄录了《愧郯录》的“附录澹翁手跋一则”。在

[1] 陈子善:《捞针集——陈子善书话》，浙江人民出版社，1997年版，第93页。

[2] 周越然:《遗山乐府》，《周越然书话》，浙江人民出版社，1999年版，第202页。

[3] 周越然:《方舆胜略》，《周越然书话》，浙江人民出版社，1999年版，第154页。

[4] 周越然:《方舆胜略》，《周越然书话》，浙江人民出版社，1999年版，第155页。

《清乾嘉间东南第一藏书家》一文中，周越然介绍了黄丕烈。他非常喜欢黄氏的题跋，认为“黄氏书跋，多趣味，近人情，百读不厌”。[1] 为了证实他的说法，在下文里，周越然就抄录了黄丕烈在《文温州集》和《笠泽丛书》上留下的跋文。读者自己阅读后，也会和周越然产生同感。所以这种抄录一方面可以体现出作者的读书心境和眼光，另一方面也可以展示原作者的风貌，避免了作者指手画脚，而让读者直接和原作者接触。可谓一举两得。

接下来的问题是抄什么？从大量的阅读中，我们发现序跋被抄录的频率最高。“大量抄录原书的序跋，这个传统一直到明清藏书家的藏书题跋读书记乃至近现代的书话中，形成了我们今天书话的一个特色。”[2] 其原因在于：“一是书话文章一般短小精悍，由书话性质所决定，它不能面面俱到，只就某些感兴趣的东西而谈，而序跋常常能提供这些资料，如写作背景、买书读书藏书经过以及心境等；二是引用序跋文字常常能与书话融为一体，所谓‘运用之妙，存乎一心’，这在周作人等人的书话中尤为突出；三是引用序跋文字，是我们书话的一个传统特色，能突出作者的读书心境和眼光，特别是原作者的风貌，能在短短的文字中领会原作者的才情和学识。”[3] 这段分析是非常中肯的。

除了序跋，书话作家还选择自己认为合适的内容进行抄录。当然其中隐含着作家的意识和目的。在介绍外国书籍和作者时，鲁迅也常选择抄录的方式。如在《〈疯姑娘〉译者附记》一文

[1] 周越然：《清乾嘉间东南第一藏书家》，《周越然书话》，浙江人民出版社，1999年版，第121页。
[2] 三成玉：《书话史随札》，河北教育出版社，2006年版，第14页。
[3] 王成玉：《书话史随札》，河北教育出版社，2006年版，第15页。

中，他几乎是全篇引用了勃劳绥惠德尔在《在他的诗和他的诗人的影象里的芬阑》中对明那亢德的介绍及评论。之所以这样做，鲁迅是出于要给读者提供最好的材料的目的。他在观点上认同评论者的意见，所以只要以客观的态度把合适的材料抄出即可。

关于“抄书”怎么抄，则体现了作者的自我意识和选择。正如黄裳所说：“写书话有时不免要抄书，其实抄书也不容易，往往读一大部古书，值得抄的就那么几行。为什么抄这段不抄那段，其实是反映了作者的眼光、识见和学养的。”[1] 他还说过“关于‘学者散文’极容易产生一种误解，那就是只看作者在文章中是不是抄了许多古书。其实‘学者散文’的特征并不在于抄书，重要的是思想指挥着材料。没有深厚的学养，没有深刻独到的见解是不行的。说抄书，也并不是容易的事。天下之书多矣，有没有可抄，抄这些而不抄那些都是经过艰苦思虑的结果。如果能随意抄写，不加别择，作家就将是一种最容易、轻松的职业了”。[2] 所以说，抄书并不是一件容易的事。不同的作家有自己的选择。

在鲁迅的书话类写作中，抄书的现象虽然比较少，但是却突出地体现了鲁迅的个性特征。在这方面，周氏兄弟表现出鲜明的不同：周作人抄古书在某种程度上是把自己隐去，让所抄内容与读者直接对话，尽管他掌握着选择权。鲁迅的抄古书首先从字数来讲，是远远少于周作人的；其次，从所表现出的姿态讲，文章中抄什么不抄什么，抄多抄少完全由

[1] 黄裳：《书林漫步——与刘绪源对谈录》，《春夜随笔》，安徽教育出版社，2006 年版，第 84 页。

[2] 黄裳：《关于散文》，《春夜随笔》，安徽教育出版社，2006 年版，第 171 页。

鲁迅作决定。换句话说，鲁迅在写文章时是以绝对的支配角色出现的。

以作于1927年9、10月间的三篇题为《书苑折枝》的文章为例。三篇《书苑折枝》从形式上很像古代的点评，即在抄录原文之后鲁迅以按语的方式说出自己的看法。按语与原文相对，也是采用文言。在寥寥几句话中谈出对所读书籍的看法，有的关涉学术，有的联系现实。这也是比较独特的一种书话形式。《病后杂谈》集中谈的是中国历史书籍中记载的剥皮法。其中引了古书中的记载，从这些文字中可以看到古代剥皮的方式及具体的史实：

> 又，剥皮者，从头至尻，一缕裂之，张于前，如鸟展翅，率逾日始绝。有即毙者，行刑之人坐死。[1]

在这段引文之后，鲁迅谈及了中国历史上虐刑的方法。文字看似平淡，但触及的依然是中国的历史和国民性问题。《病后杂谈之余》谈了有关明清皇帝对待奴隶的史实，同样是引文之后马上提出自己的意见。

从鲁迅的这种写作方式可以感受到，对于鲁迅来说，他读书，介绍书，但一般都是在消化了别人的思想后，把自己独到的想法写出来。在他的书话作品中，我们感受到的是鲁迅的思想，可以触摸到的是鲁迅的灵魂。虽然从行文的节奏和用语来讲，鲁迅书话类作品比其杂文显得舒缓、平和一些，似乎不如其典型的杂文那样峻急，但是二者的创作意图、指归是一致的，所以我们说在鲁迅所有的文章中主旋律是不变的。

---

[1] 鲁迅:《病后杂谈》,《鲁迅全集》第6卷，人民文学出版社，1981年版，第165页。

就抄书来看，周作人有“文抄公”的声誉。他的抄书是其书话作品最突出的一个特色，在后面的专章中笔者作了详细研究。

2. 篇幅短小

书话以谈书为主，涉及对书籍外在样貌、内容和作家的介绍与品评；有时又由书生发开去，谈与之相联系的书人、书事。从书话的外部特征来看，经典的书话作品其篇幅往往比较短小。比如阿英的三则《鲁迅书话》中字数最多的《域外小说集》不过300多字；唐弢《晦庵书话》中收录的“读余书杂”“诗海一勺”“译书过眼录”等，每则谈及一两种书籍，字数多为千八百字；黄裳用“拟书话”为题发表的谈新文学书籍的书话均是千字左右；郑振铎的题跋式书话、孙犁的“书衣文录”等篇幅更是短小。

书话篇幅短小的外部特征的形成一方面和书话的来源有关，书话来源于传统的目录解题和藏书题跋，尤其和藏书题跋关系密切。从藏书题跋的写作来看，一般是写于书前或书后的空白处，故属于札记式的短文，一般比较短小精悍。另一方面，篇幅短小也和作家的创作有关：“随手买到一本，随笔写上几句，兴之所至，根本谈不到什么预计和规划”[1]，“作者（曹聚仁——笔者注）看的书很杂……大多是随看一本书，或想起点什么，就写下来，相当的随意”。[2]“曾于很长时间，利用所得废纸，包装发还旧书，消磨时日，排遣积郁。然后，题书名、作者、卷数于书衣之上。偶有感触，虑其不伤大雅者，亦附记之。

[1] 唐弢：《晦庵书话·序》，生活·读书·新知三联书店，1980年版，第4页。

[2] 曹雷：《书林又话·后记》，上海书店出版社，1999年版，第630页。

此盖文字积习，初无深意存焉。”[1] 作家的这些自述表明他们写作书话时，都是乘兴起笔，点到为止，不需要严密的结构和逻辑推理。故姜德明说：“书话不宜长篇大论，宜以短札、小品出之。”[2]

当然，书话的写作看似随意但不是随便的应付之作，其中有着作家的思考，可以说是轻松与严肃并重。阿英在《夜航集·自序》中说：“《夜航集》里所收的这四十几篇杂笔，全成于偶尔的感性，是算不得‘文章’的。但其内容虽‘不三不四’，每一篇的写作，却也曾用过相当的心力。”[3] 李一氓也有近似的表述：“这些短篇，即兴动笔，写在书前书后，算不上学问。大概是玩了物，但诚恳的申明，还不至于丧志。”[4]

3. 叙述与说明、抒情相结合

书话作为一种文学性的文体，既要传递出知识，又要通过故事和情感吸引、打动读者。可以说，它是感性和知性交融的文体。而感性和知性的交融、和谐是通过叙述、说明、抒情等表现方式的综合运用实现的。

（1）质朴、平实的叙事

书话表现的核心内容之一就是掌故。当年唐弢编辑整理《晦庵书话》出版，重新写了序，其原因就是“为了感谢几位

[1] 孙犁：《孙犁书话·书衣文录序》，北京出版社，1996 年版，第 245 页。

[2] 姜德明：《现代书话丛书·序言》，北京出版社，1996 年版，第 2 页。

[3] 阿英：《夜航集·自序》，《阿英文集》，生活·读书·新知三联书店，1981 年版，第 194 页。

[4] 李一氓：《一氓题跋·后记》，生活·读书·新知三联书店，1981 年版，第 322 页。

先辈和朋友的关怀，新的掌故又确有一记的价值”[1]。正如我们前面分析过的，掌故是构成书话文学性的重要内容，那么对掌故的讲述笔法就体现了书话的文体特征。从创作来看，20世纪三四十年代的书话作家，多为文坛中人，他们把与所谈书籍相关的故事、相关的人物真实地记录下来，把自己亲身经历的事件讲述出来，这些讲述不需要铺垫、伏笔，不需要故意制造曲折的情节，只要出之于坦诚、质朴、平实的叙事，就能把那个时代的风云及其蕴含的浓厚历史意味传达出来，让读者既能因叙事的真实而产生信服感，同时也对逝去的历史充满了追怀感。比如我们看阿英、郑振铎、唐弢、黄裳笔下的访书记，作家在娓娓的叙事中为读者展示了当年的那些旧书铺、旧书人，体现了深刻的内涵。这说明，语言表达效果的弱化并不一定导致文章情趣的减少。相反，可能导致情趣的增加。我们把阿英、郑振铎等人的访书记与当代的访书记相比，比如陈平原在他的书话集《漫卷诗书——陈平原书话》中也收录了几篇访书记，读来已全不见味道了。

（2）认真、朴实的说明

文学是语言的艺术，文体形态是作品的语言存在体。书话的语言特点是朴素，是没有华丽的辞藻。朴素的语言带来质朴、评述的叙事，使得文章充满了温馨的感性。同时朴素的语言也表现在知识的介绍方面。

书话对于读者发挥的重要作用之一就是读后要能获取一些知识，“能够从中看到一星有用的东西”[2]。所以对知识的介绍同样构成书话的基本内容之一。要介绍知识，最合适的表达方

[1] 唐弢：《晦庵书话·序》，生活·读书·新知三联书店，1981年版，第1页。

[2] 唐弢：《书话·序》，北京出版社，1962年版，第3页。

式就是说明。作为散文之一种的书话，其语言在这个方面体现出的特色就是朴素。也就是说，书话的知识在传达时，是以朴素的语言出之的，这可以说是书话的一大特点。也正因为这样的特点，在一些“古籍书话”中，由于作者着重于对版本、流传、作者的基本情况进行介绍，所以从阅读的快感来讲就差了一些。在“现代书话”中，这样的情况同样存在。知识的传播具有严肃性、认真性，是来不得半点马虎的。因此作者在写作时，要想到他所介绍的知识必须有所出，他必须对所介绍的知识负责。而在阅读书话时，读者要明白这种阅读不是闲情逸致式的消遣，而是一种知识的汲取。

另一方面，对于书话来说，作者写的是书，谈的是与书有关的事情。在中国历史上，书籍总是被看作是神圣之物，字纸是不容亵渎的。面对这样的对象，书话作者的态度自然也是严肃的，严肃的态度带来的文字表现就会是比较认真、苛求、朴实的，是有一说一、有二说二的。同时，书话的作者本身是有广博知识、有丰富阅历的人，他们的渊博及城府带来的文字总是洗过铅华之后的朴实。

（3）真诚的情感

书话的作者是藏书家，是爱书者。在对自己心爱的书做介绍时，内心的情感自然会流露出来，因此语言也自然会带有浓厚的感情色彩。在书话中，常常能够看到作家会不由自主地写出得书的艰辛，写出自己对书的喜爱，写出自己对书的认识。因此，从这个角度讲，书话的语言也有抒情的成分。除了在特殊的历史时期，一些话不好明说，在政治开明时，书话中作者完全可以直接把内心的状态传达出来，不需要有曲笔、反语。直接抒情式的语言能够展示作者的真性情与胸襟。可以说，书话是理解和体味作者的一种相当直接的方式。通过阅读书话，读者能够充分感受到作者的人格魅力。

正如有学者指出："书话脱胎于古代藏书家、读书家的题跋、叙录，却淡化了其中的庄重与肃穆，强化了隐于字里行间的爱书如狂、恋书如痴、嗜书如命、知书若神的神韵。"[1] 这种神韵是通过书话作品所传达出的情感表现出来的。

真情，是散文作品具有的基本美学特征。对此，厨川白村解释过："在 essay，比什么都紧要的要件，就是作者将自己的个人底人格的色彩，浓厚地表现出来，从那本质上说，是既非记述，也非说明，又不是议论，以报道为主眼的新闻记事，是应该非人格底（impersonal）地，力避记者这人的个人底主观底的调子（note）的，essay 却正相反，乃是将作者的自我极端地扩大了夸张了而写出的东西，其兴味全在人格底调子（personal note）。有一个学者所以评这文体说，是将诗歌中的抒情诗，行以散文的东西。倘没有作者这人的神情浮动者，就无聊。作为自己告白的文学，用这种体裁是最为便当的。"[2]

同样，在书话中，作家也正是通过展示"自我"的意态之真打动读者的。郑振铎在《求书日录》中写到对《也是园书目》一书艰难的寻求，当真正得到此书后，"简直比攻下一个名城，得到了一个国家还要得意"，"我为此事费尽了力，受尽了气，担尽了心事，也受尽了冤枉，然而，一切都很圆满。在这样一个动乱不安的时代，我竟发现了、而且保全了这末重要、伟大的一部名著，不能不自以为踌躇满志的了！"[3] 一个爱书者得书

[1] 胡立耘：《书话小识》，《图书馆杂志》，2006 年第 2 期。

[2] 鲁迅：《鲁迅全集》第 13 卷，人民文学出版社，1973 年版，第 165 页。

[3] 郑振铎：《求书日录》，《郑振铎书话》，北京出版社，1996 年版，第 72 页。

之后的情怀直接抒发了出来，让读者能够想见出郑振铎当时的那种志得意满的神情和踌躇满志的状态。当他经过三十年的追寻，终于得到《女贞观重会玉簪记》一书后，发出慨叹：“三十年梦魂相思，终得有之，能不谓为书缘有合乎？”心情如此之好，以至于在文章中还加入了一段书话中非常少见的景物描写：“时小园中红梅正含苞欲放，丁香海棠均茁嫩叶，而郊外柳色已黄，春光徘徊，中人欲醉。”[1]得书之后的喜悦表现得淋漓尽致，完全是以物喜的神态了。从中，读者完全可以感受到郑振铎那种率直的真性情。

在书话写作中，如郑振铎这样直接抒发感情的不多，更多的是一种含蓄的表达。其原因在于书话的写作不是天马行空，它有一定的限定，这限定就是书本身。书是书话得以存在的基础及其形成文本内部张力的内核。有了这样的限定及依托，作家的情感抒发就不会是无源之水，他的情绪会在对书籍的介绍、谈论中自然流露出来。而且，因为书话本身体现了浓厚的书卷气，作家多为学者，所以其感情的流露往往很含蓄，少有激情澎湃的时候。虽然是这样，但是我们依然能够在含蓄的情感中体会到书话作家那一颗无时不与书缱绻缠绵的心。

但是我们也要看到，书话的写作进入20世纪80年代以后，情感、情趣的表现已经越来越淡漠了，称为书话的作品看起来更像是学术论文。书话之所以吸引人的因子失去了，这是值得研究者和作者进行反思的。

[1] 郑振铎：《西谛题跋》，《郑振铎书话》，北京出版社，1996年版，第257页。

第三章　现代书话的发展历程及其文学史意义

作为散文大类中的边缘文体，书话一直以自己的方式随着时代的发展变化而发展变化。从古代的题解、藏书题跋到现代作家的真性写作，其间书话走过了从寂寂无闻到作者辈出、作品纷繁的历程。今天我们站在客观的、研究的角度看其创作历程，更体会到现代书话具有的文学史意义及其独有的魅力。

第一节　现代书话的发展历程

文学的发展具有自身的流脉，从创作实践讲，并不能严格地把一种文体的创作划分为几个阶段。但是从研究的角度讲，关注一种文体的发展，又不能不从分期这个角度入手。在把握了创作的基本分期后，我们往往能够更好地认识文学作品的产生及其发展。

王兆胜在《百年中国书话散文综论》一文中对现代书话创作做了大致的分期："即'五四'前后的启蒙期，20 世纪 30、40 年代前后的人生体味期，60 年代的消遣审美期和 80、90 年代以来的心灵感悟期。”[1] 王兆胜对书话的划分从时间段讲是把握住了书话发展的几个阶段，但是看其对每个阶段的总结，笔者觉得有以偏概全的嫌疑，而且也没有考虑到书话作为一种文体，其逐渐发展、成熟的历程。针对以上不足，笔者以为应该对书话的发展历程、发展阶段重新认识，给予其更符合实际的分期考察。

一、现代书话的萌芽

一种事物的出现往往要经历萌芽、发展、成熟、繁荣等阶段。从现代书话的发展历程来看，基本上也走过这样的道路。前面我们分析到书话是一种与传统关系密切的文体。它继承了古代藏书题跋的写作格式和风格。这种流脉一直涌动在现代书话的发展历程中。而由藏书题跋发展到现代书话，其中一些作家作出了筚路蓝缕的贡献。

1998 年，由浙江人民出版社出版的，钱谷融主编的《近人书话系列》丛书中收入了十二位作家、学者的创作。计有胡适（1891—1962，《胡适书话》中至迟收有胡适 1962 年创作的文章）、叶德辉（1864—1927）、梁启超（1873—1928）、林语堂（1895—1976，《林语堂书话》中多收他创作于 20 世纪 30 年代的文章，也收入了写于 70 年代的文章若干篇）、周越然（1885—1962）、刘半农（1891—1934）、顾颉刚（1893—1980）、郁达夫（1896—1945）、王国维（1877—1927）、蔡元培（1868—1940）、林琴南（1852—1924）、刘师培（1884—1919）等。这套丛书把所选作者称为“近人”，应该是以其出生年代所

[1] 王兆胜：《百年中国书话散文综论》，《广播电视大学学报（哲学社会科学版）》，2004 年第 1 期。

属的历史分期来设定的。其中所收作品多为“题跋、序文、札记、叙事等形式”[1]，主编钱谷融认为从中“能看出书话这种文体在近代的流变”[2]。

《王国维书话》中所收文章均为谈书文字，有序、有读书记、有题跋，从其写作格式来看，走的还是传统的藏书题跋的路子，而且用语皆为文言，体现了和传统的紧密关系。《刘师培书话》用语为文言，其读书记或序文之类多为考证式的文章。《梁启超书话》中收录的《饮冰室书跋》也是藏书题跋的格式。其他如《林琴南书话》《顾颉刚书话》《蔡元培书话》多收序、读书记等类文章，语言多为文言。

《叶德辉书话》中收录了叶德辉作的《藏书十约》《书林清话》《书林余话》三部分。叶德辉，字焕彬，号直山，又号郎园，湖南湘潭人。其“精于目录之学，能于正经正史之外，独具别裁，旁取史料，开后人治学之门径。”[3] 他著述的《书林清话》集中系统地谈到了藏家和版本的问题。缪荃孙在序里特别提出“焕彬于书籍镂刻源流，尤能贯串，上溯李唐，下迄今兹，旁求海外，旧刻精钞，藏家名印，何本最先，何本最备，如探诸喉，如指诸掌”。[4] 他高度赞赏了叶德辉在书籍版本方面的知识，认为《书林清话》一书“绍往哲之书，开后学之派别”[5]。

[1] 钱谷融：《近人书话系列·总序》，浙江人民出版社，1998 年版，第 2 页。

[2] 钱谷融：《近人书话系列·总序》，浙江人民出版社，1998 年版，第 2 页。

[3] 伦明：《辛亥以来藏书纪事诗》，上海古籍出版社，1990 年版，第 117 页。

[4] 叶德辉：《书林清话 书林余话·缪序》，岳麓书社，1999 年版，第 1 页。

[5] 叶德辉：《书林清话 书林余话·缪序》，岳麓书社，1999 年版，第 1 页。

此书除谈版本目录之外，还谈了很多书林掌故。如《藏书家印记之语》《藏书偏好宋元刻之癖》两节，记载了大量书林中的人与事。兹举一段：

> 钱遵王《读书敏求记》云："予尝论鱼山绛云楼，读书者之藏书也。赵清常脉望馆，藏书者之藏也。清常没，书尽归鱼山。武康山中，白昼鬼哭，嗜书之精爽若是。"遵王为此言，宜不以此等痴癖为然矣。乃其自序《述古堂书目》云："丙午丁未之交，胸中茫茫然，意中惘惘然。举家藏宋刻之重复者，折阅售之泰兴季氏。殆将塞聪蔽明，仍为七日以前之混沌欤，抑亦天公怜我佞宋之癖，假手沧苇以破余之惑欤？"词意凄恻，则其笃好何异清常。

唐弢在《书话》序中谈道，"中国古代有以评论为主的诗话、词话、曲话，也有以文献为主，专谈藏家与版本的如《书林清话》。《书话》综合了上面这些特点"。[1] 徐雁认为叶氏的《书林清话》《书林余话》二书"总结并弘扬了中国书史独到的成就，同时也开创了'书话'写作的先源"。[2] 唐弢从《书林清话》吸收的是藏家、版本知识，徐雁强调的是其兼谈书林掌故，二者的结合就是现代书话表现的范畴吧。

在《近人书话系列》中笔者觉得还值得关注的是刘半农的书话。《刘半农书话》中收录了刘半农为自己和他人的各类著作写的序跋，还有他的读书札记和藏书题识。作为五四新文化运动的健将之一，刘半农很关注西方文化和民俗，他把自己的

---

[1] 唐弢：《书话·序》，北京出版社，1962 年版，第 3 页。

[2] 秋禾：《书话：一种有书卷气的随笔》，《书话史随札》，河北教育出版社，2006 年版，第 1 页。

意见通过这些文章传达出来，而且基本上采用的是现代白话。在他的书话作品中，一个值得我们注意的现象是他也做了很多“抄书”的工作。如《〈国外民歌〉译序》《海外的中国民歌》二文。在《品书题记》一辑里更是多抄书。当然他的《藏书题识》依然采用文言，是传统藏书题跋的写法。

整体上说，在近代这个时期，用“书话”一词来涵盖谈论书籍的文字，显得有些牵强，而且这个时期的创作更多表现出和传统的关联，虽然有些作家的创作初具现代书话的一些体式，但基本上是无意识的。因此，这个时期只能称为是书话的萌芽期，或者说是前书话期。

二、现代书话的产生及成熟

真正具有现代意味的书话产生在20世纪三四十年代。这不仅表现在这个时期“书话”一词才正式提出来，更重要的是这个时期出现了一批有意识地创作书话的大家。其中的代表人物有周作人、阿英、郑振铎、周越然、叶灵凤、曹聚仁等。

1931年8月15日，曹聚仁在《涛声》半月刊创刊号上发表了《书话二节》一文，他写道：

> 我现在开始来写一种可有可无的闲文，所谓“书话”者，颇想找些话来作自己的辩解。
>
> 从前文人喜作诗话，其后有词话、曲话。谈谈掌故，发发议论，本属于酒后茶余的闲事，但积意经营，要想成为不朽之业的未始没有；而开卷即有一缕酸腐之气袭来，使人不耐久读的，亦未始没有。我是一个不中用的人，“不朽”不敢望，“酸腐”不愿近，其意不过酒后茶余助助清

兴而已。[1]

在曹聚仁的表述可以看出，“书话”一词的来源正是仿效了传统的“诗话”“词话”“曲话”。同时，他也指出，在这类文章中，掌故、议论是少不了的。而且作家写作此类文字的意愿并非为了建立不朽的事业，不过是“酒后茶余助助清兴”的可有可无的休闲之作。曹聚仁的这段简短表白为书话体式构建了最初的理论。

从文学的发展来看，创作实践或者早于理论的构建，或者在理论的指导下进行。而现代书话的创作早在20世纪20年代就开始了。郑尔康选编的《郑振铎书话》中收录的文章最早作于1923年1月，当然如《步韵诗》《纳兰容若》《孔雀东南飞》《碧鸡漫志》《李后主词》《唐诗》等等文章，看起来更像是诗话类的创作。他从1929年1月起，在“《小说月报》第20卷1至5号接连发表千字左右的《读书杂记》十九则，从荷马史诗说到英译苏俄小说集《蓝蓝的城》，从元刊本《琵琶记》说到《丛书书目汇编》，文笔清隽，趣味盎然，则则都是典型的书话”[2]。

周越然于1931年在《小说月报》上发表了三篇《书谈》。《书谈（一）》介绍了抄本，《书谈（二）》谈的是稿本，《书谈（三）》谈了套印书。在这三篇文章中，周越然详细介绍了稿本、抄本等一般知识，并且不厌其烦地列举了他所掌握的各类书目。在介绍时，周氏详细描述了各书的版本、版式、作者等情况，带有明显的解题式的写作手法。周越然爱书如命，他凭借所编写的《英语模范读本》“风行一时”所得的版税大力购置了珍本

[1] 曹聚仁：《书话（一）》，《曹聚仁书话》，北京出版社，1998年版，第3页。

[2] 陈子善：《书话杂谈》，《中华读书报》，1998年5月20日。

秘籍，成为上海屈指可数的大藏书家。除了收藏古籍，周越然“藏书的另一大特色是大量罕见西文书，尤以18、19世纪西方汉学著作和性学著作为最。中国历代藏书名家无不以庋藏本国线装古版书为己任，而中西并蓄，锐意穷搜西文古旧善本，即便不自周越然始，他也是极少数得风气之先的人物之一”。[1] 周越然出版的谈书的书有《书书书》，1944年5月由上海中华日报社出版；《版本与书籍》，1945年8月由上海知行出版社出版。周越然的书话写作有自己的特点，比如介绍书籍必定谈到版本；涉及原书有题跋的必定认真抄录下来；遇到不同的版本，就把各本的回目记录下来，“以便后来往内阁文库看书的，得以对照，也足以露示全书所述的事”[2]。遇到自己藏书所有，而他书没有，或者觉得可能会湮没无闻的文字，他都会一丝不苟地记录下来。如《中山诗话》一篇就录下了全文，因为“余恐其日久淹没也”[3]。周越然的书话“无论说书林掌故，还是探版本源流，无论叙购书趣闻，还是辨古书真伪，均举证周详，论列精细，实实在在无虚言。文笔之半文半白，亦庄亦谐，也是其风致独具，特别吸引人的地方。有论者称‘周越然的书话，在中国古今同类散文小品中显示出承前启后的独特个性’，可谓的评”。[4]

20世纪30年代初写作了书话式文章的还有叶灵凤。“1931

[1] 陈子善编：《周越然书话·叙略》，浙江人民出版社，1999年版，第4页。

[2] 周越然：《劓闯小说》，《周越然书话》，浙江人民出版社，1999年版，第216页。

[3] 周越然：《中山诗话》，《周越然书话》，浙江人民出版社，1999年版，第207页。

[4] 陈子善编：《周越然书话·叙略》，浙江人民出版社，1999年版，第5页。

年4月，叶灵凤在自己主编的《现代文艺》创刊号上发表《文学与生活》《我的小品作家》和《几篇短篇小说》三篇‘编者随笔’，尤其是《我的小品作家》，从英国的兰姆、吉辛说到中国的周氏兄弟，娓娓而谈，有故实、有情致。”[1]1936年，叶灵凤的《读书随笔》由上海杂志公司出版。在这本书话集中，收录了46篇文章，其中41篇谈及的是外国作品，多为英国、美国、德国、法国等国家的小说和传记等。叶灵凤说自己写作书话随笔时，是“将自己读过了觉得喜欢的书介绍出来，是应该将这本书的作者、他的生平和一点有趣的小故事，融合着这本书本身来一起谈谈的”。[2]《读书随笔》一书的写作方式基本上是这样：集中每篇文章的篇幅都比较短小，其中包括相关作家、作品的一些逸闻趣事，还有对作品内容的简洁介绍及叶灵凤给出的独到评价。从整体看，叶灵凤的文字清淡而质朴，在介绍书籍的过程中传达出对人生、社会的感慨，多有一些小的哲思和小的启迪。如《身后之名》一文评说了英国19世纪的薄命文人季辛（George Gissing）的身世后，作家不由发出：“我们是该迎合时流，以期眼前的温饱，还是为了自己文字的永久生命，宁可忍受生前的冷落和饥饿？”[3]在写作中，叶灵凤基本不涉及版本

[1] 陈子善：《书话杂谈》，《中华读书报》，1998年5月20日。
[2] 叶灵凤：《文艺随笔后记》，《新晚报》，1963年11月19日。
[3] 叶灵凤：《身后之名》，《读书随笔（一集）》，生活·读书·新知三联书店，1988年版，第39页。

问题，他更像是在做文学鉴赏，即把自己的情绪融入对书籍和作者的介绍中，不仅有作者趣事的讲述，更有自己对书籍和作者身世的有感而发，所以从阅读体验来讲，容易吸引读者。冯亦代曾回忆道："1936年夏我大学毕业后在一家保险公司工作，一天在书店里买到了叶灵凤的《读书随笔》，读后大为兴奋，不但增加了我的藏书癖，而且使我有心学他样写读书随笔。记得我第一篇写的是谈辛克莱的《不许通过》，这是一本关于西班牙内战保卫马德里的散文，我那时文笔太幼稚了，投稿未被刊出是必然的结果。一直到抗战后我为《人世间》写《书人书事》，才算实现了初衷。"[1]

20世纪三四十年代谈书的作家还大有人在，比如说鲁迅、周作人、林语堂、郁达夫、阿英等。鲁迅先生写下了数量众多、影响极大的序跋之作；周作人通过谈书见情见性；林语堂以他一贯的轻松、谐谑的笔调谈读书及读书的艺术；郁达夫哀叹自己的杭州风雨茅庐所藏八九千卷中国古籍和两万余册英德法日书被倭寇劫去[2]。这些作家谈书的文字很多，但是没有形成固定的格式，正如《郁达夫书话》的编者来凤仪所说："'书话'之作法完全不必拘于一格"[3]。

20世纪40年代中后期，唐弢开始在杂志上发表"书话"。他的书话标志着现代书话的成熟，而且作品面世后产生了极大的影响。1947年，在《文汇报》上即出现了以《拟书话》为题的文章。当时"唐弢也在《文汇报》，在'文化街'上开始写

[1] 赵武平：《书话的别样写法》，《美国文艺书话》，中国社会科学出版社，1998年版，第421页。

[2] 郁达夫：《图书的惨劫》，《郁达夫书话》，浙江人民出版社，1999年版，第290页。

[3] 来凤仪：《郁达夫书话·叙略》，《郁达夫书话》，浙江人民出版社，1999年版，第2页。

‘书话’，因故告假缺席，我（黄裳——笔者注）就出来代作几日”。[1] 唐弢的书话所谈均为新文学的书籍，受其触动，赵景深也写出了几篇书话。他在 1946 年 12 月《上海文化》第 11 期上发表《书呆温梦录》。他回忆：“时常在《文汇报》看到晦庵（即唐弢）的‘书话’，勾起了我不少往事的回忆。”[2] 对于新文学，赵景深也是深爱之，并且其收藏也是非常丰富的，“记得战时有人这样谈到我：‘关于中国新文艺的收藏是值得赞扬的。倘若你需要一本市上不大看见的中国新文学书，那只要去问赵景深借好了。’”[3] 在《书呆温梦录》中，赵景深谈到了《袖珍诗册》《髭须》《挂枝儿》《〈诗经〉今译》《扬鞭集》《狂飙社》《鬼与人心》《茵梦湖》《徐志摩手迹》等。这几段的文字多则几百字，少则几十字。从内容看，这几段文字有的谈到了版本，有的谈到了掌故，并不刻意追求面面俱到，而多是记下自己亲身所历，所以读起来更觉轻松、亲切。如《狂飙社》一文：

> 高长虹骂新文艺家的文章，随便看看，倒也有趣，自然不必是佩服。他在泰东图书局出版过一本《走到出版界》，另外出过一个个人刊物，名为《长虹周刊》，每出一期，我必购买，看看他怎样骂人（有时也骂我），借以消遣。[4]

---

[1] 黄裳：《我的集外文》，《海上乱弹》，文汇出版社，2005 年版，第 221 页。

[2] 赵景深：《书呆温梦录》，《新文学过眼录》，广西师范大学出版社，2004 年版，第 222 页。

[3] 赵景深：《书呆温梦录》，《新文学过眼录》，广西师范大学出版社，2004 年版，第 222 页。

[4] 赵景深：《书呆温梦录》，《新文学过眼录》，广西师范大学出版社，2004 年版，第 223 页。

这则书话文字虽然简短，但轻松幽默，又因为是作者亲身经历的，所以读来仿佛能够看到高长虹剑拔弩张的神态和作者冷静淡定的形象。很具有文学的意味。

陈原在20世纪40年代也写了一些“读书札记和随感录之类”[1]的作品。他谈的书籍多为外国文学作品，目的则在于“反映那个时代书和人的遭遇”[2]，颇近于杂文笔法。何为在1946年末到1947年间也写作一些书话。他谈道：“冯亦代同志主持上海《联合晚报》副刊《西拾》编务，约我撰写一个专栏，纵谈古今中外旧籍，名曰《书海摭拾》，隔几天发表一篇，一年中大约发表了三四十篇。大抵以某一本书为中心，记叙与抒情兼而有之，其文体略似英国的 familiar essay，盖取其平易亲切如话家常，是一种近乎晦庵《书话》式的散文，即使这仅仅是我的愿望。”[3]他的代表性文章有《大树画册》《饮水词集》《近代文艺批评片断》《新月诗选》《西班牙的黎明》《茵梦湖》《西窗集》《伦敦杂记》《莲子集》《文学百题》等。其写作方式和唐弢非常相近，当然也有个人的独特感受。

20世纪40年代还值得一提的一部书话创作是杨世骥的《文苑谈往》。此书1945年4月由重庆中华书局出版。杨世骥“是继阿英之后收集晚清民初资料最为勤奋，创见亦多的一位书话作者和研究家”。[4]这部薄薄的作品集收录了作家40篇文章，

---

[1] 陈原：《书林漫步·前记》，生活·读书·新知三联书店，1979年版，第1页。

[2] 陈原：《书林漫步·前记》，生活·读书·新知三联书店，1979年版，第1页。

[3] 何为：《〈小树与大地〉自序和后记》，《何为散文选》，四川人民出版社，1984年版，第405页。

[4] 姜德明：《现代书话丛书（第二辑）·序言》，北京出版社，1997年版，第3页。

谈及的作家和作品基本上属于近代文学的范畴。其中的一篇为《文明小史》。《文明小史》作为李宝嘉的小说之一，很长时间以来都未进入文学史的视野。查看资料，早年只有阿英的《晚清小说史》给予特别关照并详细论述过，之后就寂寂无闻了。一直到21世纪初，这部小说才渐渐进入学者的视野，当代学人王一川、杨联芬从现代性的角度给予过分析。但是在杨世骥的这篇文章中，他写道："李宝嘉的《文明小史》，凡六十回，载《绣像小说》，这是晚清一部最伟大的小说，……我们研究近代法国小说若不知道小仲马的《茶花女》，我们研究近代俄国小说若不知道托尔斯泰的《复活》，岂是能原谅的疏忽么？因此我们研究近代中国小说只知道李宝嘉的《官场现形记》，而忽略了他的《文明小史》，那实在是一个重大的缺憾！"[1] 虽然杨世骥的这段话不无夸张的成分，但是他能够看到并肯定《文明小史》的重要价值和特殊意义，的确显示出作家的独特眼光和识见，为后人了解近代文学和近代历史提供了重要的资料和启示。在具体写作时，杨世骥一般先介绍版本，之后详细介绍书籍的内容，再加上自己的一些评论，面面俱到，因而篇幅都比较长。

综观20世纪三四十年代的书话创作，可以大致归纳出几个特点：首先值得注意的一个现象是，在这个阶段从事书话写作的很多作者都是从收集新文学作品开始其藏书生涯和书话写作的。除了收集新文学作品，他们还收集外国文学作品等。这点是区别于传统的藏书家的。可以说，他们是受到了西方文学及新文艺思想的浸染，从思想上与古代人有了本质的区别，所以和传统的藏书家相比，他们的视野更广阔，体现出现代的意味。其次，我们也感觉到这个时期作家书话创作的样式是多样的，

[1] 杨世骥：《文明小史》，《文苑谈往》，广文书局印行，1981年版，第79页。

没有形成固定的体式。这虽然带来了具体创作的不可再现性，但是却充分体现出一个作家创作的灵活性和多样性，充分表现出各个作家的个性，同时这种多样性使得读者在阅读时，感受到不同的刺激，不易形成疲倦感。第三，阅读这个时期的书话可以很容易捕捉到作家的个性，透过书话的写作往往能够感受到作家个体的存在。换句话说，作家的形象透过书话能够呈现在读者面前。第四，这个时期书话所谈的内容非常广泛，尽管其作者在现代文学史上基本上是以文学家的形象出现的，但是他们所谈的书籍不限于文学书籍的范畴。如阿英谈到近代以来记载国难史实的一些图书，鲁迅多谈历史、野史，周作人更是自然科学与社会科学书籍并举。谈论书籍的广博性带来了书话创作的无限丰富性，也体现出那个时代的作家学识的多方面性。第五，从写作倾向来看，这个时期谈书的文章和古代的书目题跋关系更密切一些，如郑振铎的题跋、阿英的考证、周越然的书话等。

三、现代书话的发展与繁荣

第一个阶段的书话创作到1949年前就消歇了。书话写作的再次高涨出现在20世纪50年代末60年代初。当时以《人民日报》文艺副刊为基地，在时任编辑姜德明的联系和策划下，发表了众多的书话作品，出现了一个书话创作短暂的兴盛期。其中有阿英的近代文学丛谈，陈原的中外读书小品，赵家璧的编辑忆旧，钱君匋的书籍装帧琐谈，李健吾的艺术短简，路工的访书见闻录，姜德明也有作品发表。1962年，陈原的《书林漫步》和唐弢的《书话》结集出版。这个时期，瞿光熙也在《光明日报》上发表了一系列有关新文学作家、作品的文章。他的文章多注重版本、史料方面的考证，体现了一个学者严谨的学术作风。1984年，北京生活·读书·新知三联书店出版了赵家璧的《编辑忆旧》一书，在《后记》中他回忆道："书名借用一九五七年三月，我在《人民日报·文艺版》上，最早发表此类文章时所用的篇名——《编辑忆旧》。"[1] 他提道："十年浩劫一开始，无知而又无耻的'造反派'，在大字报上，指斥我用这个题目写文章，意在'颂古非今'。殊不知没有过去，何来今天？只有认识了旧世界，才能更加热爱新社会。"[2] 看其《编辑忆旧》中的文章，篇幅较长，细述自己的经历与闻见，基本上是回忆性的散文。这个时期书话创作持续的时间不长，到了1964年的"大批判"，书话创作就收场了。

现代书话创作的繁荣期可以从20世纪80年代算起。"文化大革命"结束后，一些老作家焕发了创作生机，以孙犁、黄裳为代表的一些老作家开始创作书话。同时，一些60年代前后从事书话写作的作家再度提笔，如姜德明、胡从经、陈原等。还有一批年轻的学人也成长起来，如倪墨炎、陈子善、徐雁等等。书话创作队伍的壮大，书话作品单集和丛书的出版，这些都对书话的繁荣起到了推动作用。

姜德明是当代的书话大家。20世纪50年代他在《人民日报》编辑文艺副刊。在唐弢书话的影响下，60年代初也开始创作。由于政治原因很快搁笔。"十年噩梦后，重又访书并写起书话来。从八十年代初已先后出版了《书叶集》《书边草》《书梦录》《书味集》《燕城杂记》《书廊小品》《余时书话》《梦书怀人

[1] 赵家璧:《编辑忆旧·后记》,《编辑忆旧》，生活·读书·新知三联书店，1984年版，第516页。

[2] 赵家璧:《编辑忆旧·后记》,《编辑忆旧》，生活·读书·新知三联书店，1984年版，第516—517页。

录》《书摊梦寻》等九本书话集。”[1] 姜德明说：“我在翻检旧藏书刊时，那焦黄发脆的书页早已经不起反复摩挲了，事后往往是落华满地，爱也爱不得，碰也碰不得。书与人一样，彼此都老了。我们相守几十年了，怎么才算个了结？我想最妥善的办法还是选择一些稀见的版本，一一写成书话，亦不枉我们相聚一场。”[2] 从这段话中，我们既能了解作家之所以写作书话的原因，同时也能感受到作家与书籍之间如友人、爱人、家人那样真挚的情感。姜德明书话写作的内容主要涉及两个方面：一是与鲁迅同时代的书人书事，一是“五四以来已经渐渐被人遗忘了的某些作家，特别是那些无名的青年作家”。[3] 在具体写作时，为了发挥书话作品传达知识的功效，所以他尽可能地详细介绍书籍内容，同时也多涉及掌故。从篇幅来看，一般比较简短，和唐弢的书话体现出明显的师承关系。

胡从经的书话创作比较有特色。他曾深情地谈道：“自己大半生也确乎与书结下了不解之缘，念书、编书、教书、藏书、写书，一个‘书’字，足以道尽我人生旅途的跋涉、苦辛与追求。终其一生，未必有什么其他东西会引起我如此浓郁的兴趣。”[4] 胡从经从 17 岁进入华东师范大学中文系求学时就开始到上海各旧书店淘书，曾在静安寺一家名为“诗巢”的书店买到了叶圣陶赠戴望舒的签名本《倪焕之》。多年的辛苦经营，使

[1] 姜德明:《姜德明书话·选编后记》，北京出版社，1998 年版，第 383 页。

[2] 姜德明:《〈余时书话〉小引》，《余时书话》，四川文艺出版社，1992 年版，第 1 页。

[3] 姜德明:《〈书边草〉后记》，《姜德明序跋》，东南大学出版社，2003 年版，第 16 页。

[4] 胡从经:《书之因缘》，《胡从经书话》，北京出版社，1998 年版，第 363 页。

得他被誉为“国际知名、屈指可数的近代文学藏书家”[1]。从书话的写作来看，他基本走的还是唐弢的路子，既重视版本知识，同时也发抒一些个人的意见。他的每篇书话篇幅都很长，比较注重对书籍作全面的介绍，既有所得书的版本介绍，也有书籍内容的详解。通篇文字冷静而客观，对每本书极尽全面呈现之可能，很适合想了解现代文学的读者阅读。但是与上两个阶段的书话创作相比较，一方面是缺少了一些灵动，或者说少了份闲适；另一方面缺少了一些文坛掌故，所以作品的吸引性就减弱了。

20 世纪七八十年代，在书话创作方面值得一提的还有香港的黄俊东和杜渐。黄俊东所谈论的书籍以新文学以来的作品为主，比较看重版本，文字简洁朴素，明显承继着唐弢的衣钵。杜渐自谦自己写下的书话类文字不过是“一些资料性的笔记罢了”。[2] 他的作品每篇文字都很长，一般会详细地介绍作家的生平经历和作品的情况。如《堂·璜的原型及其它》一文就包括了“堂·璜实有其人”“堂·璜第一次上舞台”“堂·璜变成了登徒子”“堂·璜越变越离奇”“拜伦的堂·璜形象”“反堂·璜主义”等内容，是一篇关于人物形象演变的漫谈。

80 年代前后的书话创作，虽然异彩纷呈，但是也呈现出一些共同的特点：首先，从创作主体来看，更多的作家开始有意识地写作书话，甚至出现了一些专职写作书话的作家。这一点体现出和 20 世纪三四十年代及 60 年代的不同。其次，从所谈论的书籍看，古籍很少，多谈的是现代以来的新文学作品。从

[1] 胡从经：《书之因缘》，《胡从经书话》，北京出版社，1998 年版，第 368 页。

[2] 杜渐：《书海夜航·后记》，《书海夜航》，生活·读书·新知三联书店，1980 年版，第 504 页。

书话的篇幅上看，长篇大论的居多，对于材料的选择不明显，多为尽量地增加信息、增加知识含量。第三，书话作家的个人风格日渐模糊。这个阶段的书话创作明显地受到了唐弢的影响。唐弢的书话创作模式具有一定的稳定性，这样容易给后来的创作提供示范性，后来的作家在创作时似乎就有所依凭。这样个人风格、色彩体现得就比较模糊了。另外，我们发现，与上两个阶段比较，唐弢之后的书话内容一般局限于文学方面。作者的专业体现得非常明显，可以说是从“博”转向了“专”。

90 年代以后的书话创作继续升温。浙江人民出版社特出了《今人书话系列》，包括葛兆光、陈平原、南帆、吴方、施康强、扬之水、恺蒂、刘绪源、王晓明、陈子善、朱学勤、葛剑雄等 12 家的创作。这 12 位作家多为学有专攻的学者，同时也从事散文写作。整体来看，他们笔下可以称之为书话的作品已经不多。我们只能在陈平原、刘绪源、陈子善等人的文章中寻觅到书话定义中所提到的几个要素的存在，20 世纪 80 年代对唐弢书话继承的余绪到此时已经雨打风吹去了。也正如此系列的编者所言：“今人之书话作品，则又不同于前人，其中版本目录色彩愈益减退，而更为注重书里书外之掌故、事略、情致、意境等等，且不乏针砭时弊之笔。”[1] 可以说，90 年代以后的书话写作整体上呈现出泛化的现象，也就是说，其写作更贴近学者散文、文学论文或是文学杂论，只不过是其中常常出现书籍的影子罢了。当然，这种情况的出现与可说的旧书越来越少、书籍的装帧和版式设计乏善可陈等客观因素有一点关联。也正是在这个角度上，书话写作露出了走向尽头的端倪。

---

[1] 绿林书房：《今人书话系列 · 弁语》，浙江人民出版社，1997 年版，第 2 页。

四、新世纪"新书话"的出现

这里的"新书话"主要指书话新的发表平台及出现的新创作样式。21 世纪以来，网络的普及带来了文学创作上颠覆式的改变：作家书写的方式、发表的渠道平台由传统的纸媒转移到了网络上。网络不仅在作品的呈现方式上，而且在创作上为我们带来了文学体式的新品。就书话表现看，产生了博客与微博两个阶段较为明显的创作差异。

"博客是互联网上新兴的并迅速发展着的一种个人书写交流出版方式。作为一种以'自由、开放、共享'为传播特征的'自媒体'，博客是互联网赋予个人以力量的工具，让每个人都可以成为赛博空间中自主的主体，自由地表达自己，并与互联网世界建立全面的交流沟通。"[1] 以博客为平台发声的主要代表人物有王成玉、阿滢、梅杰、龚德明、徐雁等。王成玉、阿滢的博客大致开设于 2009 年。这些个人博客因其话题的集中性渐渐形成了 21 世纪的书话圈。因圈子成员的较为固定，所以这些书话或论书话的文字或为个人观书所见所得的记录，或为同人间的酬答，较多显示出自由性、个性化的特质。这在一定程度上催生了"日记体书话"的出现。

传统的书话或者是在报刊上发表，尤其是以副刊为园地，起到休闲或补白的作用，作者的创作姿态虽然是饭后闲谈，但在心理上还是会有潜在的优越感。进入到网络世界后，在自我表达之后，作者依然需要有来自读者的反馈，如回帖、跟帖、打赏等的存在。在这种情况下，作者就不好再作人生灵魂导师，而是以更诚挚地表达自我，来实现与读者的共情。这时，日记

[1] 陈兴：《博客文学："零壁垒"的"自媒体"文学形态——中国博客文学的兴起与研究现状》，《当代文坛》，2010 年第 2 期。

式的创作就成为一种选择。

谈到日记体书话，可以溯源到孙犁的《书衣文录》。在《书衣文录》的跋中，孙犁自述："余向无日记。书衣文录，实彼数年间之日记断片，今一辑而再辑之。往事不堪回首，而频频回首者，人之常情。"[1]若以此为源，博客与日记体书话倒是天然的结缘体。罗文华在《秋缘斋书事三编》的序文中指出："近几年来，随着《越缦堂读书记》《缘督庐日记》《湘绮楼日记》等清人日记名著重新得到青睐，以日记体写自己淘书、读书、藏书生活的著作，颇为读书界看好，渐渐成为独树一帜的书话形式。"[2] 21世纪从事日记体书话写作的有彭国梁、韦央、徐雁等。彭国梁先在博客上写，之后成纸质书籍出版的有《书虫日记》《书虫日记二集》《书虫日记三集》《书虫日记四集》《书虫日记五集》等。这些文字有固定的读者群，即书话圈的同人。这些书在圈中多有赞誉之词，如万康平说："长沙城里的彭大胡子的书虫日记，记录了他的淘书日常生活，也记录了他的书人交往，以及他的写作编著生活，内容丰富，所以象湖南的辣妹子，还是蛮吸引人的嘞。"这些文字为纯粹日记的原文本，读来拉拉杂杂，多为买了什么书，花了多少钱，也有些许品评。笔者感觉似与"书话"搭上了关系，但又关联不大，而且日记体的写作，使得其文字更加口语化。整体看来与孙犁的《书衣文录》还是差距较大，这固然有作家的笔力、风格在其中，但书话的关键、核心是要话书，知识性、趣味性、人情性应该是必备的因素，这在彭国梁的文字中体现不足。

21世纪另一个特色书话体式是"微书话"。2009年8月新浪微博的开通，催生着微博在中国的流行火热。微博最大的特点是

---

[1] 孙犁：《书衣文录》，《孙犁文集·续编三》，百花文艺出版社，1992年版。

[2] 罗文华：《秋缘斋书事三编·序》，中国文化教育出版社，2010年版。

每篇博客文章内容不能超过 140 个字。以此形式写书话的代表作家是胡洪侠。他于 2009 年 9 月在中华书局出版了《书情书色》，2010 年 7 月，又推出了《书情书色二集》。2011 年 12 月，上海人民出版社出版了精装本《微书话》。在此书的“跋二”中，胡洪侠提道：“微博的出现是件了不起的大事，连我这本小册子都需要诚恳地向它致敬。”[1] 其“小序”言：“因为有了网络，所以有了微博；因为有了微博，所以有‘微书话’这一名目；因为有此名目，于是就有了这本小书。书话本来讲究短小，但短到每则不超过 140 字，却是微博对‘微书话’的挑战了。”[2]

胡洪侠此书的命名不由让人想到唐弢的《书话》，独特之处在于“微”。所谓的“微”，指的是一则书话的体量。随举一则：

精装版“走向世界丛书”

八十年代初，同事高士华向我推荐钟叔河先生主编的“走向世界丛书”，说选题独特，视野新颖，点校精良，等等。日后购得这套丛书的初印精装版时，快乐之情真溢于言表。打开白色护封，摸着棕色皮纹封面，手指从中央烫金凸印的帆船图案上轻轻划过，再听一听纸页相击的啪啪的响声，心里长长呼出一口气。[3]

全文仅 139 个字，有关书籍的装帧，掌故，得书后激动、满足的心情已怦然而出，也引发了读者的向往。其知识性、文学性、评点性并存，实在是一篇精巧的书话，颇类唐弢之作。让人感佩的是，一直到现在，胡洪侠每天依然在经营着他的微

[1] 胡洪侠：《微书话·跋二》，上海人民出版社，2011 年版。
[2] 胡洪侠：《微书话·小序》，上海人民出版社，2011 年版。
[3] 胡洪侠：《微书话》，上海人民出版社，2011 年版，第 16 页。

博这片书的园地。

与胡洪侠“微书话”相类的作品有阿滢的“书林漫笔”系列、董宁文的《开卷闲话》、范笑我的《笑我贩书》等 。“微书话”是与微博相伴而生，是新媒体、媒介制约下产出的新文体。但这种文体也可以追溯到周作人、唐弢、黄裳或孙犁的写作。这也表明21世纪书话的写作与上世纪的紧密承接。

由上面的简单分析看出，21世纪以来网络催生出了新的书话体式，同时利用网络途径，书话也得到更广范围的传播。如阿滢说：“在天涯社区开设了我自己的读书博客‘秋缘斋’后，‘书林漫笔’系列陆续上传到博客，电子传媒的辐射力也比纸质传媒要大得多。美国《侨报》、北京《新京报》、内蒙古《文苑》、湖北《读者俱乐部》和《山东图书馆学刊》等许多报刊都陆续从我博客摘发‘书林漫笔’系列。”[1]

总之，面对新媒体的冲击，面对纸质出版发展的艰难，面对书话写作可资言说对象的稀少，如何让书话能够健康地走下去，如何让书话发挥对“书香社会”的效用，这是学术界必须思考应对的问题。

第二节　现代书话的文学史意义

现代文学作为一门独立的学科建立，应该在1949年中华人民共和国成立之后。1950年5月，教育部召开高等教育会议，通过了《高等学校文法两学院各系课程草案》，其中规定“中国新文学史”是各大学中文系主要的必修课程。其任务是“运用

[1] 阿滢：《孙犁的“书衣文”与时下流行的“微书话”》，《山东图书馆学刊》，2013年第3期。

新观点、新方法，讲述自五四时代到现在的中国新文学的发展史，着重在各阶段的文艺思想斗争和其发展状况，以及散文、诗歌、戏剧、小说等著名作家和作品的评述”。[1]这个草案的出台使得现代文学成为一门新的学科独立出来。但是对于现代文学的研究其实开始的时间很早。可以说，现代文学作品一产生，与之相关的评论就出现了。如鲁迅的《阿Q正传》，还未在报纸上连载完毕，就有对其评论的文字出现。而且，对现代文学史的研究和专著的产生也是很早的。1922年3月，胡适为上海《申报》馆50周年的纪念特刊《最近之五十年》所撰写的《五十年来中国之文学》一文，就谈到了新文学的发生。之后，对现代文学进行研究，并且影响较大的有赵景深的《中国文学小史》、陈子展的《最近三十年中国文学史》、钱基博的《现代中国文学史》等著作。另外，新中国成立前，一些大学开设了中国新文学史的课程。为了讲授此课，朱自清编写了《中国新文学研究纲要》。到了1933年，王哲甫所著的《中国新文学运动史》成为第一部具有系统规模的中国新文学史专著。之后，有伍启元的《中国新文化运动概观》、王丰园的《中国新文学运动述评》、吴文祺的《新文学概要》等等著作出现。

与现代文学史研究的不断增温相适应，当时很多的学者、作家也积极投入到对新文学的关注、研究中。且不说鲁迅先生为新文学的创作撰写了大量的序跋，周作人不仅有序跋之作，而且有《中国新文学的源流》专著，单是阿英、孙犁等人就是从对新文学的重视走上学术之路的。

阿英在青年时期多阅读的是新文学的作品，鲁迅、周作人、叶绍钧、谢冰心、郭沫若、郁达夫等人的作品是他所欢喜的，后

[1] 黄修己：《中国新文学史编纂史》，北京大学出版社，1995年版，第126页。

来他转向古典、近代文学的研究是成为教师之后的事情。1936年，阿英首次在创作中采纳了“书话”这个名词，写出了《〈红楼梦〉书话》，这篇文章做的还是考订古籍的工作。1937年阿英写出了具有现代书话范式的《鲁迅书话》，他也因之有了“现代书话鼻祖”之誉。《鲁迅书话》发表于1937年10月19日上海的《救亡日报》，是为了纪念鲁迅先生逝世周年而作。这段书话共包括三则，为《摩罗诗力说》《域外小说集》及《阿Q正传》。这三则的篇幅都比较短小，最长的《域外小说集》也不过是300多字。从文学欣赏、文学批评的角度关注鲁迅的作品，是和鲁迅的创作同步的。而以书话的形式关注鲁迅作品，则始于阿英。在《摩罗诗力说》一文中，阿英以100多字的篇幅指出此为鲁迅最早的文艺论文，对发表地——《河南》杂志作了介绍，并以两句话概括了此文章的主要内容及鲁迅对西洋文学执着的情况。简洁明了清晰，属于鲁迅研究的史料学方面的知识。《域外小说集》开篇介绍了这部译作的出版、发行情况，之后回忆了自己的得书经过。在这段掌故的讲述中，提到了郑伯奇在其中起到的沟通作用及与阿英和鲁迅先生的两通书信。这段回忆非常温馨，在真实的叙述中表现出鲁迅对待事情认真不苟的态度。《阿Q正传》一文写出此篇小说最早在杂志上发表的情况，接着指出对此小说最早作评论的是周作人，而周作人的评论文章又未被收入其文集中。阿英此说虽是1937年周作人文章成集的事实，但这个细节为研究周作人文集的编撰史提供了基础史料。

从阿英的几篇书话中，可以明显看到书话在现代文学史实、史料方面的贡献。关于这一方面，在赵普光的《书话与现代中国文学》一书中有专节的讨论。[1]

---

[1] 赵普光:《书话与中国现代文学》，人民出版社，2014年版，第118—131页。

一、书话对文学史的研究有重要价值

从现代作家的书话创作中，可以看到这些文字对于现代文学史的研究有着重要的价值。

首先从书话内容所涉及的知识来讲，其对于书籍的版本、版次、装帧、作者的介绍可以说为文学研究提供了最基本的史料基础，而且厘清了现代文坛的一些状况。

例如在20世纪30年代中期，作家自选集的出版成为一个热潮，其中以天马书店和乐华图书公司为代表。在阅读了书话后，我们发现原来自选集的最初出版是一个无意中的行为，一次偶然的行为带来了现代文学史上的一个有较大影响的举动。唐弢在《自选集的由来》一文中介绍了自选集出现的真实情况：鲁迅的《两地书》本来要给天马书店出版，因为李小峰要他帮忙，所以把稿子撤回来，给了天马另外一部稿子，名为《五讲三嘘集》。由于内容对当时文坛有涉，为了避免麻烦，鲁迅就改为《鲁迅自选集》了。这部自选集的出版意义重大，它的版式、鲁迅对文学选本的看法、自选集序言等等对于研究鲁迅的思想和作品产生的作用是很大的。[1]而且由此书带动，天马书店又相继出版了茅盾、郁达夫、周作人等的自选集，每部选集的销量都不错，其中《鲁迅自选集》和《知堂文集（一名周作人自选散文集）》的印数都达到了5000册。继天马之后，乐华图书公司又出了郭沫若、张资平、王独清的自选集，带来了20世纪30年代文坛上自选之风盛行的状况。曹聚仁在《天马书店》《鲁迅自选集》等书话中则为读者介绍了天马书店的情况和当时出版自选集的背景，为我们了解这一史实提供了丰

[1] 唐弢：《自选集的由来》，《晦庵书话》，生活·读书·新知三联书店，1981年版，第252—255页。

富的史料背景。

姜德明在《余时书话》中的《纪念徐志摩》一文中提到：作为研究徐志摩的工具书之一的陕西人民出版社1988年1月出版的《徐志摩研究资料》中没有收录林徽因著名的《悼志摩》一文，同时也没有收入北平《晨报》副刊《学园》连续发表的悼文，这些悼文后来结集出版，题名为《北晨学园 哀悼志摩专号》。“封面题字者胡适，编者是《学园》编者瞿冰森。书前诗人的遗影一帧也是胡适所赠。作者多为在平的朋友，如胡适、陶孟和、梁实秋、余上沅、沈从文、郑振铎、吴世昌、凌叔华、林徽因、蹇先艾、于赓虞、刘廷芳、陈梦家、方玮德、盛成、吴宓、孙大雨、张恨水等近四十人。”[1]而且在这本专号中，“胡适还公布了当时北平朋友们拟定的《徐志摩纪念奖金章程草案》，一共六项，事实上后来未能实现”[2]。

这些资料对于我们了解徐志摩、了解他的生平、他在友人圈中的地位等有极大的借鉴意义。而且徐志摩的友人都是在现代文学史上占一席之地的作家、学者。他们对徐志摩的回忆、评价对于我们更好地认识、分析徐志摩，所发挥的作用是非常重要的。而作为文学史研究如果忽视了这些方面，可以说是不小的损失。因此，从为文学史研究提供基石——史料这个方面讲，可以说这是书话对于现代文学史的最大贡献。一些学者也因之认为书话是新文学版本研究的一个支柱。[3]

其次，书话中所记载的掌故对于我们了解文学史，认识作家所起的作用也是值得注意的。前面我们分析过，书话所采用

[1] 姜德明：《余时书话》，四川文艺出版社，1992年版，第55页。
[2] 姜德明：《余时书话》，四川文艺出版社，1992年版，第57页。
[3] 朱金顺：《新文学书话叙考》，《中国现代文学研究丛刊》，2005年第6期。

的最基本的表现手法是叙事。这种手法在书话写作中表现出的朴实的纪实性，在某种程度上复活了文学史著作和文学批评中无法构建的历史事件和人物形象。

如阿英《鲁迅书话》的《域外小说集》一节中谈到了他就《域外小说集》一书和鲁迅先生的两通书信。在二人通信的七八年前，即现代文学史的“革命文学”时期，由于在政治、文艺方面所持意识形态的不同，阿英和鲁迅先生是站在所谓的两个阵营中，有过激烈的争锋的。而七八年后，在 1935 年他们之间又有了平和的探讨书籍、学术的通信。从这段故事中，既让研究者注意到阿英的发展，也可以让一般的读者感受到人生的起伏波折。其中深沉的内涵正是所记载的掌故提供给我们的。

再如对高长虹这个人物的介绍。在现代文学史的学习中，我们一般是从鲁迅的文章中知道这个名字，了解到他们之间的师生之情及情人之仇，容易在主观上对其产生坏印象。但孙犁在《读〈高长虹传略〉》一文中谈到了他所了解、接触的高长虹的情况。尤其是文章回忆了 1944 年至 1945 年间，孙犁在延安见到的高长虹：“每值下山打饭，常望见西山远处，有一老人，踽踽而行，知为高长虹”[1]。这段文字没有任何修饰，而场景的再现却让我们感到人生的沧桑，对高长虹不由产生一丝同情之意。正如有研究者说，“在现代书话中关于过去文坛事件、文化现象的记录与评价占有相当多的部分。书话作者大多是亲历、亲睹或亲闻这些历史场景人物面影的文坛中人。所以书话就成为呈现历史旧迹的珍贵资料。一篇书话本身就成为一段历史。而那些谈论旧籍故书的书话，谈及书籍的写作出版流传散

[1] 孙犁：《读〈高长虹传略〉》，《孙犁书话》，北京出版社，1996 年版，第 160 页。

佚搜集等过程，就折射出时代的沧桑”。[1] 而姜德明的《高长虹不知所终》《长虹周刊》两文更是为读者揭示了文坛上真实的高长虹。可以说这些文章中所记述的掌故给读者进一步认识文坛人物提供了令人信服的资料，同时也是文学史极大的补充。因此冯亦代在一篇谈及姜德明书话的文章中说道：“（姜德明的书话类文章）不仅独具慧眼，发人所未发，而且为现代文学史添补不少资料……后人之研究中国现代文学史实的，必将有所感谢于他。”[2]

再次，通过阅读不同作家的书话作品，可以发现一个情况，即他们往往会谈论同一个作家，谈论同一件事。前面我们所举的自选集出版即是一例。从中可以看到不同的文章涉及相同的内容，就有助于读者通过对比、分析、甄别，从多个角度更进一步地接近事实的真相，产生新的认识。

鲁迅是现代文学的开创者，现代书话的起源也是从谈鲁迅开始的。唐弢《书话》的第一篇《守常全集》，谈的就是鲁迅为李大钊的《守常全集》作序并且奔走出版的史实。同样，我们在曹聚仁《群众图书公司》、倪墨炎《鲁迅和〈守常全集〉》这二文中看到他们也是从不同角度谈及此事。通过这些文章的阅读，有助于我们了解鲁迅耿直、重情义的性格特点，同时对当时极其险恶的出版环境也有了具体的认识。

另外，书话内容涉及范围的广泛也为读者展示了所谈作家的多面性。仍然是谈鲁迅。鲁迅在毛泽东的笔下被定义为“革命家、思想家、文学家”，在他的一生中，用文字来求生存、启

[1] 赵普光：《缱绻与决绝——现代书话的产生及其文学史意义》，南京师范大学硕士论文，2006 年，第 6 页。
[2] 冯亦代：《书缘》，姜德明：《书梦录》，安徽人民出版社，1983 年版，第 1 页。

蒙国人、揭示落后的国民性、和不同的势力进行斗争构成了其生命的主调。但是我们也要关注到地质学、航海学、医学等自然科学是鲁迅知识结构的有机组成部分。这些知识除了可以从其作品中觅到影踪之外，姜德明在《书味集》中还告诉我们："在鲁迅的作品里（包括书信和日记）常有一些关于医学知识方面的见解，甚至鲁迅还给朋友开过药方，科学而精到。"[1]而唐弢在《药用植物及其他》一文中详细介绍了由鲁迅译著的《药用植物》一书的出版及其具体内容则不仅丰富了鲁迅译著单行本的情况，也显示了鲁迅对自然科学掌握的扎实和广博。同时也为鲁迅对周作人在自然学方面产生影响提供了一个旁证。

二、书话有助于研究视角和空间的开拓

近代以来，印刷业的发展、西方书籍的进入，阅读量的增加、专业作者的出现带来了图书的大量出现。在这种情况下，很少有人能够阅读所有的作品。为了吸收更多的知识，很多时候读者是从文学史中得到对作品、作家的介绍。但是文学史的写作一方面会受到社会、意识形态的影响，另一方面不可能所有的作家都进入写作者的视野之内，因此介绍毕竟是有限的。在这种情况下，我们阅读书话，通过书话的内容来补充文学史介绍的不足就是一个很好的选择。在书话中，作者往往会介绍一些比较少见的书籍，通过了解这些书籍可以让读者发现文学史未谈到的问题，从而开拓出新的研究视角和空间。

例如对于禁书的认识。谈到禁书，其历史源头可以追溯到秦始皇的"焚书坑儒"。之后历代的统治者为了统治目的，都

[1] 姜德明：《书味集》，生活·读书·新知三联书店，1986年版，第36页。

或严厉或宽松地实行过此政策。在现代作家的笔下，很多人都谈到过这一话题。鲁迅的《买〈小学大全〉记》没有其杂文通常的尖锐性，而以看似轻松的态度对清朝的“文化统制”进行了嘲讽，指出：“倘有有心人加以收集，一一钩稽，将其中的关于驾御汉人，批评文化，利用文艺之处，分别排比，辑成一书，我想，我们不但可以看见那策略的博大和恶辣，并且还能够明白我们怎样受异族主子的驯扰，以及遗留至今的奴性的由来的罢。”[1] 周作人 1935 年 9 月在《独立评论》上发表《谈禁书》。文章以一种散淡的笔法谈了因冠以“禁书”之名而带来的禁书的价格飞涨的现状，指出在现今“禁书”成为商业的一个手段。并且以多半部分的篇幅引用了《拜还堂文集》中的文字，指出此本应为禁书而未遭禁，从文字角度指出其可喜之处。唐弢的《书话》中有三篇文章谈到此话题：《关于禁书》《关于禁书之二》《关于禁书之三》。三文介绍的对象都是 19 世纪 30 年代左右国民党反动派采用各种借口、手段对于所谓进步、革命书籍的禁止。黄裳写过《谈禁书》《再谈禁书》。在《谈禁书》中，黄裳系统考察了中国历代的禁书情况，在丰富的史实基础上指出禁书是禁不住的。《再谈禁书》讲述了自己所接触、经历的与禁书有关的故事等等。

在文学史的写作中，往往会谈到当时的文艺政策，但是对于禁书的具体情况涉及一般很少。我们把书话作品中所谈的这方面内容汇集起来，可以考察出禁书的历史、书目、具体情况等等，对于文学史是有益的补充。

书话的写作不仅有基本知识的介绍，作家还通常会对所谈作品作分析、评论。正因为此，书话和书评、文学评论的关系

[1] 鲁迅：《买〈小学大全〉记》，《且介亭杂文》，《鲁迅全集》第 6 卷，人民文学出版社，1981 年版，第 58 页。

是很近的。当然，我们认为书话中的分析、评论应该倾向于中国传统的品评，即以只言片语点出书籍、作者的特色、风格等。现代书话对“新文学作品的阐释，评论及文学史定位都有着重要的参考价值”。[1]

如唐弢在《朱自清》一文中对其整体散文创作风格作了分析：“我觉得佩弦先生晚年文章偏于说理，倘论情致，却似乎不及早年；不过思想成熟，脚步坚实，再加上语言上的成功，这些地方远非早年所可比拟而已。”[2] 这段品评言简意赅，认识深刻，是朱自清散文研究成果的重要组成部分。

再如姜德明在《林徽因编〈小说选〉》一文中认为从林徽因小说作品的风格看，让人“联想到她何以对沈从文的小说如此偏爱，我以为包括萧乾在内，似乎当时都受到了沈从文的影响。这是一个很有趣的话题，或许并不是我一时的猜想”。[3] 姜德明的这段话虽然是他一时的猜想，但是从具体作家、作品研究的角度看，可能会带来新的研究成果。

目前，现代文学学科发展和学术研究在某种程度上陷入了困境，学者很难找到新的学术生长点。书话通过对作家作品的多方位关照所提出的丰富、细致的知识为研究走出困境提供了可能性。这也是书话所体现出的文学史价值所在。

---

[1] 赵普光：《现代书话中的鲁迅》，《语文知识》，2007 年第 1 期。
[2] 唐弢：《朱自清》，《书话》，北京出版社，1962 年版，第 21 页。
[3] 姜德明：《余时书话》，四川文艺出版社，1992 年版，第 137 页。

第四章 “抄书体”的典范
——周作人书话研究

同鲁迅一样，周作人也没有提过“书话”一词，但是在其一生中，写下了大量谈书的文字。这些文字内容的广泛、反映思想的复杂程度不在鲁迅之下。在后学的研究中，相对于鲁迅的书话，给予周作人的关注是比较早、比较多的。从对其书话的收集、梳理来看，较早给予关注的是钟叔河。1986 年 4 月，湖南岳麓书社出版了钟叔河编选的《知堂书话》。对于这部两卷本书话的编选，黄裳给予了很高的评价：“周作人研究今天已经颇为热闹了，遗作选本的刊行也有了许多种，好像一切正常不成问题，但在五六年前却不是这样，在这里可以看出编者的胆识。努力提供旧籍遗文，供读者阅读，也使研究者有所凭借，正是功德无量的事。”[1]

钟叔河在《知堂书话》的序言中讲述了他编选的理由：“我一直还算喜欢读书的，然读书于我亦大不易：一是不易有闲，二是不易到手，三是不易读懂。有时便只好找点书评书话来看看，舔眼救馋，掬水降火，不免为三百年前的陶庵所笑了。……我所

[1] 黄裳：《书前书后·序》，《春夜随笔》，安徽教育出版社，2006 年版，第 181 页。

想看的，只是那些平平实实的文章，它们象朋友闲谈一样向我介绍，这是一本什么样的书，书中叙述了哪些我们想要知道的或者感到兴趣的事物，传达了哪些对人生和社会、对历史和文化的见解。这样的文章，无论是客观地谈书，或是带点主观色彩谈他自己读书的体会，只要自具手眼，不人云亦云，都一样的为我所爱读。如果文章的内涵和笔墨，还足以表现出本文和原书作者的学养和性情，那就更为佳妙了。在我所读过的书评书话中，我认为周作人写的文章可算是达到了上乘的标准。”[1]

陈平原也认为：“最能代表现代诗文家的书话写作倾向的，莫过于周作人。以文学家的文字功力，再加上学问家的学识修养，在挥洒自如的谈吐中，往往有所发明，且如老吏断狱，一语中的。这样高水平的书话，古往今来，还不多见。”[2]

对于周作人的书话，《中国读书大辞典》中也有定评：“《知堂书话》是一部值得读和禁得起读的书，在处处显示出作者丰厚的文化素养。作者在书中叙述了那些我们想要知道或感兴趣的事物，传达着作者对人生、社会、历史、文化的见解。其字里行间，句法篇局，自具手眼，自成法门，读后能使读者更真纯静穆地去读书品书，更好地去领略书中的广袤世界。”[3]

作为辞典类著作，对于《知堂书话》作如此充满主观色彩的褒扬性的定评，也可以让我们看到周作人书话创作的成就及意义。因此，深入细致地研究周作人的书话，是很必要的。

在研究中，我们参照的文本以钟叔河编选的《知堂书话》为主。这部上下两册的选本是从周作人一生所著的三十几部文集

[1] 钟叔河编：《知堂书话·原序》，海南出版社，1997年，第3页。
[2] 陈平原：《杂谈书话——代序》，《书里书外》，浙江文艺出版社，1988年版，第5页。
[3]《中国读书大辞典》，南京大学出版社，1999年版，第878页。

中，抽取其以书为谈论内容的文章编辑而成的，共收文章330篇。1987年，岳麓书社又出版了钟叔河选编的《知堂序跋》，作为周作人书话作品的补充。1997年，海南出版社出版了钟叔河编的《知堂书话》增订重编本。这次的重编本不仅对原岳麓书社的《知堂书话》进行了重新编排，而且把周作人的序跋、集外文和未刊稿中的书话和序跋也全部收入，所以是非常全面的一部书。全书分为上、下两册，包括七辑。分别为第一辑：谈书和读书；第二辑：谈中国古书；第三辑：谈旧小说等；第四辑：谈中国新书；第五辑：谈东洋的书；第六辑：谈西洋的书；第七辑：谈自己的书。在各辑中，基本上是按时间顺序组织编排的。

第一节　周作人书话创作的三个阶段

张中行在谈及周作人的读书时，这样写道：

> 在我的师辈里，读书多，知识丰富，周氏应该排在第一位。这最明显地表现在他的文章里，上天下地，三教九流，由宇宙之大到苍蝇之微，他几乎无所不谈。而凡有所谈，都能看得细，见得深，使读者增加知识之外，还能有所领悟。只说我的感受，我多年杂览，喜欢翻检《四库全书总目提要》，把它看作介绍古典作品知识的宝库；翻检周氏著作则进一步，总是把它（仅仅由吸收知识方面说）看作介绍各方面知识的宝库。自然，这里隐藏着一个问题，是多知有什么好。我不想大动干戈，却无妨以事显理，是用望远镜，看过往几千年，用显微镜，看临近若干年，上至朝，下至野，由于无知，我们的失误以及吃的苦头也太

多了。而求有所知，我的经验是不能不多读；可读之书很多，周氏著作总是合用的一种。[1]

从周作人学生的这段话中，我们可以想见周作人读书的庞杂及其知识的渊博。在《我的杂学》一文中，周作人表述过自己学识的养成：从小习读四书五经，在十三至十五岁时读了不少小说，后来学习英文、日文，阅读弱小民族的文学、各国的文学史，涉猎希腊神话、童话、文化人类学、自然史、性心理学、医学史、日本文化、地理、风俗画、戏剧史、佛经等等。他阅读面的广博可以说在整个现代文学史上是少有的。他的这些学识往往通过文字，通过对书籍的评介传达出来。

在《书房一角·原序》中，周作人说道："我写文章，始于光绪乙巳，于今已有三十六年了。这个期间可以分做三节：其一是乙巳至民国十年顷，多翻译外国作品；其二是民国十一年以后，写批评文章；其三是民国廿一年以后，只写随笔，或称读书录，我则云看书偶记，似更简明的当。古人云，祸从口出。我写文章向来有不利，但这第三期为尤甚，因为在这里差不多都讲自己所读的书，把书房的一角公开给人家看了。"[2]在这段话中，周作人把自己的整体创作分为了三个阶段。其中，第三个阶段即从1933年起，他所写的文章大部分是谈所读的书的，就是他自己所称的"读书录"或"看书偶记"。谈到读书、对书籍的认识，周作人在1914年就发表过自己的见解，为"独立主见，不妄读书"。[3]他的书话创作可以说是这种见解的最佳实践

[1] 张中行：《周作人文选·序》，广州出版社，1995年版。

[2] 周作人：《书房一角·原序》，《知堂书话》，海南出版社，1997年版，第1577页。

[3] 周作人：《读书论》，《知堂书话》，海南出版社，1997年版，第4页。

成果，也给后学留下了丰厚的遗产。

考察周作人的书话创作，大致也可寻出三个阶段来。第一个阶段为1927年以前，以《自己的园地》中的书话居多，《雨天的书》《谈龙集》《谈虎集》《泽泻集》中也有一些。第二个阶段为1928—1937年，以《夜读抄》《苦竹杂记》《苦茶随笔》《风雨谈》为代表。在这个阶段，周作人独特的书话写作体式达到成熟。第三个阶段为1937—1945年，以《药堂语录》和《书房一角》为代表，多为题记式的短文。

一、周作人书话创作的阶段及主要内容

周作人在《我的杂学》中说自己搜书、看书的准则是：“一是关于《诗经》《论语》之类。二是小学书，即《说文》《尔雅》《方言》之类。三是文化史料类，非志书的地志，特别是关于岁时风土物产者，如《梦忆》《清嘉录》，又关于乱事如《思痛记》，关于倡优如《板桥杂记》等。四是年谱、日记、游记、家训、尺牍类，最著名的例如《颜氏家训》《入蜀记》等。五是博物书类，即《农书》《本草》，《诗疏》《尔雅》各本亦与此有关系。六是笔记类，范围甚广，子部杂家大部分在内。七是佛经之一部，特别是旧译《譬喻》《因缘》《本生》各经，大小乘戒律，代表的语录。八是乡贤著作。”[1] 这些著作几乎都被他写入了自己的文章，所以他的书话类作品是非常多的。

《自己的园地》于1923年由晨报社作为“晨报丛书第十一种”出版，是周作人结集出版的第一部散文集。集中包括《自己的园地》18篇，《绿洲》15篇，杂文20篇。《知堂书话》从中选择了16篇谈书的文章。其中13篇是谈外国的书，3篇谈

[1] 周作人：《我的杂学》，《苦口甘口》，河北教育出版社，2002年版。

中国的创作。“其中的作品尽管很有个性，但就文体来说，与知堂杂著还相去未远，或曰大多可归入杂著中去。它们的优点也就是知堂杂著的优点，即：具备周氏独到的思想与学问，写得丰腴而又细微实在，充满着自己深刻真切的感性体验。他这时的许多书话，严格说来也就是现在之所谓‘书评’，虽然其成就在当时是无人可及的。”[1]

《雨天的书》1925年12月由北京新潮社出版。共收文章50篇。《知堂书话》选择了其中的9篇。在《雨天的书·自序二》中，周作人第一次表示出他作文想追求“平淡自然的境地”，但是他又说：“像我这样褊急的脾气的人，生在中国这个时代，实在难望能够从容镇静地做出平和冲淡的文章来。”同时，他还宣称自己是一个道德家，他想破坏那些所谓道学家的“伪道德不道德的道德，其实却同时非意识地想建设起自己所信的新的道德来”。[2]《谈龙集》1927年12月由上海开明书店出版。《知堂书话》以其中的10篇为书话作品。

从第一个阶段的书话创作来看，周作人看得、谈得比较多的是外国书籍。通过对这些书籍的介绍、评论，可以看出这个时期周作人的主导思想意图依然是启蒙，关注的问题的核心依然集中在儿童和妇女方面。如从《自己的园地》所选的16篇书话中有8篇谈及的是儿童文学创作。周作人认为儿童文学最重要的是要“没有意思”，绝对不应该把成人的思想、世界强加给儿童，要承认、理解儿童。尤其是对于中国的儿童来讲，他们更难拥有自己的世界，所以周作人多次谈道：“中国缺乏儿童的诗，由于对于儿童及文学的观念的陈旧，非改变态度以

[1] 刘绪源：《解读周作人》，上海文艺出版社，1994年版，第112页。
[2] 周作人：《雨天的书·自序二》，《知堂书话》，海南出版社，1997年版，第1565页。

后不会有这种文学发生。”[1] 他积极提倡为儿童编订、写作适合他们的理想的书，对于外国的优秀儿童作品他不遗余力地进行推荐。[2] 同时，他还对中国出现的所谓儿童的文学进行了分析、批判，认为其不是为儿童的文学，目的是要制造一批成人式的儿童出现。

除了对儿童给予关注，周作人的目光还多集中在妇女以及相关的性爱问题上。在从《自己的园地》到《谈龙集》的书话创作中，有 9 篇是涉及这些内容的。在这些作品中，周作人明确地表达了自己的意见：女性应该被看做人，而且应该被看作女人，性不是不洁的东西。在表述这些观点时，周作人大量地引用了性心理学家蔼理斯的观点，对于中国依然存在的落后、腐朽观念进行了抨击。

另外，在这个阶段，周作人还表现出对神话的关注。这个话题可以说贯穿了周作人的一生。他喜爱的是神话故事中人物那种无拘无束的态度，神话中含有的童话性质等。所以在这个阶段虽然周作人谈了很多书，而且多谈外国书籍，但他的指向性是非常明确的，即他最关注的依然是中国的“人”的问题。

周作人书话创作的第二个阶段大致为 1928—1937 年。他于 1928 年 11 月发表了著名的《闭户读书论》一文。面对当时中国的黑暗现实，周作人无力化解，于是决定“苟全性命于乱世是第一要紧”，他想出的办法即为“闭户读书”。“宜趁现在不甚适意于说话做事的时候，关起门来努力读书，翻开故纸，与活人

---

[1] 周作人：《歌咏儿童的文学》，《知堂书话》，岳麓书社，1986 年版，第 24 页。

[2] 如《阿丽思漫游奇境记》《王尔德童话》《歌咏儿童的文学》《俺的春天》《关于儿童的书》等等文章，都介绍了外国的儿童文学作品，给中国的儿童文学创作提供了很好的示例。

对照，死书就变成活书，可以得道，可以养生，岂不懿欤？”[1]也许是为了和这篇文章配合，在之后的几年中，周作人的确是沉迷在故纸堆中，他说：“不佞故人不多，又各忙碌，相见的时候颇少，但是书册上的古人则又殊不少，此随时可晤对也。不谈今天天气哈哈哈，可谈的物事随处多有，所差的是要花本钱买书而已。翻开书画，得听一夕的话，已大可喜，若再写下来，自然更妙。虽然做文章赔本稍为有点好笑，但不失为消遣之一法。”[2]因此，我们在这个阶段结集出版的《夜读抄》《苦茶随笔》《苦竹杂记》等作品中多看到的是他对中国古书的谈论。

《夜读抄》1934年9月由上海北新书局出版。《知堂书话》选择了其中的26篇，其中18篇谈的是古籍。《苦茶随笔》中被选5篇，《苦竹杂记》选了17篇，《风雨谈》选了18篇。从文章的题目可以看到，在这三部集子中，谈外国书的仅占4篇。因此可以说，在第二个阶段，于古书中讨生活，是周作人那几年生活的常态。在古书的阅读中，他宣称自己是“爱智者”，“对于天地万物尚有些兴趣，想要知道他的一点情形而已”[3]。于是他选择了自己有所感的一些作品行之成文，在写作过程中，渐渐地形成了他独特的书话写作体式，进入了书话创作的成熟期。

周作人书话创作的第三个时期为抗日战争时期。在抗战时期，周作人留在北平不愿走出，后来则投向日本人，“完全下水”了。但是他的内心依然是苦闷的，[4]依然需从古书中找到自

[1] 周作人：《闭户读书论》，《永日集》，河北教育出版社，2002年版，第115页。

[2] 周作人：《风雨谈·小引》，《知堂书话》，海南出版社，1997年版，第1607—1608页。

[3] 周作人：《夜读抄后记》，《知堂书话》，海南出版社，1997年版，第1577页。

[4] 钱理群：《周作人传》，北京十月文艺出版社，1990年版。

己的知己。于是产生了他书话的代表作《药堂语录》和《书房一角》。关于这个阶段的读书，在《书房一角》中周作人有表述：“近几年在家多闲，只翻看旧书，不说消遣，实在乃是过瘾而已，有如抽纸烟的人，手嘴闲空，便似无聊，但在不佞则是只图遮眼也。”[1] 在同书的“看书偶记”的“小引”中，他又说：“近两年无事可做，只看杂书遣日，外国书既买不起，也没有兴趣，所以看的只是些线装书。看了之后，偶然有点意思，便记了下来，先后已有几十条。”[2]

从周作人自己的表述和文章题目及内容来看，这个阶段他的读书更多的集中于古书范畴，而其写出的谈书文章和上两个阶段也有些不同：文章的篇幅一般较为短小，大体上约为400字左右，有的还不到200字，用语多带文言色彩，具有明显的古代题跋的色彩。这个阶段后，周作人还写了一些书话，但是没有什么新的特点了。

二、周作人的序跋之作

除了谈古书、外国书外，周作人还创作了大量的序跋作品。在前面我们分析过，鲁迅是非常看重序跋的，他自己的每部创作几乎都有序跋，他对古书编辑、校勘的陈述，对外国作品的介绍，对一些青年作家作品的推荐几乎都是通过序跋来完成的。同样，在周作人这里，对序跋也是非常看重的。他在为俞平伯写的《〈燕知草〉跋》中说：“小时候读书不知有序，每

---

[1] 周作人：《书房一角·旧书回想记引言》，《知堂书话》，海南出版社，1997年版，第1618页。

[2] 周作人：《看书偶记小引》，《知堂书话》，海南出版社，1997年版，第1617页。

部书总从目录后面第一页看起。后来年纪稍长，读外国书知道索引之必要与导言之有益，对于中国的序跋也感到兴趣。……因为我喜欢读序，所以也就有点喜欢写序，不过，序实在不好做，于是改而写跋。做序是批评的工作，他须得切要地抓住了这书和人的特点，在不过分的夸扬里明显地表现出来，这才算是成功。”[1]也许正是深知序跋创作的不易，周作人每部作品集的序跋几乎都出自自己之手：“我向来总是自己作序的，我不曾请人家去做过，……因为我知道序是怎样地不好做，而且也总不能说的对或不错，即使用尽了九牛二虎之力去写一篇小小的小序。”[2]虽然序难作，但是并不影响周作人创作的数量。在海南版的《知堂书话》“第四辑：谈中国新书”中，可以看到其创作的大量序跋作品。从内容上看，周作人为之写序跋的书籍涉及的方面是很多的。其中有文学作品、教科书、医学类书、神话童话作品，社会类、政治类书，风俗类、工具类、农业类书等等，周作人给这些图书作序跋，一方面可能是作者想借助他的大名，但是另一方面也可以看到周作人的确是一个杂家，他在各方面都有研究，而且是得到社会认可的。

从周作人给他人写的序跋内容看，最大部分当然集中于文学方面。当新文学开始试步时，周作人在其中出力的具体例证之一就是他写的序跋类作品。例如他针对胡适的《尝试集》写了《评尝试集匡谬》，与“学衡派”对《尝试集》的攻击针锋相对，肯定了胡适的创作。

周作人的序跋文章多为青年人的作品而写。当郁达夫的

---

[1] 周作人：《〈燕知草〉跋》，《知堂书话》，海南出版社，1997年版，第921页。

[2] 周作人：《看云集·自序》，《知堂书话》，海南出版社，1997年版，第1581页。

《沉沦》被认为是“不道德的文学”时，他站出来从学理的角度解释了什么是不道德的文学，指出《沉沦》“虽然有猥亵的分子而并无不道德的性质”，认为《沉沦》“所描写的是青年的现代的苦闷”，而且作家在这个方面的描写上是成功的。他认为“《沉沦》是一件艺术的作品，但他是‘受戒者的文学’，而非一般人的读物”。[1] 他还评价了汪静之的《蕙的风》，认为这是美丽的情诗，“在他那缠绵婉转的情诗里却尽有许多佳句。我对于这些诗的印象，仿佛是散在太空里的宇宙之爱的霞彩，被静之用了捉蝴蝶的网兜住了多少，在放射微细的电光”。[2] 周作人的这些评价给予了刚刚走上文坛的青年人以极大的鼓舞，为他们扫除了前进道路上的阴霾，使他们能够坚定地走下去。这些序跋类文章同样是书话的组成部分，值得我们进一步研究。

第二节　周作人书话的思想内涵

从周作人的书话创作可以看出他与鲁迅最大的不同在于：在鲁迅那里，不管是序跋的写作，还是对书籍版画等的谈论，其中一个不变的主题，或者说一个深层的动因是他对中国历史、现实、国民性的执着关注，他的深广的忧患精神体现在他所有的创作中；而对于周作人来说，通过他的书话作品，我们能感觉到的更是一个传统的士大夫的形象。“周作人读书，是以纯粹的静观的姿态出现的。读他的文章，可以想象出他在幽寂的书屋里悠然恬淡地品书论道的情景。这一点不像鲁迅，他缺少鲁

[1] 周作人：《沉沦》，《知堂书话》，海南出版社，1997 年版，第 859—860 页。

[2] 周作人：《情诗》，《知堂书话》，海南出版社，1997 年版，第 865 页。

迅的冲动与入世，倒格外像一个职业的学者，除了书道之外，不旁骛外界。”[1]周作人是博览、闲适、通达的，尤其是从书话创作的第二个阶段开始，他谈书即谈书，虽然其中也涉及一些历史和现状（如《为清室盗卖四库全书敬告国人》），但是更多的是通过谈书，诉说出与之相关的掌故、史实。这一方面体现出他在学识上的妙趣，另一方面也让我们看到周作人对于社会的责任感和承担感是远远不如鲁迅的。但是作为一个接受了西方现代新文化、新思想习染的知识分子，周作人尽管总想躲在书斋中，从古书中讨生活，可是那一篇篇书话作品却也传达出他深刻、复杂的思想，这些思想是属于现代的知识分子所有的。

早在1914年，周作人就在《读书论》中谈到当时人读书的弊端，指出：“欲救其敝，不读一法最为切要，是在独立主见，不妄读书。无论政治宗教诗歌小说，毋以群众欣赏，名震一时，一年而数易板，遂取诵之。须知恶俗之书，为愚人而作者，恒得多数赞美也。但当诵习贤哲著作，其思想感情超越古今，悠久不朽者，斯乃足为教益耳。”[2]在周作人的一生中，他写了众多的书话文字，在他庞杂的阅读中，不是随意地捡取，而是有着自己的选择和需要在其中的。这种选择和需要充分地通过书话内容传达出来。

一、提倡独立、自由的精神

从周作人整体的创作来看，贯穿其“解放前散文创作的是启蒙主义的思想内容，其基本的思想是科学主义、个人主义与

[1] 孙郁：《鲁迅与周作人》，河北人民出版社，1997年版，第309页。
[2] 周作人：《读书论》，《绍兴教育杂志》第1期，1914年11月，见《知堂书话》，海南出版社，1997年版，第4页。

人道主义”。[1] 在他书话作品所传达出的内容和思想中，我们同样能够看到这些思想的充斥。或者说，即使在古今中外的书海中遨游，周作人并没有失去个人的意识，相反，他的个性特色通过各篇书话的内容非常鲜明地表现了出来。

作为文学革命的一个代表人物，对于周作人来讲，“人”的问题一直是他关注的中心。20 世纪 20 年代初期，周作人发表了《人的文学》，认为新文学的本质就是对人的重新发现，它的根本目标在于能使人性得以健全发展。从 20 世纪 20 年代《自己的园地》一直到 40 年代的《苦口甘口》，对于人性的重视，尤其是对人的一种独立、自由精神的提倡是周作人书话中非常重要的、堪称主导的思想。

这首先可以从他对所谓圣人的态度中看出。孔子在中国封建统治者那里被捧为圣人，新文化运动开始后他被从圣坛上请了下来。但是在现实的统治中，政府多次的“读孔尊经”运动又抬高了孔子的地位。面对这样的现实，周作人并不是疾声高呼、力竭喊叫，而是以平静的心态，客观、科学的态度，从个体文本阅读的感受出发，真实地谈出了自己的意见：

> 我把《论语》白文重读一遍，所得的印象只是平淡无奇四字。这四个字好像是一个盾，有他的两面，一面凸的是切实，一面凹的是空虚。我觉得在《论语》里孔子压根儿只是个哲人，不是全知全能的教主，虽然后世的儒教徒要奉他做祖师，我总以为他不是耶稣而是梭格拉底之流亚。《论语》二十篇所说的多是做人处世的道理，不谈鬼神，不谈灵魂，不言性与天道，所以是切实。但是这里有好思想

[1] 黄开发：《人在旅途——周作人的思想和文体》，人民文学出版社，1999 年版，第 111 页。

> 也是属于持身接物的，可以供后人的取法，却不能定作天经地义的教条，更没有什么政治哲学的精义，可以治国平天下，假如从这边去看，那么正是空虚了。[1]

经过个体的阅读，孔子这位儒家的圣人在周作人的眼里不过是一个哲人。所以他说："我自己说是儒家，不过不是儒教徒，我又觉得自己可以算是孔子的朋友，远在许多徒孙之上。"[2] 一个接受了西方新思想的现代知识分子在孔子那里觅到了为人行事的方式，并且把三千多年前的古人引为同道，以朋友相称，可以想见周作人不为传统所压、不为封建正统所制的独立、自由的精神，而这正是他作为一个知识分子所提倡、宣传的。

在对独立、自由精神的追求中，在对古籍的阅读中，周作人有意识地对历史人物进行针砭，于其中他找到了三个欣赏的人物：王充、李贽、俞正燮。他认为："王仲任的疾虚妄的精神，最显著的表现在《论衡》上，其实别的两人也是一样，李卓吾在《焚书》与《初潭集》，俞理初在《癸巳类稿》《存稿》上所表示的正是同一的精神。他们未尝不知道多说真话的危险，只因通达物理人情，对于世间许多事情的错误不实看得太清楚，忍不住要说，结果是不讨好，却也不在乎，这种爱真理的态度是最可宝贵，学术思想的前进就靠此力量，只可惜在中国历史上不大多见耳。我尝称他们为中国思想界之三盏灯火，虽然很是辽远微弱，在后人却是贵重的引路的标识。"[3] 正是因为如此，周作人所欣赏倾心的是那些"通达物理人情""爱真理"的人

[1] 周作人:《论语小记》,《知堂书话》, 海南出版社,1997 年版，第 196 页。
[2] 周作人:《〈逸语〉与〈论语〉》,《知堂书话》, 海南出版社，1997 年版，第 202 页。
[3] 周作人:《我的杂学》,《苦口甘口》, 河北教育出版社，2002 年版，第 64 页。

物，如他说颜之推的思想“比有些道学家要宽大得多，或者这就是所谓杂也未可知。但总之是不窄，就是人情味之所在”。[1] 傅山（青主）“思想宽博，于儒道佛三者都能通达，故无偏执处”。[2]

周作人把这种欣赏和偏爱投射到明末的知识分子身上，在书话中，他多次认为那一代知识分子是“五四”的先导，“五四”不过是明末的复兴。“明末那一代知识分子最可贵之处就在于他们在‘反抗正统’中获得了思想与文学中的‘自由天地’。他们重视个性的发展，并且敢于在文学上自由地表现自己的个性，这就使得他们的人格与文学都具有一种‘个性’的魅力。使周作人心向往之的，还有这一代人生活与性格中的‘情趣’，这既是‘雅趣’，照周作人说来就是‘自然、大方的风度’，并不要禁忌什么字句，或者装出乡绅的架子；又是‘俗趣’。周作人说，明代这些知识分子都是‘都会诗人’，‘所注意的是人事而非天然’，所谓‘人事’，即是在明代日趋发展起来的新兴市民世俗生活，由此而形成了不同于传统的市民趣味。”[3]

在书话的写作中，我们能够看到周作人作为一个自由主义知识分子的独立性，他说：“我不是非宗教者，但实是一个无宗教者。……对于一切东西，凡是我们能懂的，无论何种主义理想信仰以至迷信，我都想也大抵能领取其若干部分，但难以全

---

[1] 周作人：《颜氏家训》，《知堂书话》，海南出版社，1997 年版，第 147 页。

[2] 周作人：《关于傅青主》，《风雨谈》，河北教育出版社，2002 年版，第 4 页。

[3] 钱理群：《周作人传》，北京十月文艺出版社，1990 年版，第 365—366 页。

部接受，因为总有其中一部分与我的私见相左。”[1] 周作人在思想、学术上力图保持自己的独立的批判态度，反对信仰任何思想体系，也绝不试图构建自己的思想体系。

正因为周作人强调个人的独立人格，强调文章要表现出人的真性情，所以他对书信有着特殊的偏好。在《拜还堂尺牍》中，他说，他之所以购买这本陶崇道的书信集，是因为尺牍“比别的文章当较客观”。尺牍这较客观的品质，早在十年以前，即 1925 年，他就已经指出来了：“因为比别的文章更鲜明的表出作者的个性。诗文小说戏曲都是做给第三者看的，所以艺术虽然更加精炼，也就多有一点做作的痕迹。信札只是写给第二个人，日记则给自己看的，自然是更真实更天然的了”。“中国尺牍向来好的很多，文章与风趣多能兼具，但最佳者还应能显出主人的性格。”[2] 因此，他给尺牍的评价是“一个人的尺牍常比‘书’要写得好，因为这是随意抒写，不加造作，也没有畴范，一切都是自然流露。”[3]

同样，周作人爱读那些能够表现出作者自己“见识与趣味”的书，即使这些书所谈的“没有什么很特异之处，只是找到一个平常的题目，似乎很随便的谈几句，所说的话也大抵浅近平易”，但是只要是新鲜真实的，是作者自己所“感到想到的，在这里便有一种价值”。[4] 周作人之所以会欣赏这类文字，是因为

[1] 周作人：《重刊〈袁中郎集〉序》，《知堂书话》，海南出版社，1997 年版，第 193 页。

[2] 周作人：《日记与尺牍》，《知堂书话》，海南出版社，1997 年版，第 86 页。

[3] 周作人：《五老小简》，《知堂书话》，海南出版社，1997 年版，第 141 页。

[4] 周作人：《曝背余谈》，《知堂书话》，海南出版社，1997 年版，第 413 页。

对于他来说，在接受了西方近现代科学文化思想的洗礼之后，已经在用一种"新人"的标准来看待、衡量所看到的一切。所以"他所谓'人情物理'标准，实际上就是西方文化启迪下形成的'人道主义的理知精神'，以此去重新审视、映照中国传统文化，必然是一种名副其实的再度'别择'与'发现'。也就是说，周作人从浩如烟海的古书中重新'发掘'出来的古人，必然是'那样地旧而又这样地新'的，而且也是与周作人的个性有着某种相通的。唯其如此，作为现代知识分子的周作人才有可能与之'结缘'；周作人也就通过这种努力，将'自我'与历史联系起来，也就是在历史存在中找到自我存在的根据与理由"。[1]

二、关注自然科学

一方面作为一个深受传统思想浸淫的知识分子，另一方面又接受了西方的现代科学知识，所以在周作人那里，不仅强调个性、人格，而且他对于自然科学的关注也是很突出的。周作人曾说："不佞从小喜杂览，所喜读的品类本杂，而地志小书为其重要的一类，古迹名胜固复不恶，若所最爱者乃是风俗物产这一方面也。"[2] 这表明在他的读书趣味与选择背后，隐藏着其治学道路和人生道路的根本抉择。由于时代和家庭的因素，周作人从小就背离了传统的读经求仕之路，而是走着一条杂学的野路子。对杂学的喜爱，在他的书话中表现得非常明显。

[1] 钱理群：《周作人传》，北京十月文艺出版社，1990 年版，第 390—391 页。

[2] 周作人：《关于竹枝词》，《知堂书话》，岳麓书社，1986 年版，第 872 页。

在《夜读抄》中，可以看到周作人多谈的是些介绍一般常识和特识的书籍。在谈柳田国男的《远野物语》时他认为此书“指示我民俗学里的丰富的趣味”[1]，他详细地介绍了讲动物生活的小册子《猪鹿狸》；《兰学事始》谈了荷兰的医学在日本的译介；行文优美的《一岁货声》摘录了北京市面上叫卖的词句和声音……从这些文字中，我们可以看到周作人对于自然生物和生态非常关注。从自己所阅众多的古书中选择出这类书，并且行文作详细的介绍，传达出个人关于本性、智力的看法，体现了周作人这个现代人对于古书的重新评价和定位，显示出受西方现代知识影响的新型的知识分子所持的先进的思想：“我们遏塞本性的发露，却耽溺于变态的嗜欲，又依恃智力造出许多玄妙的说明，拿了这样文明人的行为去和禽兽比较，那是多么可惭愧呀。人类变为家畜之后，退化当然是免不掉的，不过夸大狂的人类反以为这是生物的标准生活，实在是太不成话了。要提醒他们的迷梦，最好还是吩咐他们去请教蚂蚁，不，不论任何昆虫鸟兽，均可得到智慧。读一本《昆虫记》，胜过一堆圣经贤传远矣，我之称赞生物学为最有益的青年必读书盖以此也。”[2]

在介绍《五杂俎》一书时，周作人表述到：“其中我觉得最有意思的乃是物部，物类繁多，易引人注意，随处随事可见格物功夫，博识新知固可贵重，即只平常纪叙，而观察清楚，文章简洁，亦复可诵。”[3] 而且在对一本书介绍的时候，周作人并

[1] 周作人:《远野物语》,《知堂书话》,岳麓书社,1986年版,第155页。

[2] 周作人:《蠕范》,《知堂书话》,海南出版社,1997年版,第115—116页。

[3] 周作人:《五杂俎》,《知堂书话》,海南出版社,1997年版,第163页。

不囿于就此书而书，他能够把笔触随时伸出去，轻松地勾连起与其相关的其他书籍或是事物，充分显示了他的博学。如《五杂俎》中记载了一种小虫，在抄录完这种小虫的介绍后，周作人自然而然地勾连起了《元氏长庆集》中的虫豸诗、《续博物志》中的记载，还有日本和英国关于这类虫的说法。对于小虫的认识如此深刻，谈起来头头是道，说明周作人具有强烈的求知欲。而且各种知识在他那里，不是死板的，而是鲜活的。他能够对自己所了解的知识灵活运用。正是因此，他认为作为一个平常人的求知欲在当时是很难得到满足的："求诸科学则太深，求之文学又常太浮也。此类文艺趣味的自然史或自然史趣味的文集本来就该有些了，现在既不可得，乃于三百年前求之，古人虽贤，岂能完全胜此重任哉。"[1]这是周作人对于历史文集和当代书籍感到的遗憾，从中也投射出他对获取知识的希冀。

在现代文学史的研究中，周作人是以卓越的理论家和著名的散文家身份出现的。但是从其书话作品中，我们还看到了他作为一个学者、一个杂家的风采。虽然他说写这类文章是自己的消遣，但是希望能够把社会最基本的自然和科学知识通俗、易懂、有趣地介绍给大众的意图是读者能够感受到的。他说："不知道有多少年来中国读书人的聪明才力都分用在圣道与制艺这两件物事上面，玩物丧志垂为重戒，虽然经部的《诗》与《尔雅》，医家的《本草》，勉强保留一点动植物的考察，却不能渐成为专门，其平常人染指于此者自然更是寥寥了。"[2]这段话正表明了周作人作为一个现代的知识分子心怀的忧虑。

[1] 周作人：《五杂俎》，《知堂书话》，海南出版社，1997年版，第165页。

[2] 周作人：《百廿虫吟》，《知堂书话》，海南出版社，1997年版，第181页。

同时我们要看到，周作人对于自然史、自然界的动植物多加关注，不仅仅只限于对科学本身的兴趣，他的最终目的还是要通过自然界、生物界来比照人类，从而揭示出人类的堕落。这是他作为一个新型知识分子永远不会放弃的责任。如在《百廿虫吟》中，他欣赏这部书对于自然界虫豸的介绍，肯定其格物的作为，但是最终目的是：

> 我这所谓格物可以有好几种意思，其一是生物的生态之记录，于学术不无小补，其次是从这些记录里看出生物生活的原本，可以做人生问题的参考。平常大家骂人总说禽兽，其实禽兽的行为无是非善恶之可言，乃是生物本然的生活，人因为有了理智，根本固然不能违反生物的原则，却想多少加以节制，这便成了所谓文明。但是一方面也可以更加放纵，利用理智来无理的掩饰，此乃是禽兽所不为的勾当，例如烧死异端说是救他的灵魂，占去满洲说是行王道之类是也。我们观察生物的生活，拿来与人生比勘，有几分与生物相同，是必要而健全的，有几分能够超出一点，有几分却是堕落到禽兽以下去了：这样的时常想想，实在是比讲道学还要切实的修身工夫，是有新的道德的意义的事。[1]

正如钱理群所评价的："周作人30年代以后的书话，绝大部分都是以中国古代典籍为对象，但是，在其背后，却仍然存在着西方文化的参照体系，不仅隐隐地支配着周作人对中国古代典籍的选择，而且决定着他的评价的眼光：周作人是以前述在西方文化启迪下形成的'人道主义的理知精神'去重新审视、映照中国

[1] 周作人：《百廿虫吟》，《知堂书话》，海南出版社，1997年版，第177—178页。

的传统文化，是一种名副其实的再度‘别择’与‘发现’。”[1]

三、不忘世事

钱理群认为：“决定着周作人三、四十年代读书趣味与眼光的另一个重要因素，是这一时期周作人出于对时代大风暴的疑惧，自动地与历史发展运动‘脱钩’，躲进了个人小天地；但他又不甘心于仅仅‘咀嚼身边的小小的悲欢，而且就看这小悲欢为全世界’（鲁迅语），他仍然追求着一个广大的精神世界，向往着思想的自由驰骋，这确是周作人高于他的‘过于珍惜他有限的“哀愁”’，因而不免露出‘有意低徊，顾影自怜之态’（鲁迅语）的弟子的地方，周作人仍然不失其‘大家风度’。”[2] 的确是这样。周作人躲进了书斋，在故纸堆中讨生活，但他不能和现实生活完全隔绝。在古书的阅读过程中，他虽尽可能将书话写得冷静乃至冷漠，却毕竟还是蕴藏着热切在内的。

在写于1934年的《夜读抄·后记》中，他明确地表示自己这时的书话杂文作品“从表面看来或者与十年前的略有不同，但实在我的态度还与写《自己的园地》时差不多是一样”。“不佞自审日常行动与许多人一样，并不消极，只是相信空言无补，故少说话耳。大约长沮桀溺辈亦是如此，他们仍在耕田，与孔仲尼不同者只是不讲学，其与仲尼同为儒家盖无疑也。”[3] 在《苦茶随笔·后记》中，周作人谈到俞平伯对他的看法，“他觉得我对于

[1] 钱理群：《现代读书人的胸襟与眼界——兼论周作人这一代人的知识结构》，《读书》，1987年第2期。

[2] 钱理群：《现代读书人的胸襟与眼界——兼论周作人这一代人的知识结构》，《读书》，1987年第2期。

[3] 周作人：《夜读抄·后记》，《知堂书话》，海南出版社，1997年版，第1578页。

中国有些事情似乎比他还要热心，虽然年纪比他大，这个理由他想大约是因为我对于有些派从前有点认识，有过期待”。[1]的确是，周作人身在书斋，但他的积极心是没有泯灭的。在《书法精言》一文中，他由王滨洲编辑的《书法精言》被禁，谈到王滨洲本来是清廷的顺民，但却以忠顺被问成大逆，揭示了周作人谈此书的目的在于："书虽不佳却可宝贵，其中含有重大的意义，因为这是古今最可怕的以文字思想杀人的一种蛮俗的遗留品，固足以为历史家的参考，且更将使唯物论者见之而沉思而恐怖也。”而且他说："清代文字狱与禁书书目提要都是研究院的好题目。”[2]从这本书的谈论中，我们可以看到虽然宣称追求一种平淡，要闭户读书，但是对于周作人这样一位现代的知识分子来说，他并未完全躲入书斋，完全步乾嘉学派的后尘，对于历史、现状的思考，对于现实的不满是随处表现出来的。

在《读风臆补》中周作人谈到陈舜百对《诗经·国风》的评语，“陈君别有一特色，为前人所无，即对于乱世苛政之慨叹”。而回想起自己小时候读《诗经》，读到这些篇幅时也是“愀然不乐”。由自己的感慨周作人又谈到当下："现在的青年如或读《国风》诸篇及陈君所评不佞所谈皆觉得隔膜，则此乃是中国的大幸事，不佞此文虽无人要读亦所不怨也。”[3]从古书中联系到自身、现实，一种深沉的关切自然溢出，让我们看到不能忘怀世事的周作人的身影。

---

[1] 周作人：《苦茶随笔·后记》，《知堂书话》，海南出版社，1997年版，第1591页。

[2] 周作人：《书法精言》，《知堂书话》，海南出版社，1997年版，第301页。

[3] 周作人：《读风臆补》，《知堂书话》，海南出版社，1997年版，第355页。

第三节 “抄书体”分析

“一个作家所用的文体与形式，通常是作家与他所面对的现实之间关系的一个隐喻或象征。首先，文体当然会受到时代的总体特征的影响。一般来说，社会形态的巨变往往是作家创造新的叙事文体的重要契机。”[1]生活于20世纪上半叶的周作人，在经历了时代的巨大变动，在尝试了翻译、文学评论、诗歌创作之后，他选择了散文文体作为自己作文的体式。进入20年代后期，他又沉溺于书堆中，大量地阅读古书，之所以这样做，“一是明理心使然，二是愉悦人生的审美态度支使。明理，就不免多追索之态，于杂览之中寻些异样的声音，用他自己的话说，‘可以得道’。愉悦人生，则是驱除内心大苦的选择”。[2]读书之余，他不是述而不作，而是要把自己的所见、所感、所想记录下来，于是出现了多册的书话创作，制造出具有周作人特色的书话文体。正如论者所评：“周作人是中国现代文学书话体散文的开创者和集大成者，他以渊博的杂学知识作底，吸取了中国古代笔记、序跋、杂记、书牍及欧美随笔的丰富营养，浇灌以现代的科学与理性精神，成就了中国现代文学散文中的书话体式并赋予其独特鲜明的文体特征，使书话体真正独立为现代散文的亚类型体式。”[3]

周作人的书话写作是否真正使书话体成为现代散文的亚类型体式，这值得我们进一步探讨。但是与鲁迅书话的创作一篇

[1] 格非：《文体与意识形态》，《当代作家评论》，2001年第5期。
[2] 孙郁：《鲁迅与周作人》，河北人民出版社，1997年版，第311页。
[3] 徐鹏绪，张华：《论周作人的书话体散文——兼及其文体生成的心路历程》，《山东师范大学学报（人文社会科学版）》，2001年第6期。

有一篇的特色相比，周作人形成了自己独特的书话文体写作模式却是不容置疑的，而且因为其积淀、内蕴的深厚，周作人的模式同样具有一种难以模仿性。

从周作人书话文体的形成来看，有一个发生、发展和成熟的阶段，这个文体形成的阶段正对应着周作人书话创作的阶段。第一个阶段的《自己的园地》中出现了大量的书话创作，但是书话的体式特征体现的不是很明显，从总体来看，更倾向于现代的“书评”一类。到了第二个阶段，即创作《夜读抄》时期，周作人书话的特色鲜明地体现了出来，“文抄公”的名头开始加之于他。在第三个阶段的《药堂语录》和《书房一角》的创作中，周作人又倾向于传统的序跋式写作，正如当代书话大家黄裳对周作人书话的认识：“书话其实是一种随笔，一种很有文学性、很有情趣的文字。这同古人的‘读书记’不一样，像《义门读书记》，主要是摘录零星的资料或考订。书话则更接近于清人黄荛圃的题跋，他（周作人）往往不多谈书的内容，却喜欢在题跋里记琐事，谈买书的经过、书肆、书商、书价、藏家，包括日常生活，都随手记下。”[1]

一、周作人对抄书的认识及其抄书模式

谈到周作人书话的文体特点，最突出的也是最引人评说的是他的“抄书”。刘绪源评述道：“真正奠定了知堂书话的文体地位的，是初版于1935年的《夜读抄》。这里的作品不仅写得更随意更多样，而且出现了一个甚为显著的特色，即如书名所示的那个‘抄’字，——周作人开始称自己为‘文抄公’了。将《夜读抄》前半与后半相比，可见其‘抄’的比重愈加增加；

[1] 黄裳：《书林漫步》，《随笔》，1992年第5期。

到稍后出版的《苦竹杂记》，这种文体就已基本定型了。"[1] 周作人的这种抄书体现出了"本文和原书作者的学养和性情"[2]，可以说是达到了抄书的最高境界。

就自己的抄书，周作人做过表白："我从民国六年以来写白话文，近五六年写的多是读书随笔，不怪小朋友们的厌恶，我自己也戏称曰文抄公，不过说尽是那么说，写也总是写着，觉得这里边不无有些可取的东西。"[3] 这段话表明，"抄书"这种形式的采用是周作人有意为之的，他又进一步辩白："夫天下之书多矣，不能一一抄之，则自然只能选取其一二，又从而录取其一二而已，此乃甚难事也。……我看书时遇见正学的思想正宗的文章都望望然去之，真真连一眼都不瞟，如此便不知翻过了多少页多少册，没有看到一点好处，徒然花费了许多光阴。……不问古今中外，我只喜欢兼具健全的物理与深厚的人情之思想，混和散文的朴实与骈文的华美之文章，理想固难达到，少少具体者也就不肯轻易放过。然而其事甚难。孤陋寡闻，一也。沙多金少，二也。若百中得一，又于其百中抄一，则已大喜悦，抄之不容易亦已可以不说矣。故不佞抄书并不比自己作文为不苦，然其甘苦则又非他人所能知耳。"[4]

对于周作人的抄书，历来有不同的认识。倪墨炎在《中国的叛徒与隐士：周作人》中批评道："他在这个时期的绝大部分作品，都是连篇累牍地抄书。抄古人洋人的书犹嫌不足，还大段大段抄自己的书……连篇累牍地抄书，还怎么'抒发性灵'

[1] 刘绪源：《解读周作人》，上海文艺出版社，1994 年版，第 116 页。
[2] 钟叔河：《知堂书话·原序》，海南出版社，1997 年版，第 3 页。
[3] 周作人：《读书的经验》，《知堂书话》，海南出版社，1997 年版，第 38 页。
[4] 周作人：《苦竹杂记后记》，《知堂书话》，海南出版社，1997 年版，第 1604—1605 页。

呢？还怎么‘表现自我’呢？当然也谈不上什么艺术性了。”[1]与批评的意见相反，有些学者认为周作人的抄书是非常具有个性的，如刘绪源在《解读周作人》中在专节中分析了周作人的书话，认为其书话创作有不同的形式，不是一成不变的，抄书是周作人表现自我的极好途径。[2]

针对这些截然不同的评论，我们只有经过自己的文本细读，才能从中探究、感受周作人之所以选择如此写作的原因及意义所在。

一般认为，周作人的抄书始于《夜读抄》，但是在阅读过程中，我们发现，其实从第一个阶段开始，即在《自己的园地》中，已经可以看到周作人表现出了抄书的端倪。如在《歌咏儿童的文学》一文中，他介绍了高岛平三郎编，竹久梦二画的《歌咏儿童的文学》，为了告诉读者什么是“歌咏儿童的文学的好的标本”[3]，他把原文全部译出，占了有一页的篇幅。介绍小林一茶的《俺的春天》，同样抄录了其作品完整的末尾、作者对女儿的描述及作品中可以见到作者性情及境遇的文字。通过大段的抄录，让读者自己来感受小林行文的好处。这可以说是周作人在写书评时的一种独特做法：他以介绍人的身份出现，但是他这个介绍人并不是包办，不是把原作化为他的间接转述，而是以直接展示的方式呈现给读者，让读者通过自己的眼睛去阅读、去感觉。以此来建立读者、原作者及周作人之间的关系。通过这样的做法，读者被给予了极大的自由，虽然这种自由是由周作人所把握的，也就是说，周作人和读者之间的关系是不

[1] 倪墨炎：《中国的叛徒与隐士：周作人》，上海文艺出版社，1990年版，第338页。

[2] 刘绪源：《解读周作人》，上海文艺出版社，1994年版，第126页。

[3] 周作人：《歌咏儿童的文学》，《知堂书话》，岳麓书社，1986年版，第25页。

包办而包办、看似不为而无不为的。

除了要直接表现出所介绍作品的好处外，周作人的另一个目的是通过抄录，保留或记录下比较难得的材料。如在《遵主圣范》中，周作人抄录下了1875年（即光绪元年）译出的白话文（即平文）内容，让读者看到中国白话译本出现之早。为了保存正确的版本，周作人也是不厌其烦地做抄录，如《巡礼行记》中就把这本殊不易得的由日本高僧写的记载唐开成会昌间中国时事的书大部分转载下来，给后世研究提供了一个可信的基础。

通过分析周作人的抄书，笔者最突出的感受有两点：一，要抄录什么内容，第一步一定是要看完全书，这样才能决定什么应该抄、值得抄，所以周作人的看书应该是“精读”。二，在精读的过程中，周作人又不是盲目的，不是有闻必录的，他的目的性是非常明显的，他要介绍什么，要让读者看到什么，要展示作品的什么，甚至是他自己的什么，都是非常明确的。所以他的“抄书”是他所特有的。正如他自己认为：“我的标准是那样的宽而且窄，窄时网不进去，宽时又漏出去了，结果很难抓住看了中意，也就是可抄的书。不问古今中外，我只喜欢兼具健全的物理与深厚的人情之思想，混合散文的朴实与骈文的华美之文章，理想固难达到，少少具体者也就不肯轻易放过。”[1]

周作人作为一个有意识的文体家，他的抄书采取的形式是不断变化的。从《自己的园地》开始，抄书成为一种主要的方式，但是这时抄书所占的比例同自己的解说、评论相比，是低于一半的水平。随着阅读古书的增多，抄书的比例越来越大了，到了《夜读抄》《苦茶随笔》《苦竹杂记》《风雨谈》《瓜豆集》

[1] 周作人：《苦竹杂记·后记》，《知堂书话》，海南出版社，1997年版，第1605页。

《秉烛谈》中的部分篇章中，几乎全文都为抄书，周作人只是在其中的过渡处加一两句简评。如收入《秉烛谈》的《读书随笔》，全文几乎都为抄书，通过抄书，以古人自己的文字来展现古人（沈赤然）的风采。抄录间隙中周作人的评述往往与所抄之文直接相接，从格式、内容上都达到了一种一气贯通的效果。如果不仔细分辨引号的所在，常会把周作人的评述也认为是所抄录的部分。从这一点上可以考见周作人对原文语言和内容把握理解的功力，充分展示了周作人学识的深厚。同时在文章的格式上，到了后期，周作人的抄书几乎是不分段，全文只有一个段落，密密麻麻的编排对于读者的阅读也是一个较大的考验。

除了抄录古书、外文，在一些文章中，周作人还引入或是抄录自己以前的作品，其风格也是大段大段的直接引录。这种现象在《秉烛谈》中比较多见，如《双节堂庸训》中谈到妇女的解放问题，在篇末就引用了自己于九年前写的一篇批评军官杀奸的文章，再度着重指出“妇女问题须与工人的同时得到解决”。[1]

周作人后期的书话，在文体上又有一大变，那就是以整本的《书房一角》及《药堂语录》中的许多文章为代表的题跋式短文的出现。这类书话大抵只三百余字，写法极为自由，既谈书，又谈与书有关的人事、掌故、随感，也有小考证等，无拘无束，洒脱有致，很是耐读。在这些书话中，周作人的用字是非常古朴的，甚至有文言倾向。对于此，周作人有自己的解释：“假如这样便以为是复古，未免所见太浅，殆犹未曾见过整本的古文，有如乡下人见手杖以为是在戴红顶了。还有一层，值得特别指出的是，现今的语体文是已经洗过了一个澡来的，虽然

[1] 周作人：《双节堂庸训》，《知堂书话》，岳麓书社，1986年版，第506页。

仍旧是穿的大衫小衫以至袍子之类，身体却是不同了。这一点是应当看重的。……即使形式上有近似古文处，其内容却不是普通古文中所有。”[1]

二、抄书体式分析

与“抄书”这种写作体式相联系，在文章的容量中，周作人为我们制造出一种情境，在这个情境中，出现了三个主体：原作者、周作人、读者。正如钱理群认为的：“读周作人的书话，就象是三人促膝对谈：古人（原作者），今人（读者自己），以及知古通今、超越其上的周作人，彼此进行着心的交流，在周作人不露痕迹的调拨之下，达到古与今、历史与现实的融合，最后‘统一’到周作人‘自己’那里去。”[2]

三个主体的出现，来源于周作人大段的抄书。通过大段的引录原文，周作人几乎把原作直接呈现在读者面前，在阅读其书话的过程中，读者首先是亲自接触到、阅读到古人或外国人的著作，最直接地把握了原作的内容和思想，因此，在读者和原作者之间就建立起了一种关联，产生出了一种对话。其次，读者所阅读到的内容是周作人提供的，让读者看什么、不看什么，其决定权掌握在他的手中。这样，在读者和周作人之间又产生了一种对话的关系，没有真正阅读过原文的读者，在很大程度上是被周作人的好恶所左右的，同时，读者也自然会分析、评判周作人。当然，周作人在介绍、抄录原作的时候，他与原

[1] 周作人：《药堂杂文·序》，《知堂书话》，海南出版社，1997年版，第1639页。

[2] 钱理群：《现代读书人的胸襟与眼界——兼论周作人这一代人的知识结构》，《读书》，1987年第2期。

作者之间自然有对话，这种对话决定了他选择什么、欣赏什么。所以，我们可以看到，在周作人的书话创作中，他所制造的这种情境中的三个主体之间的关系是比较复杂的。原作相对来说，是一种被动地被接受，而阅读周作人书话的读者和周作人一样是处于积极的活动中的。

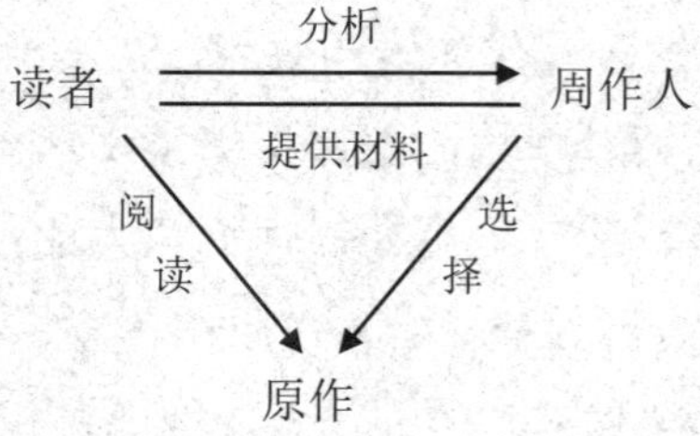

这样，在三个主体之间就建立起了四种对话关系，读者读原作、周作人；周作人读原作，同时影响读者。于是，在其书话的文本中就产生了一种阅读的空间，在这个空间中，读者与周作人穿梭于其中，从而达到一种“物我回想交流的过程”。“读书的过程，就是一个‘物我’的回想交流的过程，一方面用自己的胸襟与眼光去‘发现’古人，另一面，又通过这种发现进一步肯定自己，扩大、丰富自己，建立起支撑自我的精神柱石。”[1]

三、书话创作的其他模式

周作人书话创作的另一个特点是他的笔致是随意舒展的，常常似乎是无心为文，没有固定的格式，如果以散文的所谓形散而神不散来衡量，那自然是无法对照的。在《姚镜塘集》中他说道：“余买书甚杂乱，常如瓜蔓相连引，如因《困学纪闻

[1] 钱理群：《周作人传》，北京十月文艺出版社，1990年版，第390页。

注》而及翁凤西《逸老巢诗集》，因舒白香而及龚沤舸《玉蔬轩集》，因潘少白而及姚镜塘《竹素斋集》，皆是也。”[1] 这是周作人买书的特点，同时也是他作文的特点之一。他写文章，不会固着在一点上，常常是由某一点蔓延出去，将与之相关的古今中外的话题尽可以一网打尽。如前面我们提到过的《蠕范》一文。

周作人还有一个特色是介绍书有开门见山的写法，但是有时却不是，往往是从相类似的话题引出，娓娓道来。如：“南北朝人的有些著作我颇喜欢。这所说的不是一篇篇的文章，原来只是史或子书，例如《世说新语》、《华阳国志》、《水经注》、《洛阳伽蓝记》，以及《颜氏家训》。其中特别又是《颜氏家训》最为我所珍重，因为这在文章以外还有作者的思想与态度都很可佩服。”[2]

在周作人的手中，文字完全是得心应手、为我所用的。他不会有任何拘束，几乎是想到哪里就写到哪里。在他的书话中，我们还发现一个现象是他写文章不是先有了题目后行文，或题目对内容有总领作用，而是写完了文章之后想题目，如《冬天的蝇》；有时甚至是文章的内容和题目没有什么关系，单看文章题目，你很难预测他想说什么。如收入《苦茶随笔》的《厂甸之二》，从题目来看，似应该或写厂甸的物理形态，或写其中的人事纷杂，但是在周作人的笔下，只在第一句写道：“新年逛厂甸，在小摊子上买到两三本破书”，之后全文的内容转到谈所买书上，和厂甸没有任何瓜葛。

---

[1] 周作人:《姚镜塘集》,《知堂书话》, 海南出版社, 1997 年版, 第 553 页。

[2] 周作人:《颜氏家训》,《知堂书话》, 海南出版社, 1997 年版, 第 147 页。

到了后期的《药堂语录》及《书房一角》从格式上和传统的序跋文很相近。与同是现代人写的题跋式书话的《西谛题跋》相比较，《西谛题跋》的格式比较固定，基本上是先谈版本，之后多写得书经过及得书之后的心情。整体来看内容比较简单。而周作人的此类文章虽然文字不长，但是所展示的内容却很丰富，其中有民俗、世事、掌故、轶闻等，真是无所不谈。朴实无华下透露出的是无限的内蕴，充分显示了周作人作为文学大家和博物学家的魅力所在。

正如陈平原所说："周作人的书话不只见解独到，而且文章很有韵味，表面平实无华，却很耐读。后来主张把书话当散文写的诸家，其文字往往朝清丽或者俏皮方向发展。这固然也是一格，但我总觉得还是周作人苦茶般的书话耐人寻味。"[1]

[1] 陈平原：《杂谈书话——代序》，《书里书外》，浙江文艺出版社，1988年版，第5页。

第五章　现代书话的成熟
——唐弢书话研究

唐弢（1913—1992）是中国现代文学史上重要的杂文和散文作家，是鲁迅研究的奠基人之一和海内外公认的权威学者。作为中国现代文学研究的开拓者之一，他在多方面有突出的建树，尤其在书话创作方面，可以说是系统地谈新文学版本的第一人。在20世纪40年代之前，现代文学仍然是当代文学，对于其版本关注的人很少，正如黄裳所说："在四十年前，如果有谁提出新文学书也有版本问题，大抵是必然会引起哄堂大笑的吧。"[1] 但是唐弢却独具慧眼，专心于现代文学书籍和期刊的购买和收集，叶圣陶曾这样评价唐弢："古书讲究版本，你现在谈新书的版本，开创了版本学的新天地，很有意思。"[2] 黄裳也认为："最先留心收集新文学史料，为研究奠定了基础的，是阿英；但注意新文学出版物的版本，系统加以评论记述的，则不能补首推风子（即唐弢）。"[3]

唐弢作为新文学的亲历者，在其生涯中，非常注意收藏

[1] 黄裳：《先知》，《黄裳书话》，北京出版社，1996年版，第221页。
[2] 唐弢：《晦庵书话·序》，生活·读书·新知三联书店，2007年版。
[3] 黄裳：《悼风子》，《春夜随笔》，安徽教育出版社，2006年版，第111页。

“五四”以来的新文学书籍和报纸杂志。他的藏书非常丰厚，在他生后，中国现代文学馆全部接收了他的藏书。据统计，他藏书共有 4.3 万册，其中书籍是 2.63 万册，报刊 1.67 万册。还有两种属于 1949 年前的旧书达到了上千册的情况的，一是毛边书，一是初版本。

唐弢爱书，他表白道：“提起书，几乎可以说是和我的生命纠结在一起的。”[1] 他自称：“平生不羡黄金屋，灯下窗前常自足。购得清河一卷书，古人与我话衷曲。”[2] 他拥有大量的藏书，从事史料的收集和整理工作，而且又是新文学的亲历者，这些客观因素给他的书话创作带来了极大的优势。他是从 20 世纪 40 年代开始创作书话的，其书话的创作和鲁迅佚文的收集整理工作一道为中国现代文学的史料工作奠定了牢固的基石，而且他的书话创作凸显了书话作为散文一个组成部分的特色，为现代书话体式的形成和成熟提供了可资借鉴的实例。正如黄裳分析的那样：“今天已成为显学的新文学史料研究，继起者的业绩在许多方面已超过了前人，但《晦庵书话》仍有其历史地位，是这一学术领域的开山之作。作为散文，‘书话’这一形式也是值得注意的。以简短的笔墨，记事抒情，作者继承的是古老的优秀文学传统，使人想起的是陆游的‘放翁题跋’和黄荛圃的藏书题识。回荡多姿却无空疏之病；网罗遗事，不离时代风云。所记三十年代前后反动派对革命书刊的封锁、扣留、禁毁与世界进步力量的抗拒斗争，都是文化史上不可磨灭的大事，也形成了《书话》触目的特色。”[3]

唐弢的书话不仅独具特色，而且产生了极大的影响。可以

[1] 唐弢：《我和书》，《唐弢书话》，北京出版社，1996 年版，第 346 页。
[2] 唐弢：《偶成》，《唐弢书话》，北京出版社，1996 年版，第 357 页。
[3] 黄裳：《悼风子》，《春夜随笔》，安徽教育出版社，2006 年版，第 111 页。

说，只要提到书话，就必谈唐弢的《书话》和《晦庵书话》。他的书话带动了其后一大批书话作品的出现，使得书话日益展示出繁荣的局面。

很多作者都提到过唐弢书话对他们的影响。赵景深于1946年在《上海文化》中以《书呆温梦录》为题，发表了一组现代文学书话。他在文后赘言："晦庵的书话极富于情趣，有好几篇都是很好的絮语散文，意态闲逸潇洒，书话本身就是文艺作品。我因为喜爱它们，便每天从《文汇报》上剪下来保存。"[1]散文家何为承认自己的作品近乎晦庵的书话，记叙与抒情兼而有之。他说："我是《书话》的热心读者，同时又是《书话》散文的拙劣临摹者。"[2]姜德明真实地叙述了他在唐弢书话的引导下走上了研究新文学的正确道路："到了40年代中后期，突然发现唐弢先生写的关于新文学的书话，一下子顿开茅塞，好像找到了一位引我入门的老师。我羡慕他的藏书丰美，那些充满魅力的版本一直诱惑着我。我采取的是笨办法，循着他书话中提到的书一一去搜访。读唐弢的书话，打开了我的眼界，如读一部简明的新文学史。"[3]徐雁"不意在读了1979年由北京三联书店增版了的《晦庵书话》以后，自己居然反其'道'（"书可遇而不可求，书可爱而不可嗜"——笔者注）而行之，竟一度嗜之求之，并因此开启了自己的藏书爱好"。[4]王稼句在《晦庵书话》出版后是"一册在握，翻读不

[1] 姜德明：《现代书话丛书（第二辑）·序言》，北京出版社，1998年版，第2—3页。

[2] 何为：《〈小树与大地〉自序和后记》，《何为散文选》，四川人民出版社，1984年版，第405页。

[3] 姜德明：《现代书话丛书·序言》，北京出版社，1996年版，第2页。

[4] 徐雁：《书话因缘（代序）》，《秋禾书话》，书目文献出版社，1994年版，第1页。

辍”。[1]

唐弢的书话不仅在国内产生了巨大的影响，甚至波及海外。香港的黄俊东和林真就是在唐弢书话影响下成长起来的新人。唐弢在为林真作品写的序中说：“林真先生说他爱读我的书话，这些文字是在书话的影响下执笔的，我不敢当，也没有察觉这一点。我以为《林真说书》里的文字比我严肃，有深度，不是信手写来的东西，已经成为具有艺术分析力的正规的书评了，虽然写得很生动，很活泼。”[2]

唐弢是新文学史上直接用“书话”一词来命名自己书籍的第一人，他的书话作品不仅是现代文学史料学方面重要的资料组成，而且在他的手中，书话这种文体真正成长、独立出来，他的“开路拓荒之功”[3]让后学看到了书话的魅力，扩大了书话的影响。所以，对唐弢的书话展开细致的研究是非常必要的。

第一节　唐弢书话的创作历程

唐弢于1933年6月4日在《申报·自由谈》上发表了散文《故乡的雨》,20世纪30年代末期参加《鲁迅全集》的校对工作，从此开始了他长达半个多世纪的文学创作和学术研究活动。身兼作家和学者双重身份，唐弢生产出的直接成果之一就是他的书话。

唐弢开始写书话的时间为1945年的春天，在抗战胜利后、

[1] 王稼句:《读〈晦庵书话〉》,《书林》，1981年第3期。

[2] 唐弢:《林真说书·序》,《唐弢书话》，北京出版社，1996年版，第235页。

[3] 杨义:《唐弢书话·选编后记》，北京出版社,1996年版，第351页。

50年代中期、60年代上半期他都断断续续写过一些，一直到70年代末编定《晦庵书话》，再加上《唐弢文集》中补入32篇，共计209篇。唐弢的书话创作不是一以贯之、一帆风顺的，其中有许多的曲折，在某种程度上也体现了中国现代文学发展的艰难。

一、书话创作的经过

唐弢开始创作书话，始于1945年6月。当时他在柯灵主编的《万象》第四年第七期上发表书话十二段。不久因为柯灵被捕，书话创作中断。到1945年末，在《文汇报》编辑的邀请下唐弢再次动手创作此类作品，发表在副刊“文化街”上。之后写的书话不仅在《文汇报》上发表，还登载在《联合晚报》《文艺复兴》《文讯》《时与文》等报纸和杂志上。据唐弢自己说，其数量有一百篇的光景。后来因为书话内容得罪了一个“要人”而再度中断。

再度创作书话为20世纪60年代初。姜德明在回忆中这样谈道：“60年代初，唐弢先生举家北迁。当他刚刚安好新居，我就贸然闯入，请他为我们写书话。他答应了，却流露出某种顾虑，问我：‘现在还有读者对这类文章感兴趣吗？党报（注——《人民日报》）上介绍旧书版本会不会有人反对？’我打消他的顾虑，并同他一起商定，可以先从革命书刊和左翼文艺运动的书刊谈起，再一步步地涉及进步文艺，如文学研究会的诸大家和巴金等。所以，晦庵的书话一开张，便谈李大钊、鲁迅，以及国民党的禁书和革命者的伪装书。至于含有书斋趣味的藏书票、藏书印、线装书籍装帧等，如果我没有记错的话，那是在1962年，作者在出版《书话》单行本时临时补入的。”[1]

[1] 姜德明：《现代书话丛书·序言》，北京出版社，1996年版，第3页。

1961年唐弢开始重新执笔书话创作，单篇发表于《人民日报》副刊上。[1]这次的开篇发表在1961年3月30日的《人民日报》第八版上。在此次的书话写作前有一篇“缀言”，唐弢写道：“解放前后我曾写过一些《书话》，于阅读之余，把想到的事情随手记下，给报纸做个补白，不过当时偏于个人兴趣，太重版本考订，没有把《书话》写好。倘能于记录现代文化知识的同时，不忘革命传统教育的宣传，也许更有意义。”这段话体现了在新时代环境下作家的新兴意识，其中可能也有作家对自己作品的一种委婉解释。当这些《书话》新作陆续发表了二十多篇时，北京出版社请唐弢编集，他“觉得数量太少，旧稿又大都散佚，只能就手头剪存的部分选改十几段，合成四十一篇”。[2]1962年1月，由北京出版社出版。这的确是一个小册子，全书共七万余字。封面由侯叔彦设计，“书话”二字为鲁迅墨迹，左下方是“晦庵”两字的朱文印章。《书话》出版不到一年，就印刷了第二次。第一版印数3万，第二版印数为2万。在第二版印刷时，因为“国内的舆论，对凡尔纳突然提出责难，曾经出版的《格兰特船长的儿女》和《神秘岛》都无法重印，《书话》也遭池鱼之殃”[3]，所以唐弢应出版社之请，用《闲话〈呐喊〉》一文替下了《科学小说》一文。第二版的封面由关景宇设计，淡底木纹，“晦庵”二字升了格，置于封面左上方，但变成了黑体，“书话”二字仍沿用鲁迅手体，置于右下角。

唐弢的书话创作第三次结集出版于1980年10月，由生活·读书·新知三联书店出版，取名为《晦庵书话》，“封面由

[1] 唐弢：《书话·序》，北京出版社，1962年版。

[2] 唐弢：《书话·序》，北京出版社，1962年版，第2页。

[3] 唐弢：《晦庵书话·序》，生活·读书·新知三联书店，1981年版，第3—4页。

装帧大家钱君匋设计，典雅、素净、淳美、奇巧，具有浓厚的时代气息。扉页的书名皆出自唐弢之手，全书24万余字”。[1]书中除收入了原来出版的《书话》外，还“收录了《读余书杂》《诗海一勺》《译书过眼录》和《书城八记》四个部分。前三个部分是全国解放前为书报杂志包括《万象》在内而写的书话”。[2]《书城八记》写于1965年，最早在“香港《大公报》副刊《艺林》上陆续刊载，谈的是买书、藏书、借书、校书、刻书的掌故”。[3]唐弢将这本《书话》取名为《晦庵书话》，作者也直署本名。他在《序》中表示：“这并非王麻子，张小泉似的，要挂出招牌，表示只此一家，别无分出；倒是根据几位朋友的意见，将全书内容变动一下，稍加扩大，收入其它几个部分，因而有必要另取书名，以便和已经出版的《书话》区别开来。”[4]

这是唐弢书话创作及出版的曲折历程，其中折射了中国创作、出版界、文化界的一些现实，本身就可以说是一部“书话”了。

[1] 高信：《从〈书话〉到〈晦庵书话〉》，《当代文坛》，1984年第8期。
[2] 唐弢：《晦庵书话·序》，生活·读书·新知三联书店，1981年版，第4页。
[3] 唐弢：《晦庵书话·序》，生活·读书·新知三联书店，1981年版，第4页。
[4] 唐弢：《晦庵书话·序》，生活·读书·新知三联书店，1981年版，第3页。

二、书话创作的主要内容

从唐弢书话创作的具体内容来看，1962年出版的《书话》第一版包括40篇文章，第二版同样是，只不过是用《闲话〈呐喊〉》代替了《科学小说》，收入《晦庵书话》的《书话》部分把《科学小说》和《闲话〈呐喊〉》两文都收录了，所以共有41篇。而且在附录中还收录了《关于〈守常全集〉的一点旧闻》和《先烈李大钊遗著编录经过》两篇文章，充实了《书话》的第一篇文章《守常全集》的内容并详细地记录下了李大钊遗著的收录经过。在正文的41篇书话中，可以看到唐弢谈到的现代作家、文坛状况是很丰富的，基本上涵盖了现代文学史上的重要作家，如鲁迅、刘半农、刘大白、王统照、朱自清、许地山、王鲁彦、闻一多、朱湘、梁遇春、茅盾、郑振铎、瞿秋白、郭沫若、郁达夫等等。他谈到了这些作家的作品，如鲁迅的小说、翻译、版画、序言等，刘半农的诗歌，王统照的诗歌，朱自清的散文，许地山的小说，茅盾的《子夜》和《春蚕》等。除了谈作家、作品外，唐弢还谈了现代文坛上的翻版书、禁书、左联的斗争情况；另外他还从版本知识的层面谈了藏书印、藏书票、封面画及画册的装帧等问题。41篇文章的容量是很大的。

《晦庵书话》的第二部分为《读余书杂》，收入文章47篇。谈论的作家有郁达夫、郭沫若、丁西林、宋春舫、杨振声、凌叔华、孙福熙、川岛、俞平伯、茅盾、冯文炳、李霁野、周作人、庐隐等。这47篇文章从形式上来讲，比《书话》简短了很多，很有古代题跋的特色，但同样涉及的内容丰富，这部分多关注现代文学史上的一些小作家，对于现代文坛的掌故介绍更多了一些。《诗海一勺》收文章27篇，谈的全部是诗作，是对中国现代新诗历史认识的重要资料。《译书过眼录》有文章54篇，谈的是近现代以来中国翻译出版的各国文学，涉及近20个国家的约60位作家的作品。这四个部分主要谈现代文学的书籍，文章从二三百字到千把字不等，并且配发了书影。

书话创作显示了唐弢学识的广博和研究的深入，到处闪烁着作家的真知灼见，同时他的这些作品给中国现代文学研究提供了丰富的史料。

第二节　唐弢书话的艺术特色及创作模式

唐弢是以杂文创作登上文坛的，当年他的“《好现象》、《新脸谱》、《尽信书》等篇发表时，曾被当作鲁迅的杂文而受到围攻，因而鲁迅与唐弢的相识便以‘唐先生做文章，我替你挨骂’这样一句玩笑开始”。[1] 在鲁迅的影响下，唐弢的杂文创作非常像鲁迅，体现出明显的师承关系，他和徐懋庸等人一起，也被誉为在鲁迅直接影响下成长起来的杂文新人。

但是在唐弢的很多文字中，他说自己更喜欢的是一些诗性的创作。他把散文分为三部分，“回忆往事，记述当前的生活，算是叙事散文；借一点因由，发抒隐藏在心底的感情，便是抒情散文，或曰散文诗；以议论为主，评骘社会，月旦文明，那就是社会杂感了”。“当然，这三者往往又是相互交错、相互结合的，区别在于全篇的重点是哪个。”他表述道：“其实我自己倒是喜欢叙事散文和抒情散文的，并且花了较多的心力试写

[1] 刘纳：《唐弢散文的诗性特征》，《海南师范大学学报（社会科学版）》，1993年第4期。

过。”[1] 可以说唐弢为发展现代散文艺术作了创造性的探索，也取得了多方面的成就，是一位优秀的散文作家。

20 世纪 40 年代中后期他开始创作书话，在创作过程中，渐渐地形成了对书话这种文体的完整看法，并且通过创作为现代书话提供了示范性的写作模式，使得书话创作的繁荣成为可能。

一、书话的文体及来源

朱金顺在《唐弢先生与“书话”》一文中谈道：“书话的体式，恐古已有之，并非唐弢先生的创制。古代学者和藏书家撰写过大量的题跋、藏书记一类的文字，这也就是书话的品式了。新文学家中，写古籍的题跋、藏书记一类的文字者，也不乏其人，据说郑振铎撰写的这类文字，在六百则以上。但是，写新文学书籍的书话，唐弢先生应属第一人。”他还谈道：“唐弢先生是写新文学书话的开创者，他所写的样式、品类，也在不断探索中。近些年，写这类书话的人日益增多，以‘书’为题的集子出版了不少，书话品类已蔚为大观。在写法上，却不尽相同，往往表现出个人体式和文风上的特点。书话的大量出现，丰富和拓宽了史料学的领域，也使小品散文增加了品类。凡此，都与唐弢书话的影响分不开。”[2]

前面我们分析了鲁迅和周作人的书话创作，鲁迅和周作人这两位大家各具风采，他们的书话具有永久的价值，但是在其深厚思想、广博学识支配下的书话创作是独特的，他们没有为

[1] 唐弢：《生命册上·序》，《唐弢书话》，北京出版社，1996 年版，第 187—188 页。

[2] 朱金顺：《唐弢先生与“书话”》，《唐弢纪念集》，社会科学文献出版社，1993 年版，第 670 页。

后人提供一种可模仿性，其创作是不可复制的。而到了唐弢这里，他作为中国现当代文坛上系统地、有意识地创作书话的第一人，在创作的主导思想和写作体式上都有自己的见解，这些见解直接影响了其后的书话创作，并成为一种范式，为后人提供了可资借鉴、模仿的范本。

首先，他认为书话是一种独立的文体，应该具有自己的特色。他说："现在，书话和书话一类的文字多了起来，这是好现象。至于写法，乐水乐山，见仁见智，本可以百家争鸣、百花齐放。但我又觉得，争鸣和齐放既是目的，又是手段。在整个过程中，关键在于使某一形式的特点更鲜明，更突出，更成熟，使特点本身从枯燥、单调逐渐地走向新鲜、活泼和多样，而不是要冲淡它，调和它，使它淹没于混沌汗漫之中，落得一个模模糊糊的状态。从这个意义上说，书话又自有其自身的特点，应当根据这个特点去进行不断的探索与追求。"[1]

有了这样一种理论认识的高度，在创作中，他不断摸索、不断总结。在书话的体裁上，唐弢明确指出，书话应该属于散文创作。他说："我也曾努力尝试，希望将每一段书话写成一篇独立的散文。"这种散文要具有自己的特点，即"书话的散文因素需要包括一点事实，一点掌故，一点观点，一点抒情的气息；它给人以知识，也给人以艺术的享受"。[2] 唐弢对于自己的这个看法是非常认可的，在《林真说书·序》中他再度做了重复性的阐释："我反对有些人把书话仅仅看作资料的记录，在更大的程度上，我以为它是散文，从中包含一些史实，一些掌故，一

[1] 唐弢：《晦庵书话·序》，生活·读书·新知三联书店，1980 年版，第 5 页。

[2] 唐弢：《晦庵书话·序》，生活·读书·新知三联书店，1980 年版，第 6 页。

些观点，一些抒情的气息，给人以心地舒适的艺术的享受。”[1]所以赵景深对其创作的评价是：“晦庵的书话极富情趣，有好几篇都是很好的絮语散文，意态闲逸潇洒，书话本身就是文艺作品。”[2]

正因为把书话看作是散文，要求其能传达出艺术的美感，所以唐弢也多次谈道：“我以为书话虽然含有资料的作用，光有资料却不等于书话。我对那种将所有材料不加选择地塞满一篇的所谓‘书话’，以及把书话写成纯粹式资料的倾向，曾经表示过我的保留和怀疑。”[3]

这样唐弢就为书话划定了文类——散文，确立了书话的文体，并明确指出一篇书话应该包括四个“一点”（一点史实，一点掌故，一点观点，一点抒情的气息）。这四个“一点”确立了书话在创作内容及创作手法上的风格，唐弢也以自己的创作实践了这四个“一点”。

其次，唐弢也指明了自己的书话创作是有来源的。他在《书话·序》中说：“中国古代有以评论为主的诗话、词话、曲话，也有以文献为主，专谈藏家与版本的如《书林清话》。《书话》综合了上面这些特点，本来可以海阔天空，无所不谈。不过我目前还是着眼在‘书’的本身上，偏重知识，因此材料的记录多于内容的评论，掌故的追忆多于作品的介绍。至于以后会写成什么样子，那是将来的事，不必在这里预告。”[4]在《晦庵

---

[1] 唐弢：《林真说书·序》，《唐弢书话》，北京出版社，1996年版，第235页。

[2] 赵景深：《书呆温梦录》，《新文学过眼录》，广西师范大学出版社，2004年版，第224页。

[3] 唐弢：《晦庵书话·序》，生活·读书·新知三联书店，1980年版，第6页。

[4] 唐弢：《书话·序》，北京出版社，1962年版，第3页。

书话·序》中他再度说明："我写《书话》，继承了中国传统藏书家题跋一类的文体，我是从这个基础上开始动笔的。我的书话比较接近于加在古书后边的题跋。""中国古书加写的题跋本来不长，大都是含有专业知识的随笔或杂记。我个人认为：文章长短，不拘一格，应视内容而定；但题跋式的散文的特点，却大可提倡。"[1] 从唐弢的表述来看，其书话创作对传统的题跋是有着积极的借鉴和继承的。在此基础上，又加入了个人的特色：知识和掌故是他书话的重要组成部分。

二、书话创作的模式及特色

唐弢具有自觉的书话文体意识，他总结出书话创作的四个"一点"。在具体的行文中，他也是围绕这四个"一点"而展开的。我们可以从他的作品中找到其创作的模式。

第一，"史实"和"掌故"提供了新文学的版本学知识，丰富了新文学的史料。

中国从鸦片战争之后，受到西方经济、政治的极大冲击，先进的知识分子开始放眼世界，学习西方的先进知识和理念。到了五四运动时期，科学、民主的大旗更是成为时代的风向标，向西方学习成为一种主流。经过了五四运动的振荡，经过了对东西方学术的思考，从20世纪20年代中后期开始，一些知识分子认识到传承本民族文化的重要性，开始投身于古籍的整理、校勘上。在现代文学史上，比较有代表性的人物是阿英、郑振铎、周氏兄弟等。与对古籍的搜集、整理的重视程度相比，当时的知识分子对于当代文坛，即当时的史实关注的程度较弱，

[1] 唐弢：《晦庵书话·序》，生活·读书·新知三联书店，1980年版，第5页。

当然这也和当代史不被看作历史这种观念有关。在这种情况下，一些本应该保存下来的资料、文献就被忽视、被遗落了。与这种大的风气相对，唐弢却对当代的文坛情有独钟，他积极地收集新文学以来的各种书籍和杂志，把古代学者的版本学、校勘学、文字学等知识运用于现代文学史料的考稽辨析上，对它们展开研究和校订工作。

因此，在他的书话作品中，对于所谈的每一部作品的版本、版式、版次、装帧等都有详细的介绍。同时唐弢研究的“是中国现代文学，即自己直接经历过的，参与了的，有的还是亲身为之奋斗过来的那段文学历史”。[1] 所以他在史实、掌故方面占有先机，他也尽可能地把自己所掌握、经历的这些掌故记录下来。所以在其书话中，材料的丰富、内容的充实给读者留下了强烈的印象，而且为新文学提供了大量翔实的史料，成为后学研究新文学不能忽视的重要遗产。

如在《守常全集》一文中，他回顾了编辑李大钊的著作从《文集》到《全集》再到《文集》，一直到 1949 年后才出了《守常全集》这段曲折的出版史掌故，让读者体会到在政治高压下出版业的艰难。《〈子夜〉翻印版》介绍了由救国出版社出的翻印版反而是《子夜》的全本，其装帧、字形非常优秀。《药用植物及其他》这部鲁迅先生的译本曾于 1936 年 6 月出过单行本，并且销行很广。这都是后人难以知道的史实。在《诗海一勺》的 27 篇文章中，唐弢为我们展现了很多珍贵的、甚至是已不能见的初版本，如《昨日之歌》《红纱灯》《烙印》《君山》等。

第二，“观点”的精辟和“品评”的精当见出唐弢文学研究的功力。

唐弢指出，书话写作要有“一点观点”，这个“一点观点”

[1] 樊骏:《唐弢与中国现代文学研究》,《文学评论》, 1992 年第 4 期。

就是对作家作品的一种评论。在这方面，体现出唐弢突出的才能和深厚的文学修养。

在《朱自清》一文中，唐弢引述了叶圣陶对朱自清的评价。叶圣陶认为朱自清“早期的散文如《匆匆》《荷塘月色》《桨声灯影里的秦淮河》，都有点儿做作，太过于注重修辞，见得不怎么自然。到了写《欧游杂记》《伦敦杂记》的时候就不然了，全写口语，从口语中提取有效的表现方式，虽然有时候还带有一点文言成分，但是念起来上口，有现代口语的韵味”。[1] 唐弢同意叶圣陶的看法，不过他也提出了自己的观点：“我觉得佩弦先生晚年文章偏于说理，倘论情致，却似乎不及早年；不过思想成熟，脚步坚实，再加上语言上的成功，这些地方远非早年所可比拟而已。”唐弢认为“在艺术上，语言是文学的根本问题，却并不是它的全部问题。有些散文语言很好，甚至还很有个人特点，然而却不一定都有情致”。而人们之所以更爱读朱自清早期的作品，就因为这个道理，所以他提出“研究朱自清后期散文的语言，注意朱自清前期散文的情致，我们将会更清楚地了解朱自清的风格”。[2] 唐弢在文学品评方面，并不是人云亦云，而是能够提出自己的观点，有着自己的看法，对于散文如此精辟、独到的分析，既显示了他在文学研究方面的能力，同时也让读者深为佩服，这也是其书话之所以受到欢迎的一个重要的原因。

唐弢书话的行文都不长，在不长的文字中，他往往能在只言片语中准确地抓住作家作品的风格特征，在寥寥数语中揭示出作家作品的特色。凌叔华的“以素淡笔墨，写平凡故事，如云林山水，落笔不多，而意境自远。可与丁西林的独幕戏剧同

[1] 唐弢：《朱自清》，《书话》，北京出版社，1962 年版，第 20 页。
[2] 唐弢：《朱自清》，《书话》，北京出版社，1962 年版，第 21 页。

观”。[1] 川岛的“文字清新婉约，情致缠绵，不脱一个真字”[2]。而“新文人中颇多精于旧诗者，达夫凄苦如仲则，鲁迅洗练出定庵，沫若豪放，剑三凝古”[3]，沈尹默的旧诗则是“洒脱清丽的情调，贯穿着尹默全部诗作，把大自然看得既和平，又温柔，此在诗人心中真是另一境界也”。[4] 在这些品评的文字中，唐弢并不多作阐释和发挥，而是让这些简单有力的文字散见于他的作品中，到处如珍珠一样在闪闪放光。

唐弢说自己的书话创作也来源于古代的诗话、词话、曲话，这些评论就很带有诗话、词话或曲话的特点，有着古代评点的特色。当然，他的这种评点不仅局限于作品本身，而是能够和作家的经历紧密结合，在知人论世基础上的评点带有了更多的历史内涵和理论含量。他评价何其芳：“战争改变了许多事情、许多人，就我所知，改变得最多同时也就是进步得最快的要算何其芳。虽然作者说他有他自己的道路，但就所表现的看来，他确是从阴暗和寂寞里突然跑到阳光底下，由沉思而歌唱了。”[5] 三言两语勾勒出了何其芳创作风格从 20 世纪 30 年代到 40 年代的变化，同时也指出了诗人人生道路的重大改变，而这是由于战争的原因。历史的内涵加到传统的评点上，体现出更有现代性的评论方式，也更凸显了唐弢的审美眼光和艺术识见

[1] 唐弢:《花之寺》,《晦庵书话》,生活·读书·新知三联书店，1980 年版，第 188 页。
[2] 唐弢:《〈月夜〉志异》,《晦庵书话》,生活·读书·新知三联书店，1980 年版，第 200 页。
[3] 唐弢:《白屋遗诗》,《晦庵书话》,生活·读书·新知三联书店，1980 年版，第 283 页。
[4] 唐弢:《沈尹默〈秋明集〉》,《晦庵书话》,生活·读书·新知三联书店，1980 年版，第 282 页。
[5] 唐弢:《由沉思而歌唱》,《晦庵书话》,生活·读书·新知三联书店，1980 年版，第 274 页。

与功力。

第三，“抒情”色彩的融入使得书话具有深厚的感染力。

唐弢以杂文创作登上文坛，但是他在多处表述过自己更喜欢抒情色彩的文字，他说：“至于对自己的文字，我一向很不满意，要说短中取长，多少用过一点心力的，恐怕还是那些涂上了诗意的带有抒情色彩的散文。”[1]“其实我自己倒是喜欢叙事散文和抒情散文的，并且花了较多的心力试写过。”[2]

唐弢对抒情散文非常喜爱，而且他还推崇散文中传达出诗的情绪的文章。在《茅盾杂文集·序》中，他写道：“茅盾先生是不乏诗的感情的。他不仅写过鲁迅式的诗似的杂文，我还以为，他写的散文，例如《卖豆腐的哨子》、《红叶》等篇，那就完全是诗的了。尽管他自己称之为散文，而这些篇什传达给我们的几乎都是诗的境界，一种引起凝思遐想的动人的诗的境界。”[3]将这些品评移用于唐弢本人的作品，将更为恰当。唐弢的散文、杂文，甚至论文，都表现出他特有的诗情气质。在创作书话时，这种抒情、诗性表现得也非常突出。他说：“我曾竭力想把每段《书话》写成一篇独立的散文：有时是随笔，有时是札记，有时又带着一点絮语式的抒情”。[4]在以介绍书为主的书话中，抒情因子的进入使得作品富有了强烈的感染力。

在《童心》一文中，唐弢讲述了和王统照之间的交往，回忆起抗日战争初期留居上海相聚小酌，快谈古今的光阴，解

---

[1] 唐弢：《〈散文杂文抄〉序言》，《唐弢书话》，北京出版社，1996年版，第182页。

[2] 唐弢：《〈生命册上〉序》，《唐弢书话》，北京出版社，1996年版，第188页。

[3] 唐弢：《茅盾杂文集·序》，《唐弢文集》第9卷，社会科学文献出版社，1995年版，第534页。

[4] 唐弢：《书话·序》，北京出版社，1962年版，第3页。

放后，王统照又焕发了生命的活力，正是“恢复‘童心’之期”，也是他二人可能再欢聚的时期，但世事不如人意，“如今故人谢世，墓木且拱；往事如昨，而我已无法再践‘樽酒论文’之约了”。[1] 对友人的怀念的深沉的慨叹把读者带入了惆怅的境地。

《〈沉钟〉之五》记述1944年时，唐弢为“阻止鲁迅在平家属将藏书出售”一事到北平，住在“西总布胡同钱泰大使寓所”，在东安市场买到了《〈沉钟〉之五》，读其中杨晦的《除夕及其他》。“各篇都用对话体写，如独幕话剧，而充满散文诗气息，深沉黯淡，令人心碎。”而“我读此书时适在钱家二院，院有海棠一株，时正结果。晚风起处，海棠时时落地，一种黄昏的寂寞浸透身心，及今思之，犹怅惘不已”。[2] 文中记述了得书经过、阅书之感，在结尾收束处又刻画了读书之境，那种情绪的渲染非常深厚。不仅使唐弢和所评作者作品之间达到了一种共鸣，而且读唐弢书话的读者也能从中体味到那种醇厚。在唐弢的笔下，真正是突破了为了资料而资料的束缚，他的书话作品成为一篇篇优秀的情文并茂的散文。这也是他的书话之所以拥有众多读者的一个重要原因。

唐弢的书话创作带有明显的个人风格，诗情非常浓郁。他说：“通过《书话》，我曾尝试过怎样从浩如烟海的材料里捕捉使人感到兴趣的东西，也曾尝试过怎样将头绪纷繁的事实用简练的几笔表达出来。”[3] 这种努力透露出的事实就是：“我写《书话》，继承了中国传统藏书家题跋一类的文体，我是从这个基础

[1] 唐弢：《童心》，《书话》，北京出版社，1962年版，第19页。
[2] 唐弢：《〈沉钟〉之五》，《晦庵书话》，生活·读书·新知三联书店，1980年版，第212页。
[3] 唐弢：《书话·序》，北京出版社，1962年版，第3页。

上开始动笔的。我的书话比较接近于加在古书后边的题跋。”[1]

我们仅举《山中杂记》一文来考察他的书话写作与传统藏书题跋的接近：

> 《山中杂记》一册，郑振铎著，开明版，四十八开小本，封面印莫干山照片一，篆文“山中杂记”四字，大概出叶圣陶手笔。再版改作铅字排印，封面纸变浅蓝色，画杨柳月。全书收散文十篇，第一篇为《前记》，说明由上海到莫干山的沿途经过，副题为“山中通信”，所以是书信的形式。其他九篇记山居生活，偏报导性，今年（1946年）夏天，我们本有往莫干山计划，振铎拟作一月逗留，而人事栗六，终不果行，络纬声中，转眼又届秋令，劳生碌碌，此愿何日得偿乎？[2]

在这段文字中，从开头一直到“偏报导性”，都是基本知识的介绍，包括作者、版本、装帧、基本内容等方面，看起来就是一篇解题。结尾处转到现实，唐弢提起曾和郑振铎相约的莫干山之行的计划一直未果。“络纬声中，转眼又届秋令，劳生碌碌，此愿何日得偿乎？”作家由一事联系到人生，透露出人事匆忙、人世沧桑的情思，简单的几个字使得全文顿时具有了一种生气，读者也在“劳生碌碌”中发出深有同感的叹息。

这篇文章的写法可以说是古代藏书题跋书写的现代版本。行文的顺序、方式是一样的，只不过唐弢谈的是新文学作品，

[1] 唐弢：《晦庵书话·序》，生活·读书·新知三联书店，1980年版，第5页。

[2] 唐弢：《山中杂记》，《晦庵书话》，生活·读书·新知三联书店，1980年版，第220页。

运用的是现代白话。在《晦庵书话》中，这样的写作模式在很多篇中都出现过。可以说，也正是在这个基础上，唐弢提出了他著名的四个“一点”。这“一点事实，一点掌故，一点观点，一点抒情的气息”保证了书话既提供给读者以知识，同时也给读者带来艺术享受。

在唐弢之后，他提出的四个“一点”不仅成为对现代书话认识的重要结论，而且从写作上也成为对书话的一种规范。尤其是他的题跋式现代写法，影响了很多人的写作。且不说黄裳创作的多篇“拟书话”，就是在黄俊东、姜德明的书话创作中，我们也能看到唐弢书话的影子。正是在这个意义上，我们说唐弢的书话写作标志着现代书话创作的成熟，为现代书话提供了创作模板。但是我们也要看到，这种成熟的创作模式一方面给后人提供了可资借鉴和模仿的范本，另一方面也限制了书话创作的多样性。在20世纪80年代之后的大量的书话写作中，除了黄裳、孙犁等独特的存在之外，在姜德明、黄俊东等人的创作之后，我们已经很难欣赏到作家的独特创作个性了。这也是书话发展到今天面临危机的原因之一，值得我们进行反思。

第六章　心灵的书写
——孙犁书话研究

孙犁是中国现当代文学史上重要的作家，他从 20 世纪 40 年代开始创作，创作生涯一直持续到 90 年代。40 年代他创作的是反映战争生活的作品，属于文坛的主流。但是“几十年来，孙犁在主流文学中的地位一直具有某种‘边缘’性——‘强调政治，我的作品就不行了，也可能就有人批评了；有时强调第二标准，情况就好一点。’这一方面是因为他本人在主流文化中极少随声附和、一生基本固守独立的个性，因而并不怎么‘紧跟’；另一方面也因为他的作品所热衷表现的温情，总是更接近主流政治一贯排斥的‘小资产阶级情调’，因而并未受到主流文化意识形态方面的真正推崇”。[1]

正是由于他的思想和文学取向，从 20 世纪 50 年代开始，他的创作受到了批评。到了 1956 年 3 月，身体、心理的长期劳累和压抑终于引发了一场大病，这一病就是十年，紧接着就是“文化大革命”。其间，孙犁的心灵和身体更是经受了巨大的苦难和长期的煎熬：身受揪斗，藏书被抄，居室被占，干校受罪，

[1] 杨联芬:《孙犁：革命文学中的“多余人”：二十世纪中国文学论》，中国文联出版社，2004 年版，第 1 页。

老伴病故，他甚至产生了自杀的念头。在这种恶劣的生存环境下，孙犁有意识地远离政治，退回到书斋中，在古籍的整理和阅读中，排遣积郁，自安心神。

1976年10月，已进入晚年的孙犁带着累累伤痕从“文革”的噩梦中走了出来。面对着一个政治清明的时代，他焕发了空前的创作热情，从1979到1995年大约以一年一本或两年一本的速度，先后出版了《晚华集》《秀露集》《澹定集》《尺泽集》《远道集》《老荒集》《陋巷集》《无为集》《如云集》《曲终集》等作品集，约十三四部140余万字。这是继20世纪四五十年代之后孙犁的第三个创作高峰期。在这个时期，孙犁的文学创作主要集中在两个方面：一是回首往事，创作了大量怀旧性的作品；二是研读古籍，撰写了一系列书论、文论。其谈书为主的文章结集出版的有《耕堂杂录》《耕堂读书记》《耕堂序跋》《书林秋草》等。在这些作品中，有很多文字属于书话的范畴。

进入20世纪90年代以来，对于孙犁晚期创作进行研究的力度是比较大的，批评家们把这个阶段的孙犁称为“老作家”，对他晚期主要从事的散文创作进行品评。在众多的散文研究中，把他的书话作品拿出来，单独进行研究的还比较少。目前有的一些研究也是穿插在对其晚年散文的总体研究中。另外，孙犁的创作有一个特点，即他往往在作品中透露自己的生活历程和思想变迁，这一点在其书话中也可以找寻到有力的证据。孙犁谈自己读书有一个过程：“从新文艺转入旧文艺；从新理论转到旧理论；从文学转到历史。”[1] 也就是说，孙犁的阅读是从新作品转向古代典籍的。从本书前面的分析可以看到，在关注古代典籍的现代作家群中，郑振铎、阿英是从学术研究的角度进入

[1] 孙犁：《我的读书生活》，《孙犁书话》，北京出版社，1996年版，第345页。

的，黄裳是根源于个人的兴趣，周作人沉溺于古书，是要在其中寻找朋友，求得心灵的和谐。孙犁专注于古书的原因，在客观因素上和周作人的理由是一致的。但是他在阅读古书的过程中，却总是袒露自己的心灵，总难忘却对现实人生的关怀。这成为孙犁阅读古书、书写书话的重要特点之一。

笔者把孙犁的书话创作作为个案来分析，希望通过这个角度的探讨，一方面能够更加全面地认识孙犁其人其文，另一方面也是考察孙犁在现代书话创作中表现出的独特性，从而认识书话这种文体可能呈现出的多样性。

第一节　孙犁书话创作概况

1996年由北京出版社出版的《现代书话丛书》中收入了金梅选编的《孙犁书话》一集。此集在选编中，金梅把孙犁的书话创作分为七辑。第一辑为幻华室藏书记；第二辑为耕堂读书记；第三辑为耕堂读书随笔；第四辑为耕堂序跋；第五辑为书衣文录；第六辑为芸斋琐谈；第七辑为耕堂书信。这样的选编体现了金梅对孙犁书话创作的认识。金梅认为孙犁“娴熟地把握了书话这一散文特殊文体的特征，善于从书本中抓取一点因由、一点使人感到兴趣的材料，然后举重若轻地随意说些自己独特的感想。由于注意取材，又能随意出之，他的书话文章读来新颖轻快，意趣盎然；其形式又多种多样，有时是随笔，有时是琐谈，有时是札记，有时是日记，有时是书信，有时是序跋……如同他的其他散文创作，在他的笔下，书话文章也不取某种固定的格式，唯以随意说出自己的感想为指归。在不同的表现方式中，又都带有他散文创作所特有的，玄远的哲理和淡雅的情感色彩”。[1]

金梅的这段话主要分析了孙犁书话写作的特点和形式的多样。在孙犁自己的表述中，没有明确的对书话的看法，但是他对自己的读书类文章有一定的认识。在《耕堂读书记·谈读书记（代后记）》中他说：“在古时，读书记，或藏书题跋，都属于目录学。目录之学，汉刘歆始著《七略》，至荀勖分为四部。唐以后把书籍分为经史子集，藏于四库。这样的分类法，一直相沿到清代。无论公私藏书，著录之时，都对书籍的内容，作者的身世，加以简单介绍，题于卷首或书尾，这就是所谓提要、题跋。把此等文字，辑为一书，就是我们现在谈的读书记了。”[2]

从这段话中可以看到，孙犁为自己的读书记找到了古代的源头，即目录和藏书题跋，并且认为目录、题跋的主体就是对书籍的内容和作者作简单介绍。他的这种认识和我们对书话来源及书话内容的要求是一致的。也正因为此，我们把孙犁的读书记划入书话的范畴。

1983年前后，生活·读书·新知三联书店出版了一系列书话作品，其中收入了由吴泰昌和董秀玉根据孙犁作品而编的《书林秋草》。在此书的《编后记》中，吴泰昌说道：“孙犁不曾刻意写过什么‘书话’，他的这些‘秋草’散漫在一大堆各种形式的散文丛林之中。读过几本‘书话’的人会猛然感到，他的‘书话’与其他作家的‘书话’有多么鲜明的区别。”吴泰昌认为：“‘书话’是信手写来的文字，其内容和风格也是多样的。

[1] 金梅选编：《孙犁书话·选编后记》，北京出版社，1996年版，第379页。

[2] 孙犁：《耕堂读书记·谈读书记（代后记）》，百花文艺出版社，1989年版，第221页。

内容各有侧重，或记觅书之甘苦；或重版本之绍介，其中又分善本书，西洋书，现代书；或联系社会写书的命运……。有的朴实拘谨，节制而谈；有的娓娓动听，恣意汪洋。”而孙犁的书话创作在于“结合自己的创作体验和人生阅历，用心地读，认真地咀嚼，在普通的书里尝出自己的滋味来。可以说，他的这本‘书话’是一位诚实的有独到见解的作家读书的实感”。而且孙犁“津津乐道的作品大多是当代的，有不少是近两年的。这就使习见的‘书话’的内容有所开拓，使这一活泼散文品种与现实生活和文学发展接近。《晦庵书话》被认为是研究中国现代文学的一部有益之作，《书林秋草》无疑将会被看成一部研究中国当代文学的有益之作”。[1]

以上的分析和认识都表明学术界是承认并看重孙犁的书话创作的，并且都认可其创作的独特之处。下面我们具体来看一下孙犁书话创作的总体情况。

孙犁的书话创作是从 20 世纪 70 年代开始的。孙犁在“文化大革命”中受到了极大的迫害，也被剥夺了发表作品的权利，作为一个有良知的作家，他内心充满了深重的苦闷。对此他曾谈道：“写作本身，对我来说，就是最大的最有效的消遣。我常常在感到寂寞、痛苦、空虚的时刻进行创作。我的很多作品，是在春节、假日、深夜写出来的。新写出来的文字，对我是一种安慰、同情和补偿。每当我诵读一篇稿件时，常常流出感激之情的热泪。确实是这样，在创作中，我倾诉了心中的郁积，倾注了真诚的感情，说出了真心的话。在过去的漫长岁月中，烽火遍地，严寒酷暑，缺吃少穿，跋涉攀登之时，创作都曾给我以帮助、鼓励、信心和动力。只有动乱的十年，我才彻底失

[1] 吴泰昌：《书林秋草 · 编后记》，生活 · 读书 · 新知三联书店，1983 年版，第 361 页。

去了这一消遣的可能，所以我多次轻生欲死。”[1] 在残酷的现实面前，孙犁只好通过阅读书籍来“排遣积郁”。

我们已经体察到，不是任何一个作家都能成为书话作家的，他首先必须是一个爱书者、藏书者。在这一点上，孙犁可以称之为典范。从青年时代起，孙犁就常常购买图书，但迫于经济方面的窘迫，他的书都是辛辛苦苦搜集到的。但是苦心搜集到的书籍却不易收藏，其中经历了几次厄难。一次是损失于抗日战争期间，他在离家之前，将珍藏多年的书藏在草屋的夹壁墙中，但还是被敌人发现，弄得满院子都是布皮金字，精装书籍也被掠走。剩下的，因家人担心招灾惹祸，用来烧水和换挂面。等他回家时，仅存几本，其中还有一本第一次购到的《中国小说史略》。此书历经沧桑，至今陪伴着他，被孙犁封为“群书之长”。第二次损失于土地改革中，因家庭成分是富农，书籍被当作私有财产处理。第三次是“文革”中所有的书被查抄，虽然在 1973 年发还，但是很多书都荡然无存。残存下来的书又无安身之地，或与煤炭为伍，与垃圾同箱，或寄存他家。

20 世纪 70 年代中期，面对发还的书籍，孙犁开始一一为之包书皮。每逢坐在桌前包装书籍时，他都会感到非常平静、愉悦。他说：“我对书有一种强烈的，长期积累的，职业性的爱好。一接触书，我把一切都会忘记，把它弄得整整齐齐，干干净净，我觉得是至上的愉快。现在，面对的是久别重逢的旧友，虽然也有石兄久违之叹，苦无绛芸警辟之辞，只是包书皮而已。”[2]

[1] 孙犁：《答吴泰昌问》，《孙犁文集》第六卷，百花文艺出版社，第 410 页。

[2] 孙犁：《装书小记》，《孙犁文集》第四卷，百花文艺出版社，第 210 页。

对于孙犁而言，书是他的“生死与共之物”。他认为“书无论如何，是一种医治心灵的方剂”。[1] 孙犁曾经形容过清代的藏书家黄丕烈，说黄丕烈“对书有一种特殊的感情，好像接触的不是书，而是红颜少女。一见钟情，朝暮思之，百般抚爱，如醉如痴。偶一失去，心伤魂断，沉迷往返，毕其一生”。[2] 其实，这番话形容孙犁自己也是非常恰当的。面对被发还的藏书，他说：“书籍在外播迁日久，不只蒙受了风尘，而且因为搬来搬去，大部分也损伤了肌体。把它们修整修整，换件新衣，也是纪念它们经历一番风雨之后，面貌一新的意思。”[3] 在这些文字中，孙犁简直是把书籍当作朋友、孩子，甚至是自身的写照，经历过磨难，需要修整、需要抚慰。晚年的孙犁仍深情地说：“时至迟暮，仍眷眷如此。余与书籍，相伴一生，即称为黄昏之恋，似亦无所不可也。”[4] 在孙犁那里，书不再是外在于人的物，而常常和人的命运纠结在一起。书与人被等量齐观。在其他的书话中，也有谈对书的情感、谈书厄。但是笔者感觉在这些文章中书籍还是作为一种外在于作家的客体存在的。如黄裳的《书痴》中书更多地表现为是一种财富或者是手段。

在孙犁这里，他则和书完全结合在一起。人、书成为一体。他在书的命运中慨叹人的命运：“人类发明了文字，有了书籍以来，无论是策、札、纸、帛，抄写或印刷，书籍在赋予人类以

[1] 孙犁：《我的金石美术图画书》，《耕堂读书记》，百花文艺出版社，1989 年版，第 161 页。

[2] 孙犁：《耕堂读书记·谈读书记》，百花文艺出版社，1989 年版，第 226 页。

[3] 孙犁：《装书小记》，《孙犁文集》第四卷，百花文艺出版社，1982 年版，第 209 页。

[4] 孙犁：《甲戌理书记》，《孙犁书话》，北京出版社，1996 年版，第 193 页。

知识与智慧的同时，它自己也不断遭遇着兴旺、成败、荣辱、聚散、存在或消失的两种极其相反的命运。”[1]“文章的命运，历史证明，大体与人生相似。金匮之藏，不必永存；流落村野，不必永失。金汤之固不可恃，破篱残垣不可轻。”[2]“凡书物与人生等，聚散无常，或屡收屡散。得之艰不免失之易；得之易更无怪失之易也。”[3] 孙犁的一生，阅尽了人世间风云变幻、苦乐悲欢。他对书爱之深，可以说，读书、装书是他晚年生命存在的标识。

如此爱书，又在书中消磨自己的时光和精力，阅读、写作构成了孙犁晚年生命的主体，长时间、大量的阅读之后，他写下了很多书话类的文字。在他的这些文字中，并不着重于提供书籍的版本等知识，孙犁看重的是通过这种写作，把自己的内心展示出来，把自己的思考记录下来。

从目前看到的孙犁书话的结集来看，主要有四部，为《耕堂杂录》《耕堂读书记》《耕堂序跋》和《书林秋草》。从这些结集的作品来看，孙犁的书话主要由三部分组成：一是收于《耕堂读书记》中的谈古籍的文章；一是《书衣文录》；一是序跋作品。《耕堂杂录》出版于1981年。包括《我的自传》《书衣文录》《烽烟余稿》及《后记》四部分。其中《烽烟余稿》写于20世纪40年代，记录了河北在战争年代中的一些革命故事，与书话无关。《书衣文录》是孙犁创造的一种特殊的书话体式，我们在下面具体分析。《耕堂序跋》在1988年由湖南人民出版

[1] 孙犁：《装书小记》，《孙犁文集》第四卷，百花文艺出版社，1982年版，第211页。

[2] 孙犁：《秀露集·后记》，《孙犁书话》，北京出版社，1996年版，第383页。

[3] 孙犁：《书衣文录·中国小说史略》，《孙犁书话》，北京出版社，1996年版，第365页。

社出版，收录了孙犁的序跋作品共72篇。其中既有他为自己作品所写的序跋，也有为他人作品所写的。《书林秋草》则是一部孙犁书话的选集。

《耕堂读书记》的创作时间从1978年7月持续到1984年10月。最初于1980年开始在杂志上发表，1989年由百花文艺出版社结集出版。共收录了40篇文章，基本上是对古籍的谈论。其中涉及古籍的范围很广，内容非常广博，从《庄子》一直说到《饮冰室文集》。每篇文章中，孙犁从不人云亦云，而是联系历史、人生、现实，关注文学本身，体现了自己独到的眼光和识见。

在这里，需要澄清的一个问题是：在《耕堂读书记》中有很多文章的篇幅非常长，如《关于〈聊斋志异〉》，在这篇文章中，孙犁谈到了文学作品通俗性的表现；《聊斋志异》作为一部现实主义的书的形式；蒲松龄对前人遗产的接受；唐人小说的特点；蒲松龄的生活历程、文学修养、技巧准备等多方面的问题。在孙犁看来，读书记中可以写下对内容的介绍，对作家的介绍，记录自己的阅读经过、阅读感受和理解。在写作时心态放松，随性而写，写所想写。作为一种充分体现了个性的创作，孙犁的读书记等看来不是太像我们前面谈到的书话。在这里，笔者不会刻意用概念来规范作品，而是从广义的角度关注孙犁作品本身，不关注外在样貌上的差异。

第二节　孙犁读书记的内容及文体特征

在孙犁的书话创作中，尤其是20世纪80年代以后，他发表了一系列谈论古书的作品。他在文章中谈到自己时说：“我当时处境，已近于身心交瘁，有些病态。远离尘世，既不可能，把心沉到渺不可寻的残碑断碣之中，如同徜徉在荒山野寺，求得一时的解脱与安静。此好古者之通病欤？"[1] 从孙犁的本心来讲，他是想通过阅读古籍来求得"一时的解脱与安静"。这不由得让我们想到了周作人。当年，周作人沉溺于古书也有这样的出发点。但是从浸淫于古书的程度来讲，孙犁是远远赶不上周作人的。某种程度上说，周作人是把阅读古书作为生活的全部，与古人畅谈是他生活的中心，可以说，他是为了古籍而古籍的。对于孙犁来讲，他进入古书，同时又难以控制自己从古书中走出来。他不断穿梭于古书和现实之间。正如他自己所说："文录所记，多系时事及感想，非尽关书籍内容。"[2] 也就是说，他的阅读不是纯粹为阅读而阅读，而是从阅读中关照了历史，更重要的是关注现实。在这类作品中，有很多对十年"文革"进行分析、批判的文字，体现出这位老作家对生活的执着和热爱。

一、读书记的内容

在对书籍的谈论中，孙犁的范围是很广的，不仅限于古代书籍，而且有一些是现代甚至是当代的作品。当然，他对当代的作品的谈论主要集中在他写的序跋类文章中。这里我们主要来考察一下他对古籍的谈论。

孙犁阅读古籍的一个最大特点是谈古及今。对于古籍，孙犁不像阿英、郑振铎等人那样注重对版本的介绍。在行文中，

[1] 孙犁：《我的金石美术图画书》，《孙犁书话》，北京出版社，1996年版，第20页。

[2] 孙犁：《幻华室藏书记·序》，《孙犁书话》，北京出版社，1996年版，第3页。

他往往只是提及自己手边有何种版本，而且也少对版本做专业的优劣评价，只以是否便于老年人阅读为标准。其次，他也很少做抄书式的工作，虽然部分文章中有对原书的抄录，但一是所占篇幅很少，二是选取的是核心文字，只是为了增强文章的说服力。在这类作品中，体现出了孙犁书话创作的最大特点，就是在介绍古籍的过程中，常常联系现代与当代的政治和文化，打通古今，使古今互相呼应对照，从而对历史、现实的种种弊端进行抨击。在孙犁这里，是真正做到了以史为镜，鉴古知今。或者说，他在古书的阅读中，更想得到的是对现实社会的关照，大胆地说出自己对现实的看法，尽管有时不能明说，有时只能用曲笔，但是决不放弃，体现了一个有良知的知识分子的社会责任感。

如在《颜氏家训》一文中他写到在《颜氏家训》中，颜之推告诫子弟为人要谨慎从事。但是在历史上，那些谨慎从事的文人依然不能自保。由此孙犁联想到“文革”：“我们遇到的这场瘟疫，当然要大得多，仅按四次文代大会公布的被迫害致死的名单，单是著名诗人、作家、批评家和翻译家，就有四十位！比七子中死去四子，多出十倍，可见人祸有时是要大于天灾了。”[1] 在《办理四库全书档案》一文中，从清代的禁书联想到：“最危险的，是像林彪、‘四人帮’所为，以‘革命’为旗号，利用军事政治威力，迫使群众以无知为荣，与文化为敌。”[2] 在《读〈棠阴比事〉》一文中，孙犁又不禁感叹道：“法本为民而立，而民与之隔阂，畏而远之。疑狱多而难明，由来久

[1] 孙犁：《颜氏家训》，《耕堂读书记》，百花文艺出版社，1989 年版，第 23 页。

[2] 孙犁：《办理四库全书档案》，《孙犁书话》，北京出版社，1996 年版，第 91 页。

矣”。[1]这些认识充分显示了孙犁对现实人生的不能忘怀。在这一点上，他比周作人表现得更积极，也正因此，孙犁对周作人是不屑的。

同时，我们看到在读书记中，孙犁谈到了一些日记，如《曾文正公手书日记》《能静居士日记》《翁文恭公日记》《缘督庐日记钞》等。从选择书目的角度讲，孙犁对日记是比较感兴趣的。他认为从日记中能够看到一些珍贵的材料，这和周作人的看法是一致的。而且他认为在日记中，尤其是一些大人物的日记应该能反映出时代、政治的面貌。但是通过阅读，他发现在翁文恭公的日记中只是写了一些日常琐事，没有记载和一些重要人物的交往，也“看不出时代的、政治的波浪起伏，实在使人感到遗憾”。[2]虽有这样的遗憾，但孙犁也能够比较客观地看待这个问题，他指出：“日记，按道理讲，最能保存时代生活真貌，及作者真实情感。然泛览古人日记，实与此道相违。这是因为，人们虽然都知道日记对历史人生，有其特殊功能；但是，人们也都知道，这种文字，以其是直接的实录，亲身的记载，带着个人感情，亦最易招惹是非，成为灾祸根源。”[3]这的确是一位经受过磨难的老人的肺腑之言。

在孙犁的读书记中体现出的第二个特点是在阅读古书的过程中，孙犁不是被动地接受，而是积极地进行学术思考，他把由古书引发的对文化建设、文学与政治关系的思索写入了读书记中，体现出孙犁这位文学老人广博而独到的史识学养和深刻

[1] 孙犁:《读〈棠阴比事〉》,《耕堂读书记》，百花文艺出版社，1989年版，第141页。

[2] 孙犁:《翁文恭公日记》,《耕堂读书记》，百花文艺出版社，1989年版，第40页。

[3] 孙犁:《缘督庐日记钞》,《耕堂读书记》，百花文艺出版社，1989年版，第43页。

精湛的学术见解。

如在《买“宦海指南”记》一文中，孙犁指出当年汪辉祖写此书不过是为了把自己的从业经验和见解介绍给同业者或者初习者，并不是为了得到些什么。由之看当代的文化建设，则是“当今之世，有文士焉，本无经历，亦乏学识，著书立说，不为社会效益着想，不为读者身心立意，空设玄虚之境，念念巫祝之辞，企图惑群招众，成立流派，自封教主，亦近狂矣”。那么，真正的、正确的文化建设应该是创作有用的书，有用的书必须是“一、有义理。二、有辞章。三、有事实”。[1]这才是中国人民真正需要的书籍。在《读〈后汉书卷七十·班固传〉》中，孙犁指出“为政治服务”这个口号带来的争论。从现代文学的发展来看，20世纪30年代关于这个口号的争论是非常激烈的。到了孙犁写此文的90年代，人们更多关注文学本身的审美特质，不愿意把文学和政治挂起钩来，甚至有人否认文学和政治之间有联系。面对这样的思潮，孙犁指出了其中的偏颇，他认为：“只要作家本人，不能完全与政治无关，那么文艺作品，就不能完全与政治无关。文艺为政治服务，并不一定就粗糙，就没有价值；不为政治服务，也不一定就高尚，就值钱。”[2]这可以说是论述文学与政治关系的真知灼见。在《读〈宋文鉴〉》中，孙犁由古书的编辑遴选联系到现实中编辑文学总集的不足，殷切地希望能够“负责地出版一些从内容到形式，从质到量都是第一流的书籍”[3]。

[1] 孙犁：《买“宦海指南”记》，《耕堂读书记》，百花文艺出版社，1989年版，第137—138页。

[2] 孙犁：《读〈后汉书卷七十·班固传〉》，《孙犁书话》，北京出版社，1996年版，第150页。

[3] 孙犁：《读〈宋文鉴〉》，《耕堂读书记》，百花文艺出版社，1989年版，第96页。

另外，在读书记中，孙犁还从创作的角度提出了一些文学的标准和理论，显示了一位优秀作家的独到认识。

在《三国志·诸葛亮传》中，他提出："凡是小说，起步于人生，遂成典型；起步于天上，人物反如纸扎泥塑，生气全无。"他认为文学艺术的"基础是现实的人和生活"。[1] 在对古籍做品评时，他常把自己的人生体验、创作体验融会其中，从而得出对一些作家作品的极具个性化的理解。例如他认为《红楼梦》"绝不是出世的书，也不是劝诫的书，也不是暴露的书，也不是作者的自传。它是经历了人生全过程之后，在丰富的生活基础上，产生了现实主义，而严肃的现实主义，产生了完全创新的艺术"。他对《红楼梦》的定评是："《红楼梦》是为人生的艺术，它的主题思想，是热望解放人生，解放个性。"[2] 他认为《金瓶梅》是用现实主义的笔法真正地直面现实、直面人生。《三国志》中写的关羽是一个具体的人，是"一个既有缺点，又有长处；既有成功，又有失败的活生生的人"。[3] 这些理论和见解是孙犁在长期创作中的实际体会，也是他多年创作经验的总结。

在孙犁关于文学的见解中，最具特色的是他的独特的现实主义创作观。他认为现实主义是基础，浪漫主义必然是建立在现实主义基础之上的。如在《庄子》一文中，他指出"我们当前的当务之急是恢复几乎失去了的现实主义传统"[4]。并且认为

---

[1] 孙犁：《三国志·诸葛亮传》，《耕堂读书记》，百花文艺出版社，1989年版，第33页。

[2] 孙犁：《〈红楼梦〉杂说》，《耕堂读书记》，百花文艺出版社，1989年版，第11页。

[3] 孙犁：《三国志·关羽传》，《耕堂读书记》，百花文艺出版社，1989年版，第28页。

[4] 孙犁：《庄子》，《耕堂读书记》，百花文艺出版社，1989年版，第13页。

现实主义是浪漫主义不可缺少的东西。

二、“耕堂曰”体式分析

在孙犁的读书记类书话创作中，不仅有丰厚的内容，而且从具体的创作体式上讲，也显示出其鲜明的个性特点，形成了独特的一种体式，可以称之为“耕堂曰”文体。

我们知道，这种“曰”式的文体来源于《史记》，后被蒲松龄在《聊斋志异》中仿用。在这两部著作中，作家在一定的段落之后发表议论，一是为了保持原文叙述故事的完整性，二是通过“曰”把心中不吐不快的情绪直接抒发出来，直接对人物、事件进行品评。在孙犁的系列读书记中，他也在文末采用了“耕堂曰”这种体式。

在前面，我们分析过，书话内容的组成之一就是要对作品进行一定的品评。书话作者要对所看的书籍提出自己的观点，而这些观点往往是在叙述中完成的，即唐弢所说的“一点议论”。而在孙犁的书话中，他的见解不是穿插在对文章的介绍中，常是单独抽出来，以“耕堂曰”的形式置于文末。他采用这样的处理方式，大概有几个原因。一是时代的因素。孙犁在“文革”中受到极大的迫害，几乎与文字绝了缘。“文革”之后，作为见证了“文革”种种的老文学家，在话语权被重新赋予后，他不可避免地要把多年来内心的积怨、思考通过文字传达出来。书话的“一点议论”，即点评式地对书籍进行品评的文字不足以完全表达他的思想，而运用“耕堂曰”这种方式，可以大篇幅、淋漓尽致地传达出对历史、人生、现实、文学等问题的看法。二是运用这种方式可以提升认识。在一般的书话创作中，作者立足于所谈的书，以具体的书为出发点，表达自己的看法，常常是就书谈书，对个别情况作分析，属于一种知者的层面。而孙犁运用“耕堂曰”这种方式，集中进行议论，就跳出了对具体书籍的分析和议论，从特殊现象中透视一般的本质内涵，写出他经历过世事沧桑之后对历史、现实现象的规律性认识，从而在认识高度上达到智者的层面。三是文字的原因。在出现“耕堂曰”的作品里，孙犁一般采用两种语言形式。前面对具体书籍的介绍运用的是白话，而“耕堂曰”则用文言来表述。这一方面显示了孙犁在阅读古籍的过程中自然接受了古文表述系统的影响，另一方面也可以推测为古文的运用会带来一种表达上的深度，使得语言形式和传达的思想达到统一状态。

下面，我们来具体分析一下孙犁运用“耕堂曰”这种体式的基本特点。

第一，“耕堂曰”对正文所谈书籍的内容做整体上的提升。孙犁读书记类的创作在具体的写法上也吸收了传统的题跋写作方式，文章简短，用语古雅，内容表述上有版本、卷次、作者的介绍，有作品内容的简洁提示、有对作品的点评。在正文之后，孙犁在“耕堂曰”直接传达出自己的看法。如在《我的农桑畜牧花卉书》一文中，孙犁介绍了三本农桑方面的书籍后，在“耕堂曰”就谈到了中国历来对农业的重视，自己的经历中对农业的认识，中国农书贬低货殖、贸易的特点等方面的内容。这是由具体的农书谈到整个中国的农业状况。再如在《我的子部书》一文中，孙犁在正文中介绍了自己所藏的子部书，并且作了简短的点评。到了“耕堂曰”中，他由正文所谈的子部书联想到了周秦诸子百家争鸣的现象，对这种现象提出了自己的看法。因此可以看出，孙犁运用“耕堂曰”这种体式自然扩充了文章的内容含量，并且达到了整体的认识高度。如果不做正文和议论之间的区分，一是作者的看法不明显突出，二是容易给读者一种游离的感觉。正通过“耕堂曰”这种方式，使得对正文的书话式介绍本身是完整的，同时也提醒读者对作者的意见关注，并且达到共鸣。

第二，在“耕堂曰”提出对所谈书籍的看法并且联系现实作评述。如在《我的集部书》一文的正文中，孙犁列举了自己所藏的集部书。在“耕堂曰”中他直触现实，指出，“今人之文章、文集多矣，余择善而从。亦有三不读。一、言不实者不读。二、常有理者不读。三、文学托姐们的文章，不可读”。[1]从全文来看，前面谈的是历史，“耕堂曰”则把现实勾连起来，在历史与现实的对照中，做出优劣的评判也就更有说服力。在《读〈燕丹子〉》中，孙犁在“耕堂曰”中提出对历史与小说不同的看法，认为“历史与小说的分野，在于虚构之有无”。[2]在这样一个总的原则下再对书籍进行定位，让读者自然看出其中的高下。因此，“耕堂曰”这种创作体式的运用对于文章总体上起到了画龙点睛的作用。

除了“耕堂曰”这种形式，在一些文章中，孙犁还采用了“耕堂按”的方式。如《读〈吕氏春秋〉》中出现了两段“耕堂按”。第一段直接对方孝孺所感“秦法宽”谈出自己的意见。第二段则说出自己对《吕氏春秋》“千金不能易一字”的分析。从这种形式的采用规律来讲，一般“耕堂按”被置于文章中间，直接对所引文章或所谈问题作点评，是就事论事的写法。这也是孙犁读书记的一个为文特点。

---

[1] 孙犁：《我的集部书》，《孙犁书话》，北京出版社，1996年版，第46页。
[2] 孙犁：《读〈燕丹子〉》，《孙犁书话》，北京出版社，1996年版，第118页。

第三节 《书衣文录》[1] 内容分析

在孙犁的书话创作中，有一部比较特殊的作品集——《书衣文录》。这部作品集最早创作于20世纪70年代初。所谓“书衣就是俗称的书皮，是为保护书用的，因为它如书的衣服，所以称为书衣。古今藏书家，对于图书的装订，在采用书衣质料和颜色上，都特别注意。如钱曾述古堂的书衣，用自造的五色笺纸；毛晋汲古阁的书衣，用宋笺藏经纸或宣德纸，染上各种颜色。历代官书的书衣，多用黄红蓝紫等色的绢绫做。清代修《四库全书》，对于书衣更异常讲究，其色分青红蓝灰四色，象征春夏秋冬四季，用以标志《经》《史》《子》《集》四库。这种办法，实开晚近封面绘画的先声”。[2]

与古人一样，孙犁对于书籍的爱护、珍惜几乎快成了洁癖。他说：“我之于书，爱护备至：污者净之，折者平之，阅前沐手，阅后安置，温公惜书，不过如斯。”[3] 给书包书皮就是孙犁爱书的具体方式之一。从1966年一直到1976年10月，孙犁没有发表一篇文章，但是他从来没有停止写作，只不过这些文字

[1] 冉淮舟：《孙犁著作年表》，《孙犁文集·五》，百花文艺出版社，1992年版。“《书衣文录》写于1973年10月1日至1976年9月26日，共166则。另有3则写于‘文化大革命’前；还有一序，一跋尾，序末自注：1979年5月2日灯下记；跋尾自注：1979年8月26日。刊登在1979年第1期《天津师院学报》，1979年第2期《长城》文学丛刊，1979年第10、11期《长春》，1980年第11期《河北大学学报》，1980年第1期《芙蓉》文学丛刊，1980年第1期《柳泉》文艺丛刊。”

[2] 李广宇：《书文化大观》，中国广播电视出版社，1994年版，第35页。

[3] 孙犁：《西游记》，《书衣文录》，《孙犁书话》，北京出版社，1996年版，第249页。

都写在了书皮上，这是他在特殊年代无事可做或者说不能做的结果，他也是通过这种方式宣泄内心的积郁，求得心灵的宁静。正如他在《书衣文录》序中所说："七十年代初，余身虽'解放'，意识仍被禁锢。不能为文章，亦无意为之也。曾于很长时间，利用所得废纸，包装发还旧书，消磨时日，排遣积郁。然后，题书名、作者、卷数于书衣之上。偶有感触，虑其不伤大雅者，亦附记之。此盖文字积习，初无深意存焉。"[1]

《书衣文录》基本上创作于1973年10月1日至1976年9月26日间。共包括166则。其中1975年所写最为详细，几乎每天都有一则。从字数看，每则都不长；从形式上看，比较像读书小札和传统的序跋；从表达方式看，有叙事、有抒情、还有一些议论的文字；从内容看，有版本知识、购书掌故、读书感想、社会见闻、日常琐事、个人情怀等。正如金梅对此书的看法："这些带有日记性质的文字，不只追记了他收藏有关书籍的来龙去脉，记下了他的读书心得，也记下了他当时当地的社会经历、人际关系、个人生活和思想情绪。"[2]《孙犁文集·续编三》又收了《书衣文录》多写于20世纪80年代之后直到1990年8月，共87则，其文字更加简短，常常是一句话，十几个字。此为《书衣文录》拾补，发表时有"小引"及"书衣文录再跋"两段文字。其"小引"为"余前辑存书衣文录，近二百条，已刊行矣。去冬整理书册，又抄存前所未录者若干条。前之未抄，实非遗漏。或以其简单无内容；或有内容，虑其无关大雅；或有所妨嫌。垂暮之年，行将已矣，顾虑可稍消。其间片言只语固多，皆系当时当地文字。情景毕在，非回忆文章，所能追觅。

[1] 孙犁：《孙犁书话·书衣文录序》，北京出版社，1996年版，第245页。
[2] 金梅选编：《孙犁书话·选编后记》，北京出版社，1996年版，第379页。

新春多暇，南窗日丽，顺序排比，偶加附记，藉存数年间之心情行迹云。1986年3月4日记”。“书衣文录再跋”：“余向无日记。书衣文录，实彼数年间之日记断片，今一辑而再辑之。往事不堪回首，而频频回首者，人之常情。恩怨顺逆，两相忘之，非常人易于达到之境界也。堂皇易做，心潮难平。时至今日，世有君子，以老朽未死于非常之时，为幸事。读文录者，或可窥见余当时对生之恋慕，不绝如缕，几近于冰点，然已渐露生机矣。1986年3月6日晨起该讫记”[1]。在1987年4月，有《书衣文录摭遗》10篇。作家写作是为了发表，对于一般的作品来说，只有呈之于世人，才有存在的意义与必要。但是孙犁在书衣上写的题跋，不过是在有话说而无处说的无奈之下，在被剥夺了话语自由的形势下，偷偷写给自己看的。既然是写给自己的东西，那么其情感、情绪必然很真诚，没有额外的思想负担，尽管有特定话语空间的限制，但必然是作家心性的真诚流露。分析其创作，可以更好地进入作家的心灵世界。

这部著作是孙犁在那个特殊年代中留下的文字记录，正如他在《〈耕堂书衣文录〉跋尾》中的回忆，在1975年时和他同居的人还建议他把在书皮上写的字收拾收拾。幸亏孙犁未遵行，才给今天的读者留下了这份探究孙犁这位老作家心路历程的珍贵文字。这些文字不是简单地对所整理书籍的版本之类知识的记录，而是可以当作孙犁在那些特殊岁月中留下的日记，对于这一点，孙犁也是认可的：“余向无日记，书衣文录，实彼数年间之日记片断。”[2] 在前文的分析中，我们谈到孙犁对于日记是

[1] 孙犁：《书衣文录》，《孙犁文集·续编三》，百花文艺出版社，1992年版，第49页。

[2] 孙犁：《〈书衣文录〉再跋》，《耕堂序跋》，湖南人民出版社，1988年版，第66页。

比较看重的，可是在特殊年代记日记是不可实施的。于是他有意无意地在书皮上记录下自己每日的所见所闻所思所感，难以控制的内心无处宣泄的苦闷也自然地流露了出来，这些文字对于研究作家本人创作心理和生活阅历具有不可忽视的价值。

阎庆生认为："《书衣文录》是孙犁将用毛笔题写于书皮上的文字整理、辑录而成的一本奇特罕见的散文集，近12万言。这位从少年时代起就惜书如命、爱了一辈子书的老作家，面对多年来费神劳力购藏、在动乱中几经抄掠而又发还、满身疮痍的大量藏书，无比伤感痛惜，于是悉心洁修、包装之，并在书衣上或题跋，或写书话，或记日记，或发感慨，用以'排遣积郁'，自安心神。他于此种劳作，可谓椎心泣血，旷日持久。"[1]

对于《书衣文录》这部极具特色的书话创作，笔者主要想从内容方面考察一下在其中孙犁所传达出来的思想，从而体会这位老作家在特殊年代的风采。

作为写在书衣上的文字，首先就有字数上的限制。《书衣文录》的每篇文章字数都不多，但是在这些短小的记录中，蕴含着丰富的内容。

孙犁为书包书皮，一方面是他爱书的一贯做法，另一方面是他在无奈中的消遣。通过这样的行为，孙犁认为是排遣了自己的积郁。正如他在《书衣文录》序中所言："蝉鸣寒树，虫吟秋草，足音为空谷之响，蚯蚓作泥土之歌。当日身处非时，凋残未已，一息尚存，而内心有不得不抒发者乎？"在艰难的时日，虽受身心的困境，但是内心的情感是无法压抑的，即使不能如夏蝉肆意鸣叫，也要尽可能发出自己的叹息，甚至是喘息，

[1] 阎庆生：《"新"、"老"孙犁的蜕变——论〈书衣文录〉人格重塑的心理内涵》，《陕西师范大学学报（哲学社会科学版）》，2002年第6期。

让自己内心的情愫能够有一发出的渠道。可以说，《书衣文录》就是孙犁在那艰苦的岁月中，以苍老的声音发出的不息的呐喊。

第一，对自我的认识。所谓人之将老，其言也善。孙犁的一生经历了大起大伏。1949年前作为“荷花淀”派的代表，他的作品受到了极大的欢迎。但在“文化大革命”中，孙犁是属于被斗争的一派。他的书被没收。《书衣文录》正是孙犁在大的社会、政治、个人经历波动之后，以一个历经磨难的老者的心态在整理发还的图书时，所做的一种心理的宣泄。这种宣泄是由书而起，因书而发，体现了这位老人对人生、自我的认识。

1974年7月12日晚在为《东坡逸事》一书装饰时，由书想到了自己的性格：“余性忧郁，虽片纸秃毫，亦有留恋。值大事，恐受不能决断之害。”[1]这是一个人对自我的认识，而孙犁的这种认识是经过人生的起伏、悲欢离合之后对自己的一种鉴定，从中我们能够窥见这位老作家的一种心态，对其性格可以有所了解。孙犁说自己幼年时“从文学见人生，青年从人生见文学。今老矣，文学人生，两相茫然，无动于衷，甚可悲也”。[2]对于孙犁来讲，文学和人生阅历是支撑他走过一生的相辅相成的两个因素，二者是互为参照的，幼年时从文学作品中可以看到人生，了解社会；成年以后，把自己对人生、社会的认识、了解通过作品体现出来，而今当鬓已星星时，文学、人生对于他，是那么难以把握，互相之间的参照已经看不到了。这的确是可悲的，或者说，这让孙犁感到人生的无奈，感到自己惯于把握的世界的空虚，他面对现实、面对文学已经无可措手了。

[1] 金梅选编：《孙犁书话·书衣文录》，北京出版社，1996年，第252页。
[2] 金梅选编：《孙犁书话·书衣文录》，北京出版社，1996年，第252页。

所以他在《春秋左传》一文中写道："此书装修于一九七六年三月五日。时家庭有事，居室不安，我在新包书皮上，写有几段文字，实为当时个人思虑，一时心声。后念不雅，恐异日得此书者，不能理解，徒增疑闷，乃剪去之。用同类纸贴补，又嫌不好看，用近年一些青年人为我刻的图章，装饰了一下。这一切种种，都证明老年人的神魂颠倒，情意无聊。也证明我实在没有能从经书中，得到什么修养。"[1]

孙犁深陷磨难，而且没有任何机会公开发言，所以他躲在屋里包书皮，某种程度上是想躲在故纸堆中，求得一种现实的避祸和心灵的解脱，从而"消磨时日，排遣积郁"。[2]但是他并不是两耳不闻窗外事。老作家的执着，一个知识分子的责任，使得他对于现实的观察和关照一直是不松懈的。所以我们在《书衣文录》中看到很多他对现实的真实的记录。如1975年9月22日，记载在《郑堂读书记》的书衣上的文字是："今日所闻：周沱昨日逝世，才女而薄命者也。行政科为半间房在佟楼新闻里打人，致一青年名三马者当场服毒而死。"同月28日，在《扈从东巡日录》上写道：

向阳院号召修路，张出差。近日院中大兴土木，徭役恐从此繁重。洋灰走私户，较用于公益者为多。

此书原拟处理，近日无事，取出洁整以消遣。心情烦躁，人谓与饮污水有关。密云给水，黄河引水，不知何日到津？昨晚金池送来深井水五十斤，于是盆罐皆满。天津

---

[1] 孙犁：《我的经部书》，《孙犁书话》，北京出版社，1996年，第28页。

[2] 金梅选编：《孙犁书话·书衣文录》，北京出版社，1996年，第245页。

九河下游，今海河竟露底矣。

好事之徒，终日汲汲于损公济私之事，庭院甚乱，遇假日当退避后室。然周围无一处安静，嘈杂如下处。此晚景之最难堪者。[1]

在这篇文录中，完全是对当时所处环境、心境的记载。有对现实的牢骚、不满，有对自己环境的无奈，能够让读者体会出一位老人落寞的情怀。

第二，《书衣文录》中的一些篇章也透露出孙犁历经沧桑之后对人生的慨叹。在《李太白集》的书衣上他写道："四十年来，惜书如命，然亦随得随失，散而复聚。今老矣，书物之循环往复，将有止境乎？殊难逆料也。"[2] 文章由书的得失联想到人世的浮沉，人生的难以把握。在包书时，孙犁也常常感到"幸存于九死，徘徊于晚途"，"身游大雾四塞之野，魂飞惊涛骇浪之中"。[3] 因此"感伤身世，不能自已"。[4] 真实的心情让今天的读者对那段历史有所体悟，这也是书话类作品可以记录历史的一个极好的例证。

第三，在书皮上孙犁也写下了很多对书籍的评论，这些评论是孙犁个人的认识，并不人云亦云，也不在权威面前失语。孙犁说自己最开始买书是以鲁迅的意见为左右的。即使遇到一

[1] 金梅选编:《孙犁书话·书衣文录》，北京出版社，1996年，第277页。

[2] 金梅选编:《孙犁书话·书衣文录》，北京出版社，1996年，第248页。

[3] 金梅选编:《孙犁书话·书衣文录》，北京出版社，1996年，第279页。

[4] 金梅选编:《孙犁书话·书衣文录》，北京出版社，1996年，第251页。

些书，因为想到鲁迅未曾提过，所以也就放弃了。鲁迅对孙犁虽然有这样的影响，但是在谈到看书的感想时，孙犁能够说出自己的意见。如《越缦堂詹詹录》，“鲁迅先生对此日记有微言”。但是孙犁看完却感觉“其文字，叙述简洁，描写清丽，所记事端，均寓情感。较之翁文恭、王湘绮之日记，读来颇饶兴味，可谓日记体中之洋洋者矣”。[1] 有自己的观感和认识，最重要的是敢于说出，这才是一个有思想有作为的老作家的风采。

此外，《书衣文录》还传达出孙犁对书籍的珍惜之情，对老友的怀念之情，对妻子的思念之情，对青年人不知读书的痛惜之情等等。还有一些自己处境及情感的隐晦记录，如“2 月 4 日下午，余午睡，有人留柬夹门缝而去，亦聊斋之小狐也”，“晨 5 时半起，……至鞍山道口，门牌鲜明，门户未启，仰视楼上，窗帘花丽。主人未醒，往返徘徊”，等等。这些也是可以进一步考证的。

[1] 金梅选编:《孙犁书话·书衣文录》，北京出版社，1996 年，第 254 页。

第七章　智性的文化沉思
——黄裳书话研究

黄裳，原名容鼎昌，出生于1919年。大约在1934年，他在天津南开中学读书，在老师的影响下对时尚的新文学作品感兴趣，并且开始“习作散文”。[1]1937年后，他进入上海交大读书，在震旦大学的图书馆度过了不少光阴：“舍不得震旦出色的图书馆，经常在那里读书，借阅了差不多全部《四部丛刊》的《续编》和《三编》，并作了大量的读书笔记，记得曾抄下王国维的《清真先生遗事》等。”[2]在这个时期，黄裳形成了对旧书的兴趣。后在入蜀途中记下沿途的所见所闻，于1946年结集出版了第一本书《锦帆集》。在以后的日子里，他给驻中国的美军当过翻译，做过坦克教练。1945年下半年进入《文汇报》做记者、编辑。其间一直笔耕不辍、读书不止。姜德明曾分析过：“黄裳究竟算个什么家呢？新闻工作的特点往往要站在斗争的第一线，黄裳为报纸写了不少辛辣的评论和杂文，这个职业造就他成为一个思想活跃、观察事物特别敏锐的杂家。直到现

[1] 黄裳:《寻找自我》,《海上乱弹》, 文汇出版社, 2005年版, 第1页。

[2] 黄裳:《我的集外文》,《海上乱弹》, 文汇出版社, 2005年版, 第211页。

在，他对世事仍不是漠不关心的。应该说他走的正是杂家的路子。”[1] 而李辉笔下的黄裳则是“性情风流，文字风流。在世事纷繁人声喧嚣的闹市里，在一己选择的书香阁楼里，在漫溢着传统文人隽永韵味的小巷里，我分明看到了一位名士在款款而行”。[2]

黄裳给人们留下了如此不同的印象，究其原因是他的文字呈现着多样的风姿。本章选择黄裳书话作为研究对象，一方面是黄裳书话作为其散文创作的重要组成部分，体现出独具的魅力；另一方面是目前学术界对其书话的研究还显得很薄弱，需要更多的学人给予关注。

第一节　黄裳的藏书及其对书话的认识

“众所周知，黄裳先生是当代中国公认的藏书大家，版本学大家，同时也是散文大家。”[3] 前面我们谈到，作为书话作家的首要条件就是爱书、藏书。黄裳在这方面堪称典范。

一、黄裳的收书、藏书情况

早在读中学期间，黄裳就在老师的影响下开始购买新文学作品。20 世纪 30 年代，还是少年的他就总是把家里给的一点

[1] 姜德明：《从〈旧戏新谈〉说起》，《爱黄裳》，上海书店出版社，2008 年版，第 28 页。

[2] 李辉：《看那风流款款而行——黄裳印象（代序）》，《来燕榭书札》，大象出版社，2004 年版，第 6 页。

[3] 陈子善：《爱黄裳·编者跋》，上海书店出版社，2008 年版，第 344 页。

点点心钱花费在购买书籍上。他回忆道："六十年前我与作者（唐弢——笔者注）同有收书之好，也都认识徐家汇那家旧纸铺的猫脸老头儿，在他那里搜求旧书旧杂志，每有所得必相与欣赏，以为乐事。"[1] 后来他的兴趣渐渐地转为收集线装旧书残本，购买刻本、抄本、校本等。他在《断简零篇室摭忆》中写道："我的买旧书，是从收残本开始的。一直乐此不疲，至今架上所存，残本多于全本。"[2] 他所收的第一本旧书《四印斋所刻词》是在读高中时从劝业场的书摊上买得的。[3] 虽然对古书的兴趣在中学时代就形成了，但是据黄裳自己的回忆：

> 大量买古书却是1947年后的事。当时我已是《文汇报》的编辑，报纸被国民党封门以后，我闭户索居，写关于吴昌时的《〈鸳湖曲〉笺证》。吴晗知道后从北平寄来了《霜猿集》；郑振铎的帮助更使人感动，我记得在他家灯光灰暗的"书城"里，他顺手就抽出了明刻的《几社文选》塞给我。名贵的明版书也慨然相假，真是让我又激动又不安。从这以后，我也开始买起古书来。
>
> 那时买书没有一点章法，也没有一定的鉴定眼光，靠的是一股豪气。好在当时书多，价钱也不像现在这么昂贵，一般的明版书也只有几十块一部。只要看了中意就尽力买进来，当然重点是明末清初那一段，除野史外，也买明人

[1] 黄裳：《拟〈书话〉》，《拾落红集》，安徽教育出版社，20006年版，第173页。

[2] 黄裳：《断简零篇室摭忆》，《书之归去来》，中华书局，2008年版，第162页。

[3] 黄裳：《断简零篇室摭忆》，《书之归去来》，中华书局，2008年版，第162页。

集部和清初人的集部，还买了一些晚明版画。[1]

黄裳就这样走上了买旧书的道路，多年来，不管是南京、苏杭、扬州，还是上海、北京，他总是在旧书店铺之间流连。到了北京，往往是一头扎进琉璃厂和隆福寺就出不来了。在收集旧书一段时间后，黄裳就开始写作札记，这见于 1952 年他给老同学周汝昌的信中：

> 《札记》近已开始写，每天弄笔，亦不觉其疲，可笑之至。殆书鱼故技，只能作此冷淡生涯乎？已积有万余字之稿。只好用文言，因一谈版本，行款则自有一套“规程”，白话中无有也。弟颇有秘笈，草草写来，亦皆外间未见之书也。[2]

20 世纪 60 年代初，他“曾经有过一种野心，想关起门来研究几个有兴趣的历史问题”：

> 记得其中就有这样一些题目：清初明遗民的生活与思想，他们与新朝统治者的微妙关系，以及通过像曹寅这样的人物体现出来的清初文化政策……通过毛晋、许自昌这些地主兼“出版家”的活动反映出来的明清之际资本主义萌芽的消息，通过他们与一些“大知识分子”如钱牧斋、陈眉公之间的关系，看党社集团与山人名士的真相。又如

[1] 黄裳：《书林漫话》，《春夜随笔》，安徽教育出版社，2006 年版，第 83 页。

[2] 黄裳：《致周汝昌·一九五七年十月七日》，《来燕榭书札》，大象出版社，2004 年版，第 17—18 页。

"扬州八怪"、"西泠八家"这些画家诗人的社会经济地位，掩盖在"高雅"表象底下他们的真实面影；"清词丽句"背后的愤慨牢愁。还有在扬州盐商马氏兄弟、天津水西庄查氏周围聚集着的以厉鹗为首的一大群文士的踪迹。这许多，都是想了解三百年来文化史的人所必需认真弄懂的。[1]

因为"研究这许多饶有兴味的重大课题，不是我的知识、素养所能承担的"，所以黄裳因为读书而买书成为他的选择。多年徜徉在旧书的海洋，孜孜于读书、访书，黄裳逐渐成为版本学方面的专家。很多人都从他那里得到过帮助。如姜德明回忆自己某年收到一本《鸿泥目录》，发现此书的前后都有残页，就向黄裳求教，黄裳即指出"此为罕传佳册，不知一氓同志何以弃之也。二十年前余亦得此书，《目录》八卷外尚有《续录》四卷，《续吟》一卷"。[2]

二、黄裳的"书话"谈

黄裳在收书的过程中，常常会在书前书后写下些相关文字。他关注的明末清初的那些"饶有兴味的重大课题"[3]，由于犯了当时政治的忌讳，只能半途而废。再后来，他的写作权利就被剥夺了，多年收藏的书籍也被尽数查抄。这一搁笔就是将近15年的光阴。一直到1979年，黄裳才又重拾旧笔：

[1] 黄裳:《银鱼集·后记》，生活·读书·新知三联书店，1985年版，第375页。

[2] 姜德明:《李一氓藏书》，《姜德明书话》，北京出版社，1998年版，第352页。

[3] 黄裳:《来燕榭书札》，大象出版社，2004年版，第155页。

> 对旧史的兴趣，也引发了我对旧书的爱恋，从收集新文学旧刊本又转到旧有典籍搜求。我时时警惕自己，不可过深陷入骸骨迷恋的迷宫，要时时与现实比照从而发现其间的关系，因而书话又成为写作新的方向，其实这与三十年前看旧戏的办法并不两样。从《榆下说书》起，有六七本集子都是偏重读书的笔记。[1]

也就是说，大约从20世纪80年代开始，黄裳开始了大规模的书话写作，先后出版了《榆下说书》《银鱼集》《珠还记幸》《翠墨集》《榆下杂说》《春夜随笔》《黄裳书话》《书之归去来》《来燕榭读书记》《梦雨斋读书记》等书话集。

唐弢在80年代发表了《关于中国现代文学研究问题》一文，其中他提出了“学者的散文”这一话题。举出的代表人物除周作人外，还特意提到了黄裳：“上海有个黄裳，他的散文是学者的散文，有考证，有闲谈，有读书札记。随手写来，娓娓动听，写得非常漂亮。我觉得无论如何，这种散文的传统应当

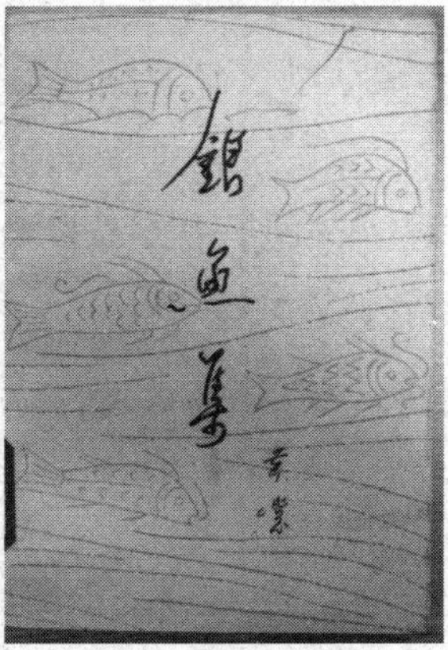

（《银鱼集》1985年由生活·读书·新知三联书店出版。所谓“银鱼”是一种蛀食书籍的小虫。古人既痛恨此虫破坏书籍，又羡慕其以书籍为食。故黄裳以此为书名。）

[1] 黄裳：《黄裳文集·前言》，上海书店出版社，1998年版。

加以发扬，应当引起现代文学研究者、文学史家们的重视。”[1]唐弢对黄裳的认识是非常准确的。黄裳尽管有着出身于理工科的背景，但是多年来对中国传统文学、文化的爱好，对古籍的搜集、阅读，对历史问题的探求，使得他具有了深厚的学养。故作文时，能够从一点谈起，联系与之相关的历史史实和历史人物，相互对照品评；行文时，又摆脱了学术论文通常的严肃和枯燥，而是笔姿摇曳、娓娓谈来，在不温不火中传达出他的意见，把学者散文的境界发挥到极致。

身为学者，往往喜欢对问题探求源流，分析判断。故在黄裳的文字里，我们可以找到很多他对书话的看法：

> “说书”，意思是说，这些文字大抵说的是与书有些关连的事情；同时也是说，这只不过是一些漫谈。取书本中一点因由，随意说些感想，和说书艺人的借一点传说敷演成为故事的有些相像。既无系统，又少深度，就连材料也是零碎的。[2]

> 书话其实是一种随笔，一种很有文学性、很有情趣的文字。这同古人的“读书记”不一样，像《义门读书记》，主要是摘记零星的资料或考订。书话则更接近于清人黄荛圃的题跋，他往往不多谈书的内容，却喜欢在题跋里记琐事，谈买书经过、书肆、书商、书价、藏家，包括日常生活，都随手记下。许多学者对这类杂七杂八的文字不以为然，像我这样的读者却是读得津津有味。再往上推，这一类题跋

[1] 唐弢:《关于中国现代文学研究问题》,《治学之道》，齐鲁书社，1983年版，第59—60页。

[2] 黄裳:《榆下说书·后记》，安徽教育出版社，2006年版，第295页。

文字可以说是宋人开创的，苏轼、黄庭坚、欧阳修、陆放翁，都写过不少很漂亮的跋文；尤其使人不能忘记的是李清照的《金石录后序》，那简直可说是书话这一文学形式的开山之作。新文学中开创书话文体的当然是知堂，他用散文的形式谈老书，常能谈得十分精辟而又举重若轻。阿英的《夜航集》和唐弢的《晦庵书话》是谈新书的，也写得很有风趣。最近读到孙犁的《耕堂读书记》，也是很精彩的书话作品。书话并不好写，它从一本书讲起，却又并不限于书，往往引申开去，谈到别的，发点感慨和牢骚，很随意，包含面很广，但又不是漫无边际。写书话时有时不免要抄书，其实抄书也不容易，往往读一大部古书，值得抄的就那么几行。为什么抄这段不抄那段，其实是反映了作者的眼光、识见和学养的。至于我写作，受到鲁迅的影响要更大些。他的有关读书的散文，都一直是我爱读和学习的范本。[1]

书话其实是一种散文。书话的写作关键不在“材料”，而在于“运用”。书话多在古书里找材料，可并不等于信手拈来，皆可入文。有时看了十本书不一定找到一条可用的材料，因为写书话和抄书毕竟是两回事。同时，有了材料，还得有思想、有观点，要把书中的材料和自己的思想与时代结合起来，不写无病呻吟之作，所记事实，所发感慨，应带有时代的声音和痕迹，在古人身上得见今人的影子。[2]

---

[1] 黄裳：《书林漫步——与刘绪源对谈录》，《春夜随笔》，安徽教育出版社，2006 年版，第 83—84 页。

[2] 何倩：《腹有诗书气自华——访黄裳先生》，《识荆记》，复旦大学出版社，2002 年版，第 55 页。

在上面的文字中，黄裳谈到了书话的源头、文体、写作方法等问题，认识全面而深刻。

第二节　黄裳书话创作的内容及模式

唐弢早在1948年给黄裳的《旧戏新谈》作跋时就谈到黄裳的文章："常举史事，不离现实，笔锋带着情感，虽然落墨不多，而鞭策奇重，看文章也等于看戏，等于看世态，看人情，看我们眼前所处的世界，有心人当此，百感交集，我觉得作者实在是一个文体家。"[1]文体家的美誉同样可以移到对黄裳书话的分析中。

黄裳开始创作书话很早，可以上推到20世纪40年代。当时，唐弢在《文汇报》的副刊"文化街"上发表书话，"因故告假缺席"，黄裳就出来代作几日，原意是"晦庵先生'书话'续稿未到，试拟一题以寄延贮之意。"[2]于是他写了《先知》《佛家哲学通论》《百喻经》三则，接续唐弢的书话发表于1946年11月4日、9日的《文汇报》上。但其大规模创作、发表书话还是从70年代末开始。

对于自己的书话创作，黄裳加以不同的名称，有的他称为"读书记"，有的称为"书札"，有的直接归于"散文"大类而不细分。1996年北京出版社出版的《黄裳书话》一集是由黄裳自己编选的。其书目分为四辑，第一辑谈有关书的事；第二辑为

[1] 唐弢：《黄裳作〈旧戏新谈〉跋》，《唐弢文集 序跋·书话卷》，社会科学文献出版社，1995年版，第31页。

[2] 黄裳：《拟书话三则》，《来燕榭集外文钞》，作家出版社，2006年版，第320页。

具体作家的创作；第三辑属于怀人的文章；第四辑是访书的故事。从这四辑来看，基本囊括了黄裳书话的书写范围。下面，我们逐一来看。

一、谈与书有关的事

黄裳从高中起就开始关注文学、收集书籍。多年浸淫于书中，自然与书结下了深厚的感情。对于黄裳来说，“每一本书的名目，都会引起我一些回忆，述说一个故事。它们是在什么时候，什么地方，经历了怎样的周折才到了我的手中。自己曾经从中得到过怎样的知识，据以写过什么文字，获得过怎样的悦乐，……这样的故事，如果一一回忆，写下，那将是另外一本厚厚的有趣的书”。[1] 黄裳徜徉在书的故事中，书籍是他的朋友、故旧。这种深厚的对书的感情不是一般人能够体会到的。但是黄裳对书籍的深情又是不做作、不矫情的。他回想当年书籍被没收到“荡然无存的地步”后，“好像一个极大极沉重的包袱，突然从身上卸了下来。空虚是感到有些空虚的，不过像从前某藏书家卖掉宋版书后那种有如李后主‘挥泪对宫娥’似的感情倒也并未发生过。我想，自己远远不及古人的淳朴，那自然不必说；就连自己是否真的喜欢书，似乎也大可怀疑了”。[2] 这些话语当然是反语。但是从作家的这种自我揭示中我们可以看到他作为一个知识分子的深刻反思。

人生阅历的丰富及对书籍知识的把握使得黄裳谈起有关书的事情来不仅是津津乐道，而且显示出了一个学者的渊博知识。这方面的文章有《书的故事》《谈“善本”》《谈“题跋”》《谈

[1] 黄裳：《书的故事》，《黄裳书话》，北京出版社，1996年版，第3页。
[2] 黄裳：《书的故事》，《黄裳书话》，北京出版社，1996年版，第3页。

“集部”》《谈禁书》《再谈禁书》《残本·复本》《插图》《谈“全集”》《关于“提要”》《谈影印本》《插图》《清刻之美》《〈四库全书〉的老账》等等。

对于书籍，黄裳有自己的认识，他从不人云亦云。这大概与他在南开中学受到的教育有关。例如在他的收藏中，比例最大的就是明清人的集部。“集部书是一直不为人所重视的，特别是那些并非‘名人’的作品。这当然也不能说没有道理。不过事物往往有另外一面。非‘名人’的作品，未必就不足观；如果我们能进一步从‘艺术第一’的偏见中解放出来，就可以从作得不一定怎样‘漂亮’的诗文中发现值得珍重的东西。我这里所指，就是思想史、社会史的大量记录与素材。”[1] 如果仔细分析，可以发现黄裳的这种认识在现代的一批作家、学者那里可以找到同好，鲁迅、周作人、阿英、郑振铎都持同样的看法。他们非常重视收集史料，注重原始的记录与素材，因为从这些资料中往往能见到人所未见。这也提示了我们从事研究的一条途径：关注原始资料。

黄裳的这类文章从行文上看，篇幅一般比较长。这和我们前面分析的书话为文通常比较短小不同。如果要溯其根源，倒是和西方作家的读书随笔很接近，即从表层看，篇幅很长；从表达看，不温不火，娓娓而谈；从效果看，都是要把问题说清、说尽。其创作模式一般是先从自己的买书经验或者是藏书写起，谈现代人对书的看法，列举古代的典籍，考察当代对书籍的政策和管理等。以漫谈的笔法由一点铺陈开去，左右腾挪，鉴古知今，显示出无限的张力。

这类文章传达出丰富的知识，体现出黄裳丰厚的学养，通过他的介绍和说明，读者不仅可以一睹古代典籍，而且也在作

[1] 黄裳：《谈“集部”》，《黄裳书话》，北京出版社，1996年版，第10页。

家的评述中感受到历史的沧桑。如《谈“题跋”》一文中，黄裳谈到祁俊佳写的跋文后评述道：“他们只能‘寄沉痛于悠闲’，说两句‘淡话’。”[1] 这可谓是确评。面对家国的沦落、个人的复杂处境，文字往往并不能充当发泄的工具，所以有所谓曲笔、反语。知识分子更不能表现出对现实的关照和评议，那满腔的情绪只能在两句“淡话”中让其随风而去。黄裳简单的两句品评却涵盖了历史上多少的事实，这事实不仅在古代有，我们在现代的知识分子身上（典型如周作人、孙犁）、在黄裳自己的经历中不都可以看到、体会出吗？这是一个老人历经磨难之后的感慨，也是一位资深学者才能有的视野。

二、读书记

1979 年开始，歇笔多年的黄裳重拾旧笔，再度开始笔墨生涯。他此后的写作以“读书记”为主，这可以说是其文学创作中一个新的发掘点。

在 1991 年 5 月 10 日写的《榆下杂说》“后记”中，黄裳解释道：“把几年来写下的读书记收集起来，编成一册小书，取名《榆下杂说》。这是因为过去曾印过一本《榆下说书》，也是同类性质的杂文。所不同的，这里所收，更多偏重旧书的题跋而已。”[2] 黄裳将写作《前尘梦影新录》的根源解释为：“二十多年前，我的藏书被抄没了。免不了时时想起，闲时就从记忆中抄下些亡书的依稀印象，写成一册《前尘梦影新录》。因为无书可据，回忆也只能是简短的，但更多涉及了得书经过、书林琐事，

---

[1] 黄裳：《谈“题跋”》，《榆下说书》，安徽教育出版社，2006 年版，第 25 页。

[2] 黄裳：《榆下杂说·后记》，安徽教育出版社，2006 年版，第 291 页。

颇近于传统的题跋。”[1] 20世纪80年代他在“文革”中被抄走的线装书陆续发还之后，“旧友重逢，在欢喜之余，就开始写读书记”。[2]“多年来的习惯，一书入手，总是要在书前卷尾写一点题跋之类的话……这是受了《荛圃藏书题识》一类书影响的结果。偶有数种，读过一遍，查考过一点史实，产生了一点感想，空话的成分少些。抽暇整比，勉强算是读书杂记。”[3]

黄裳命名为“读书记”的著作有《来燕榭读书记》《梦雨斋读书记》两种。《来燕榭读书记》收录了黄裳的藏书题识共469则。在《梦雨斋读书记》的序中他写道：“以视荛圃之题跋，不知何如。”[4] 黄裳在此以黄荛圃自期，这说明，他的此类读书记采用的是传统的藏书题跋写作形式。对于具体的写法，黄裳多次表达过自己的意见：

> 在尽可能收罗完备的基础上，根据实物考察（目验）的结果详尽地记录每一书的雕版时代、版式行格、序跋牌记、雕手风格、写刻姓名、纸墨刷印、藏书印记、流传始末、作者事迹、内容提要、著作特色、优点缺误……这只是一种理想，目前还没有一种著作可以达到这要求。[5]
>
> 我一直梦想能读到一种详尽而有好见解的读书记，除了介绍作者的身世、撰作的时代背景、书籍本身的得失、优点和缺点之外，还能记下版刻源流、流传端绪，旁及纸

[1] 黄裳：《黄裳书话·选编后记》，北京出版社，1996年版，第351页。
[2] 黄裳：《黄裳书话·选编后记》，北京出版社，1996年版，第351—352页。
[3] 黄裳：《翠墨集·后记》，安徽教育出版社，2006年版，第263页。
[4] 黄裳：《梦雨斋读书记》，岳麓书社，2005年版，第1页。
[5] 黄裳：《榆下杂说》，上海古籍出版社，1992年版，第93—94页。

墨雕工，能使读者恍如面对原书，引起一种意想不到的书趣。但这样的读书记是太少了，或简直还不曾出现过。《四库全书总目提要》到今天还为读书界奉为枕中鸿宝，就是一种奇怪而可悲的现象。在上述种种理想要求之中，最重要的是作者的识解。可以说这是读书记的灵魂。一本书一旦到了一个糊涂人手中，他就会将书中的糟粕郑重介绍给读者，使人越看就越糊涂。[1]

黄裳的读书记努力向自己提出的方向靠拢。在其以题跋的形式写作的读书记中，往往先谈书籍的来源、流传端绪、时代背景、作家身世、自己的观感等等，之后详细录下版本、版式等说明，其中还涉及很多书事。仅举《录鬼簿》一则来看：

庚子春三月，归自奉贤。偶过博物馆观画，见吴梅村《南湖春雨图》，绝得意。后更过古书店，见此书新刊，遂得之归。夜饮归寓，煮茗阅此，见西谛、斐云二跋，不仅感慨系之。印行此书，固可为西谛之最好纪念，非徒夸古籍孤本已也。此本抚印亦佳，虽非珂罗版印，亦非俗滥，殆近时佳制矣。余收天一阁书之有蜗寄庐抱经楼印记者亦颇多，然皆不如此本之秘。其足相颉颃者，或《远山堂曲品》稿乎。他日印行，当更识之。三月十一日夜。

天一阁蓝格写本正续《录鬼簿》，一九六零年二月中华书局上海编辑所据原本影印。[2]

[1] 黄裳：《榆下杂说 · 后记》，安徽教育出版社，2006 年版，第 292 页。
[2] 黄裳：《录鬼簿》，《梦雨斋读书记》，岳麓书社，2005 年版，第 100 页。

此则所谈书籍为1960年出的影印本。在文章中，黄裳记述了自己买书的经过，对书籍纸墨刻印的品评，对此书出版意义的认识。读此则可以联想起当年郑振铎为《录鬼簿》写的题跋。在郑振铎的题跋中，记述了为访书到处奔波，可是只要看到书就大喜过望，如获至宝："为余辈所最惊心动魄相视莫逆于心者，乃是明蓝格抄本《录鬼簿》一书。……予见此明蓝格抄本《录鬼簿》，不能不动心，索六十万金，乃举债如其数得之。……予乃述我辈访书经过，以示斐云。呜呼！当时少年气盛，豪迈不可一世，今友朋之乐尽矣。谁复具好书之痴如我辈者，而斐云与予亦垂垂老矣。"[1] 两段题跋对读，可以想见黄裳睹物思人的慨叹。

除了题跋类的写作，黄裳还有一大部分读书记是采取了散文的写作方式。但是一个突出的特点是，他写读书记不是局限于所读书本身，而是要从古籍中所记载的内容来对照历史和现实："这本读书记中所收有些是或因禁毁，或因避忌而幸存下来的东西，倒往往是并非无病呻吟之作，所记的事实、所发的感慨也都带有时代的声音与遗痕。这就使它们在成堆的朽骨中间散发出耀眼的光芒。"[2] 他又说道："在旧书里找资料，古人已死，说些怪话也不会引来过多的麻烦。时日虽迁，而旧谱无恙，往往在古人身上得见今人的影子。这就使读书记多少脱离了骸骨的迷恋，得见时代的光影，免于无病呻吟无聊之讥。"[3]

在这类文章中，常出现的一种写作模式就是抄书。"写读书记免不了要抄书，而抄书实在是艰苦的工作，往往看了十册八册也找不到一句半句值得抄下的字句。写读书记还有一种情形，

[1] 郑振铎：《录鬼簿》，《郑振铎书话》，北京出版社，1996年版，第227—228页。

[2] 黄裳：《榆下杂说·后记》，安徽教育出版社，2006年版，第292—293页。

[3] 黄裳：《黄裳书话·选编后记》，北京出版社，1996年版，第352页。

就是想尽力介绍一些有用的资料，这有些近于‘提要’，是节省读者时间精力的好方法。”[1]

抄书的妙处我们在谈到周作人时已经详细分析过了。在黄裳这里，他对这种方式非常认可。黄裳认为学者散文的抄书特征“重要的是思想指挥着材料。没有深厚的学养，没有深刻独到的见解是不行的。说抄书，也并不是容易的事。天下之书多矣，有没有可抄，抄这些而不抄那些都是经过艰苦思虑的结果”。[2] 如在《谈“集部”》一文中，黄裳大段地抄录了程庭《停骖随笔》中记录的在康熙“六旬万寿”时进京祝嘏中所看到的场景及经过。在抄录之后，黄裳评述道：“这些相当详尽的记录，出自亲历，写来真是历历如绘。如果与故宫现存描写清代诸帝活动的大幅画卷对照研究，则两百年前皇家的具体仪制、服饰……是可以掌握得较为精确的。这对写历史小说、摄制历史电影，都将有不小的帮助。”[3] 而通过黄裳的抄录，普通读者也可以得见当时的场景。再如《关于祁承㸁——读〈澹生堂文集〉》一文中，黄裳引了祁氏的一封信《上赵明宇、高莹塘》作为例证，说明清初那可怕的禁书风波对书籍的影响。在这封信中，出现的“夷狄”“虏骑”“老酋”等字样都被涂去了。当后人翻阅此书时，映入眼帘的到处是墨丁，“我们仿佛依然可以摸到祁氏子孙翻阅先人遗著时惴惴的心”。[4]

---

[1] 黄裳：《黄裳书话·选编后记》，北京出版社，1996年版，第353—354页。

[2] 黄裳：《关于散文》，《春夜随笔》，成都出版社，1994年版，第185页。

[3] 黄裳：《谈“集部”》，《黄裳书话》，北京出版社，1996年版，第15页。

[4] 黄裳：《关于祁承㸁——读〈澹生堂文集〉》，《榆下杂说》，安徽教育出版社，2006年版，第3页。

黄裳抄书的范围极广，不仅限于题跋，只要是和所谈题目有关的材料，他都能引入自己的文章，显示了作家广博的知识。而且这样做，也增强了文章的说服力。如《关于周亮工》[1]中摘引了邓之诚《清诗纪事初编》中关于周亮工的小传，还引了周的学生汪楫对老师的评价，还有曹寅的《楝亭文钞》中对周亮工"好士"的介绍及与曹氏两代的交情的文字。这样做，一方面是尽可能全面地展示了历史资料中的周亮工形象，另一方面也为读者的研究提供了可资借鉴和寻觅的资料。黄裳的抄书和他所写的书话完美地结合在一起。他是用所抄材料来为自己说话。从此我们也可以看出，黄裳的确是一个学者型的书话作家。

三、记书人及访书的故事

在书话中记录下卖书的书友，"这也应该是书话题中应有之义"。[2]而"素材就保留在藏书家的许多题跋中间"。[3]我们在黄裳的书话中见到很多这方面的文字，他为读者塑造了很多生动的卖书人形象。

如《上海的旧书铺》一文中，有修文堂的孙实君、修绠堂的孙助廉兄弟。"实君温文尔雅，一袭长袍，满口京西风味的北京话，是地道北京书店掌柜风度。"[4]这位卖书人善谈，而且具有一定的心胸。在"三反""五反"的斗争中，虽然受到冲击，也被吓得不得了，但"不久也就过去了，仍旧笑嘻嘻地招呼客

[1] 黄裳:《关于周亮工》,《榆下杂说》，安徽教育出版社，2006年版，第24—31页。

[2] 黄裳:《黄裳书话·选编后记》，北京出版社,1996年版，第353页。

[3] 黄裳:《黄裳书话·选编后记》，北京出版社,1996年版，第353页。

[4] 黄裳:《上海的旧书铺》,《书之归去来》，中华书局，2008年版，第169页。

人”。[1]“实君眼光好，也有魄力，跟藏书家很熟，常能找到好书，不过要的价也真贵。”[2]他和孙助廉、孙伯渊合资以高价买下无锡孙氏小绿天遗书，其中很有些罕见佳本，成为“解放初上海书市中的大事”。[3]他“选书之精，可当稳准狠三字”。[4]对于古旧书籍的把握能力之强连黄裳也是佩服不已。而且在孙实君的身上，非常鲜明地体现出商人的本质，他既懂得图书的质，同时又能估定图书的价，对于被贱卖的图书总是耿耿于怀。这分明是一个传统的商人的形象。与他相对的是他的弟弟。其弟“极喜交际”，而“收书的本领不下于乃兄”。[5]在他的劝说下，九峰旧庐藏书的部分精本摆在了“温知楼（孙助廉的店名——笔者注）上的长案”[6]上。

此类以书人为中心的书话，还有《老板》《记徐绍樵》等篇。在文章中，黄裳纯用白描的手法，记录下与这些书人、书商的交往，但是平淡中蕴含着真情。同样，他对郑振铎、巴金、阿英的回忆文章，都让读者感念良久。

除了写书人，黄裳还有不少写访书的文章。这些文章传达出的知识含量多并且表现出作家的通脱。如《西泠访书记》中

[1] 黄裳:《上海的旧书铺》,《书之归去来》，中华书局，2008年版，第169页。

[2] 黄裳:《上海的旧书铺》,《书之归去来》，中华书局，2008年版，第169页。

[3] 黄裳:《上海的旧书铺》,《书之归去来》，中华书局，2008年版，第170页。

[4] 黄裳:《上海的旧书铺》,《书之归去来》，中华书局，2008年版，第170页。

[5] 黄裳:《上海的旧书铺》,《书之归去来》，中华书局，2008年版，第170页。

[6] 黄裳:《上海的旧书铺》,《书之归去来》，中华书局，2008年版，第171页。

黄裳记录下他到坐落于西湖的浙江图书馆访柳如是的《戊寅草》，经过多番波折，“过了二十多年，几经努力，终于还是看不成一本小册子的始末”。对于一个学问家、爱书家来讲，其不能见书的失落及遭受挫折的愤怒，读者可想而知其内心活动是多么激烈。可是作者并没有表现出自己的内心，不是向郑西谛那样常不禁地写出心情，而是笔锋自然一转：“走出图书馆，坐在湖滨的石凳上，面对春光明艳的西子湖，不禁想起了许多事情。”[1] 接着作家回顾了“四人帮”时期对待善本的问题并对目前保存善本提出了个人的意见。这样的叙述手法，真是得了周作人的真传。文字无比通脱后面浮现出的是作家严肃的思考。

《访书》更像是篇回忆性的散文，黄裳记下了当年在苏州与西谛、叶圣陶一起访书的故事。文章中不仅勾画出西谛豪爽的举止和神情，而且满蕴着朋友之间的深情。回忆和现实穿插，增添的是岁月流逝、好景不再、物非人非、世事苍茫的感慨：过去相从的老友“墓前白杨堪作柱”，过去满街满眼的旧书、好书也渐渐乌有。作者的沉痛心情是可以想见的。此文唯在结尾添了一丝亮色，歌颂新的时代、社会。当然这种写法可能是作家真实情感的流露。

回忆同样一件事情的还有《苏州的书市》一文，这篇文章更详细地讲述了那天晚上都看到了什么书，同样直接评述郑振铎“就是这样一个爱书如命、豪情满襟的人”。[2] 过去的苏州是一个“无时无地都能得到中意的旧书的”[3] 地方，如今三十年

[1] 黄裳：《西泠访书记》，《榆下说书》，安徽教育出版社，2006年版，第13页。

[2] 黄裳：《苏州的书市》，《黄裳书话》，北京出版社，1996年版，第339页。

[3] 黄裳：《苏州的书市》，《黄裳书话》，北京出版社，1996年版，第338页。

过去了，人民路上已是一番崭新的景象，但是让作者魂牵梦绕的旧书店只剩下了一家，旧书也多逝去了。由之他想到了在过去护龙街（即今天的人民路）上的曲园。作者的心情是如此的矛盾，一方面他在哀叹“曲园可以重修，可是当年的书店街的盛况就不容易恢复了”，一方面又说“时代大踏步前进了，许多旧事物，包括文化环境，免不了淘汰、鼎新，正不必发许滇生那样‘达人’的感慨”。但是“历史旧的一页翻过去了，可历史总是历史，是不应该淡忘的”。[1] 从这篇文章看出，黄裳行文之笔表面看来是很散的，但是在“散”的背后往往是作家对历史深入的思考和对现实问题深刻的揭示。于是，在黄裳的书话中，就表现出了鲜明的隽永与凌厉杂糅的创作风格。

黄裳从 20 世纪 80 年代开始集中创作书话。有论者评述他的“说书散文具有浓郁的历史感和书卷气，这类文章，或说一个主题，或记一段轶事，或以某一历史人物为中心，说书评史，都写得酣畅淋漓，舒卷自如，显现出作者丰富的知识、学养”。[2] 书话历史感的由来与他所谈书籍多为古籍有关。黄裳耽于古籍，但是并不沉溺于对古籍的赏玩之中，更确切地说，他是通过古籍来关照现实。如他自述：“新时代开始以来，被抄去的书册少少归来，摩挲旧物，往往别有兴会，像看待旧戏似的谈旧书，多有感触，于是就写些读书记，采用的仍是写‘新谈’的方法，谈往事却不脱离现实，努力不作新时代的遗少。”[3]

谈往事而瞩目于现实，使得黄裳的书话表现出一种奇妙的融合，即隽永与凌厉杂糅的风格特征。隽永体现在他谈古

[1] 黄裳：《苏州的书市》，《黄裳书话》，北京出版社，1996 年版，第 342 页。

[2] 陈惠芬：《〈黄裳散文选集〉序言》，《爱黄裳》，上海书店出版社，2008 年版，第 284 页。

[3] 黄裳：《拾落红集 · 后记》，安徽教育出版社，2006 年版，第 266 页。

书时，由一点生发开去，勾连起与之相关的各类文字、事实，纵横捭阖，传达出意味无穷的效果。如他的《谈禁书》一文，由“雪夜闭门读禁书”说起，溯本穷源，从秦始皇到苏轼的“乌台诗案”再到乾隆皇帝。乾隆皇帝虽修成若干册“禁毁书目”，但是“书是禁不绝的，因为有无数正直、公平的读者的保护”。[1] 接着黄裳就开始从历史上寻找禁而不绝的图书：韦庄的《秦妇吟》、山阴祁氏澹生堂的藏书、《城守筹略》《今乐府》、清代汪景祺的《西征随笔》、三十年代马列主义书籍等等。种种鲜为人知的禁书书目、种种淹没在历史长河中的史实被黄裳信手拈来，不温不火地一一展示在读者面前。读者在频频点头之际能够清楚地体会到禁书不绝，感受到作家于其中传达的意味。隽永的笔调带来了余味无穷的阅读效果，视线中依稀出现的黄裳似是一位老名士在历数家常，有白头宫女话当年的感觉。

但是在轻声细语、娓娓而谈的同时，我们又常能遇到如火一样激烈的文字。在《不死英雄——关于张缙彦》一文中，黄裳在文章开篇初就自杀和气节的问题直接鲜明地表明了自己的观点：

> 明清易代之际是个“天翻地覆”的大时代，没有谁可以逃脱时代的考验。因为种种特殊的原因，知识分子遇到的考验是特别残酷的，封建道德的威力在他们身上显示得特别严厉而强大，个人与“天地君亲师”之间的关系都要求处理得符合标准。这很有点像作茧自缚或作法自毙。读书人平常爱说大话，要求别人极为严格，在发表意见和作文章时提出了许多“高标准”，现在轮到自己接受测验了，

[1] 黄裳：《谈禁书》，《书之归去来》，中华书局，2008 年版，第 26 页。

于是就有很多人出了丑。[1]

譬如气节问题，就不妨试用宏观和局部两种观察方法具体分析处理，而分别得出恰当的结论。向敌国、敌人投降是“民族气节”的问题；向“四人帮”卖身投靠、写效忠信，虽然不关“民族气节”，但到底也是一种气节问题。我们什么时候都不能在这个问题上让步，搞灵活性。推而广之或等而下之，今天说东，明天说西，见风使舵，绝无情操，在这样人身上也有个气节问题。与汉奸、叛徒相比，程度固然有大学与小学之分，走的却是同一条路子，危害也不小。[2]

以上两段文字直指知识分子在面对社会出现大变动时的选择，指出持守气节的重要性。文字激越、气势逼人，充满了杂文具有的凌厉之气。对此，黄裳曾谈道：“鲁迅先生的有些文字，如‘病后杂谈’、‘题未定草’，真是嘻笑怒骂，各极其致，如此写来才顺手。因而悟到，散文与杂文之间，其实并无一条分明的鸿沟。我一直坚持着这看法，直到写《榆下说书》那样的读书记时，也还使用着同样的手法。从此，我笔下的文字是散文还是杂文就很不容易分别了。”[3]

黄裳在《我的集外文》中不满意有研究者提出的“周作人传统”的存在，并且对周作人的博览提出了异议：“其实，无论怎样高名的大师宿儒，其学养都有其局限，切不可持盲目崇

[1] 黄裳：《不死英雄——关于张缙彦》，《榆下杂说》，安徽教育出版社，2006年版，第12页。

[2] 黄裳：《不死英雄——关于张缙彦》，《榆下杂说》，安徽教育出版社，2006年版，第13页。

[3] 黄裳：《寻找自我》，《海上乱弹》，文汇出版社，2005年版，第4页。

拜的态度。”[1] 这是黄裳针对论者对于周作人的博览佩服得五体投地而发的。他认为就中国古文献的浩瀚来讲，周作人不过是“读书的方面较宽、见书较多而已”。[2] 而且，知堂晚年读的多为清人笔记，多数没什么价值。对于明清易代的作品，“他见过的寥寥数种而已”。[3] 能够对周作人作出这样清醒的评价，一方面可以说是掌握了比周作人更多的资料才敢下如此定语；另一方面更是黄裳独立人格、思想的体现。这也分明继承了鲁迅先生的衣钵。再如他的“拟书话”之作，谈的都是关于新文学以来的书籍，但是他所涉及的内容更多一些，介绍也更详细一些。他往往抑制不住情感、情绪，把个人的经历和愤懑传达了出来。较之唐弢的书话写作，更多了些情绪在其中。唐弢的写作则更沉静些，更多些学术气。黄裳对自己文体的看法，在给李辉的信中说道：“其实我所写只是散文，只是因时地之异，采取不同方法而已。又我不信散文杂文之间有不可逾越之鸿沟，亦是一因。”[4] 在细读了黄裳的书话类作品后，笔者感到黄裳骨子里是杂家，而在表面上又是一个闲家。文字是周作人式的，灵魂是鲁迅的，是二者的结合体。

同时，在黄裳的书话中体现出强烈的情感的蕴藉。书话文学性的表现之一是情感。在书话作品中，作家要传达出个体的真情。与抒情性的散文不同，书话的主要表现手法是叙事，因

[1] 黄裳：《我的集外文》，《海上乱弹》，文汇出版社，2005年版，第218页。

[2] 黄裳：《我的集外文》，《海上乱弹》，文汇出版社，2005年版，第217页。

[3] 黄裳：《我的集外文》，《海上乱弹》，文汇出版社，2005年版，第217页。

[4] 黄裳致李辉的信，2002年7月28日。《来燕榭书札》，大象出版社，2004年版，第178页。

此作家所抒发的感情常常是通过相关书籍的掌故和书籍知识传达出来的。黄裳的书话之所以耐读，其重要原因之一就是其中浓厚的书卷气和学者气，在书卷气和学者气之间他所传递的情感通过一本本书渗透出来。可以说，在黄裳的书话中，没有感情的直接宣泄，而资料所具有的内容和对资料的组合运用为情感的抒发承载起极大的空间。在黄裳讲述的一个个与书相关的故事中，在他掌握了充分资料之后展示的历史真实中，读者的情绪会不由自主地随着黄裳情感的起伏而起伏，尽情体会到散文的魅力。所以有论者认为黄裳的文章“深情而不抒情，从文章本身来说，就构成一种内部的张力。这种张力是很能够打动人的”。[1]

[1] 张新颖：《黄裳文章》，《爱黄裳》，上海书店出版社，2008年版，第99页。

结语：不是结束的结束

在对书话作了整体和作家的个案研究之后，笔者愈益感到进行书话研究之有益及必要。

在现代文学历史上，那么多的作家、学者贡献了多少文字，其中又有多少是和书籍有关的呀。从最基本的角度说，作为作家、学者，阅读书籍是其生活、工作的重要组成部分。更不必说，有多少人是以书籍为自己生命相许之物。在写作的过程中，笔者越来越感觉到研究落实到文字的谈书之文，是深入探讨一个作家、学者人性、学理的重要门径。本书中，笔者尝试着谈了阿英、郑振铎、周作人、唐弢、孙犁、黄裳等人的书话作品。但是在这些人物之外，还有一大批颇具魅力的人物没有涉及。比如历史学家谢国桢的谈书人、书事的小品类文章，比如郁达夫的卖文买书，比如林语堂的读书心得，比如当代一些作家的书话作品，等等。

书话的整体性研究还需进一步深入。本书探讨了书话的源头，对于从古代的目录、藏书题跋如何发展到现代书话，其中的流脉还需进一步梳理。书话在某种程度上被认为是版本学的组成，它对文学史的发展贡献良多。同时，笔者也深切地感受到，对于一些作家来说，书话是大手写小文的实践，而这小文反映、折射的又是大世界。也就是说，书话体现出的文化功能不容小觑。如鲁迅对现实、历史问题的深入思考很多是通过书话类文字表现出来的；周作人对西洋童话的介绍反映出他对儿童的关切；郑振铎、阿英等在东西方文化的碰撞中显示出的文化选择意识的高度自觉等。具体到一个小问题，比如对禁书的谈论。面对的是书籍的历史、文学发展过程中的状况，但是其后面政治、社会的因素却是起决定作用的。作家对此问题关注，就不会仅局限于文学本身，而必须要关注、考察当时的政局、历史的流程等等更重大、严肃的问题。

关照历史是为了以史为镜。研究历史的目的不仅在于历史本身，我们更希望从历史中得到经验、教训，从而能对当下的社会、文化生活给予借鉴，引发警醒。作为一种与传统关系密切的文类，书话的写作不只是文体、创作模式的传承，也应该有书话所体现的内核和本质，即对书籍的重视、热爱、对学问的精益求精在其中。在写作过程中，笔者时时感到随着经济的发展、人心的浮躁，现代传媒对传统出版业和书籍造成的冲击越来越大。当笔者汲汲于探求每一本具体的书籍时，网络带来的无纸化、出版迅速发展带来的版本无话可说却越来越成为一个无法回避的现实。仅以 2005 年人民文学出版社新版的《鲁迅全集》来看。新版的《全集》封面采用硬皮包装，统一为一种亮灰色调，感觉还可以。但是书页却采用了大白纸。不仅纸质换了，而且可能是为了阅读视觉的方便，行间距也加大了很多。将之与 1981 年版的《全集》对照，1981 年版的书页呈现一种暗黄色，字体比较小，排版也紧密一些，但是仅翻阅就会有一种厚重的历史感。这可能是笔者的个人所见。

在这样的现实冲击下，总结、展望近一个世纪书话的发展显得尤其重要，也期待着更多的研究和探索继续下去。

附录：现代书话类书籍概览

（注：本附录收录的是书话类的书籍。在收录时，采用的是对书话最广义的界定。基本上以出版的时间先后为序编排，个人多部著作列入第一部之后。）

一、个人著作类

周越然：《书书书》，上海中华日报社初版，1944年5月。收入《周越然书话》。

周越然：《版本与书籍》，上海知行出版社，1945年8月。

杨世骥：《文苑谈往》，上海中华书局印行，1946年版。

郑振铎：《劫中得书记》，上海古典文学出版社，1956年版。

郑振铎：《西谛书话》，生活·读书·新知三联书店，1983年10月版。

唐弢：《书话》，北京出版社，1962年版。

唐弢：《晦庵书话》，生活·读书·新知三联书店，1981年版。

陈原：《书林漫步》，上海人民出版社，1962年版。

陈原：《书林漫步续编》，生活·读书·新知三联书店，1984年版。

陈原：《书和人和我》，生活·读书·新知三联书店，1994

年版。

黄俊东:《书话集》，香港波文书局，1973 年版。

黄俊东:《克亮书话》，陕西师范大学出版社，1998 年版。

杜渐:《书海夜航》，生活·读书·新知三联书店，1980 年版。

杜渐:《书海夜航二集》，生活·读书·新知三联书店，1984 年版。

杜渐:《书痴书话》，三联书店（香港）有限公司，1992 年版。

李一氓:《一氓题跋》，生活·读书·新知三联书店，1981 年版。

黄裳:《榆下说书》，生活·读书·新知三联书店，1982 年版。

黄裳:《珠还记幸》，生活·读书·新知三联书店，1985 年版。

黄裳:《银鱼集》，生活·读书·新知三联书店，1985 年版。

黄裳:《清代版刻一隅》，齐鲁书社，1992 年版。

黄裳:《榆下杂说》，上海古籍出版社，1992 年版。

黄裳:《书之归去来》，湖北人民出版社，1997 年版。

黄裳:《来燕榭读书记》，辽宁教育出版社，2001 年版。

黄裳:《来燕榭集外文钞》，作家出版社，2006 年版。

曹聚仁:《书林新话》，生活·读书·新知三联书店，1987 年版。

曹聚仁:《书林又话》，上海书店出版社，1999 年版。

赵家璧:《编辑忆旧》，生活·读书·新知三联书店，1984 年版。

姜德明:《书叶集》，花城出版社，1981 年版。

姜德明:《书边草》，浙江人民出版社，1982 年版。

姜德明:《余时书话》，四川文艺出版社，1992 年版。

姜德明:《书摊梦寻》，北京燕山出版社，1996 年版。

姜德明:《梦书怀人录》，汉语大词典出版社，1996 年版。

姜德明：《文林枝叶》，山东画报出版社，1997年版。

姜德明：《书香集》，华夏出版社，1997年版。

姜德明：《文苑漫拾》，宁夏人民出版社，1999年版。

姜德明：《闲人闲文》，湖南文艺出版社，2000年版。

姜德明：《书衣百影续编》，生活·读书·新知三联书店，2001年版。

姜德明：《猎书偶记》，大象出版社，2002年版。

姜德明：《书叶丛话——姜德明书话集》，北京图书馆出版社，2004年版。

胡从经：《拓园草》，湖南人民出版社，1982年版。

黄天骥：《冷暖集》，花城出版社，1983年版。

倪墨炎：《鲁迅与书》，天津人民出版社，1984年版。

倪墨炎：《现代文坛偶拾》，学林出版社，1987年版。

倪墨炎：《现代文坛短笺》，学林出版社，1994版。

倪墨炎：《现代文坛灾祸录》，上海书店出版社，1997年版。

倪墨炎：《现代文坛内外》，汉语大词典出版社，1998年版。

［美］董鼎山：《书·人·事 二集》，中国友谊出版公司，1986年版。

［美］董鼎山：《西边书窗》，生活·读书·新知三联书店，1997年版。

［美］董鼎山：《纽约客书林漫步》，百花文艺出版社，2001年版。

奚春年：《书趣》，广西人民出版社，1986年版。

冯亦代：《听风楼书话》，浙江文艺出版社，1988年版。

冯亦代：《美国文艺书话》，中国社会科学出版社，1998年版。

黄继持：《寄生草》，三联书店（香港）有限公司，1989年版。

王玉国：《镇江书话》，南京大学出版社，1991年版。

徐雁：《秋禾书话》，书目文献出版社，1994年版。

徐雁：《沧桑书城》，岳麓书社，1999年版。

李庆西：《书话与闲话》，浙江文艺出版社，1991年版。

李庆西：《人间书话》，新疆人民出版社，1997年版。

梁永：《雍庐书话》，南京大学出版社，1993年版。

梁永：《咏苏斋书话》，陕西师范大学出版社，1998年版。

陈子善：《学人书话》，文汇出版社，1995年版。

陈子善：《捞针集——陈子善书话》，浙江人民出版社，1997年版。

陈子善：《文人事》，浙江文艺出版社，1998年版。

陈子善：《生命的记忆》，上海教育出版社，1998年版。

王三山：《文人书趣》，武汉大学出版社，1994年版。

茅盾著，丁尔纲编：《茅盾序跋集》，生活·读书·新知三联书店，1994年版。

杨栋：《荫园书话》，山西高校联合出版社，1995年版。

邓云乡：《水流云在书话》，上海书店出版社，1996年版。

王伟瀛：《书边走笔》，吉林人民出版社，1996年版。

施蛰存：《卖糖书话》，湖南人民出版社，1997年版。

王尧：《询问美文》，山东画报出版社，1997年版。

钟叔河编：《知堂书话》，海南出版社，1997年版。

梁启超著，周岚、常弘编：《饮冰室书话》，时代文艺出版社，1998年版。

黎先耀主编：《书林佳话》，重庆出版社，1998年版。

黎先耀主编：《读书美谈》，重庆出版社，1998年版。

肖复兴：《书边絮语》，广东旅游出版社，1998年版。

洪帆、黎东：《书装书话》，江苏教育出版社，1998年版。

谢国桢：《瓜蒂庵小品》，北京出版社，1998年版。

谢国桢：《江浙访书记》，上海书店出版社，2004 年版。

马旷源：《雁峰书话》，云南教育出版社，1999 年版。

王晓建编：《流寓他乡记淘书》，中国文史出版社，1999 年版。

王晓建编：《逛旧书店淘旧书》，中国文史出版社，2001 年版。

曹正文：《米舒书话》，江苏教育出版社，2000 年版。

［清］叶昌炽撰，王锷、伏亚鹏点校：《藏书纪事诗》，北京燕山出版社，1999 年版。

［清］张之洞撰：《书目答问补正》，北京燕山出版社，1999 年版。

邹韬奋：《韬奋书话》，学林出版社，2000 年版。

周劭：《向晚漫笔》，上海古籍出版社，2000 年版。

来新夏：《来新夏书话》，台北学生书局，2000 年版。

尤廉：《向隅而读》，作家出版社，2000 年版。

余中先：《左岸书香》，中国电影出版社，2000 年版。

何频：《鲜活的书话》，海燕出版社，2001 年版。

傅杰：《聆嘉声而响和》，华东师范大学出版社，2001 年版。

泽熙编写：《书藏·书奇·书话》，四川人民出版社，2001 年版。

刘汉民编著：《毛泽东诗话词话书话集观》，长江文艺出版社，2002 年版。

吴道弘：《书旅集》，河北教育出版社，2002 年版。

贾植芳：《老人老事》，大象出版社，2002 年版。

张白影：《书城人事两依依》，湖南大学出版社，2003 年版。

胡维革：《格致书话》，吉林人民出版社，2003 年版。

雍容：《采采女色：闲闲书话之雍容作品集》，海南出版社，2004 年版。

朱正：《朱正书话》，北京图书馆出版社，2004年版。

陈漱渝：《鲁迅版本书话》，北京图书馆出版社，2004年版。

黄成勇：《幸会幸会 久仰久仰》，山东画报出版社，2005年版。

汪耀华编：《书道》，上海文化出版社，2005年版。

龙美光：《文脉书香》，远方出版社，2005年版。

白化文：《人海栖迟》，北京燕山出版社，2005年版。

闲闲书话：《闲读中西——天涯社区闲闲书话精选一》，上海人民出版社，2006年版。

闲闲书话：《闲谈书事——天涯社区闲闲书话精选二》，上海人民出版社，2006年版。

闲闲书话：《书人闲话——天涯社区闲闲书话精选三》，上海人民出版社，2006年版。

王涵：《风雨读书声——王涵随笔书话选》，中国教育出版社，2005年版。

梁文道：《弱水三千——梁文道书话》，香港上书局，2006年版。

梁文道：《读者——梁文道书话Ⅱ》，香港上书局，2008年版。

洪烛：《晚上8点的阅读——与大师的精神对话》，中国社会出版社，2005年版。

罗文华：《书里画里》，天津人民美术出版社，2005年版。

王元化：《人物·书话·纪事》，人民文学出版社，2006年版。

管志华：《学灯书话》，上海人民出版社，2007年版。

阿滢：《那一树藤萝花》，知识出版社，2011年版。

阿滢：《秋缘斋书事》，中国文史出版社，2007年版。

阿滢：《秋缘斋书事续编》，中国戏剧出版社，2008年版。

阿滢：《秋缘斋书事三编》，中国文化教育出版社，2010年版。

阿滢：《秋缘斋书事四编》，北京师范大学出版社，2010年版。

阿滢：《秋缘斋书事五编》，中国文史出版社，2013年版。

阿滢：《秋缘斋书事六编》，山东画报出版社，2017年版。

彭国梁：《书虫日记》，湖南教育出版社，2007年版。

胡洪侠：《书情书色》，中华书局，2009年版。

胡洪侠：《书情书色二集》，中华书局，2010年版。

胡洪侠：《微书话》，上海人民出版社，2011年版。

赵国忠：《聚书脞谈录》，广西师范大学出版社，2008年版。

赵国忠：《春明读书记》，花城出版社，2011年版。

二、丛书类

1.《书趣文丛》，脉望主编，辽宁教育出版社，1995年起出版。

第一辑：金克木：《蜗角古今谈》

施蛰存：《沙上的脚迹》

谷林：《书边杂写》

唐振常：《饔飧集》

辛丰年：《如是我闻》

董乐山：《边缘人语》

金耀基：《剑桥与海德堡——欧游语丝》

朱维铮：《音调未定的传统》

施康强：《都市的茶客》

扬之水：《脂麻通鉴》

第二辑：谢兴尧：《堪隐斋随笔》
常风：《逝水集》
金性尧：《伸脚录》
吴小如：《书廊信步》
舒芜：《串味读书》
王佐良：《中楼集》
朱健：《潇园随笔》
思果：《偷闲要紧》
邓云乡：《水流云在琐记》
陈乐民、资中筠：《学海岸边》
第三辑：黄裳：《音尘集》
周越然：《书与回忆》
周劭：《清明集》
罗常培：《苍洱之间》
宋春舫等：《欧游三记》
谢国桢：《瓜蒂庵文集》
叶秀山：《愉快的思》
杨泓、孙机：《寻常的精致》
董桥：《书城黄昏即事》
郑异凡：《天鹅之歌》
第四辑：赵园：《独语》
吴方：《斜阳系缆》
李零：《放虎归山》
黄梅：《不肯进取》
葛兆光：《考磐在涧》
李庆西：《寻找手稿》
陈平原：《阅读日本》

刘东：《浮世绘》
汪晖：《旧影与新知》
王振忠：《斜晖脉脉水悠悠》
第五辑：费孝通：《往事重重》
胡绳：《品评录》
饶宗颐：《文化之旅》
高伯雨：《听雨楼随笔》
方平：《谦逊的真理》
钱伯城：《观景楼杂著》
丁伟志：《无树有巢》
龚育之：《大书小识》
冯世则：《十二楼集》
王充闾：《面对历史的苍茫》
第六辑：陈玲：《临界线上的徘徊》
童元方：《一样花开》
梁想：《再见了，白山君》
黄子平：《边缘阅读》
南方朔：《语言是我们的居所》
李长声：《东游西话》

2.《现代书话丛书》，姜德明主编，北京出版社，1996年起出版。

第一辑：孙郁选编：《鲁迅书话》
黄乔生选编：《周作人书话》
郑尔康选编：《郑振铎书话》
钱璎、钱小惠选编：《阿英书话》
纪申选编：《巴金书话》
杨义选编：《唐弢书话》

金梅选编：《孙犁书话》

黄裳选编：《黄裳书话》

第二辑：李子云、林缦选编：《夏衍书话》

曹雷选编：《曹聚仁书话》

张晓风选编：《胡风书话》

小思选编：《叶灵凤书话》

陈原选编：《陈原书话》

姜德明选编：《姜德明书话》

倪墨炎选编：《倪墨炎书话》

胡从经选编：《胡从经书话》

3.《书友文丛》，倪墨炎主编，汉语大词典出版社，1996 年起出版。

夏衍：《风雨故人情》

陈四益文，丁聪绘：《瞎操心》

刘心武：《边缘有光》

陈平原：《书生意气》

姜德明：《梦人怀书录》

于光远：《朋友和朋友们的书初集》

贾植芳：《暮年杂笔》

金性尧：《不殇录》

蒋星煜：《文坛艺林知见录》

李辉：《深酌浅饮》

邓伟志：《人比雀儿累》

唐振常：《轻俗集》

陈思和：《豕突集》

牧惠：《且闲斋杂俎》

洪丕谟：《读书是福》

倪墨炎：《现代文坛内外》

蓝英年：《寻墓者说》

何满子：《纱聚塔》

4.《读译文丛》，中央编译出版社，1997年版。

林斤澜：《独轮车轮》

唐达成：《书林拾叶》

5.《书话与闲话丛书》，新疆人民出版社，1997年版。

徐城北：《紫禁来归》

吴亮：《闲聊时代》

李国文：《闲话三国》

6.《今人书话系列》，绿林书房主编，浙江人民出版社，1997年版。

《作壁上观——葛兆光书话》

《漫卷诗书——陈平原书话》

《沉入词语——南帆书话》

《尚在旅途——吴方书话》

《第二壶茶——施康强书话》

《终朝采绿——扬之水书话》

《酿一碗怀旧的酒——恺蒂书话》

《冬夜小札——刘绪源书话》

《太阳消失之后——王晓明书话》

《捞针集——陈子善书话》

《被遗忘与被批评的——朱学勤书话》

《天地玄黄——葛剑雄书话》

7.《近人书话系列》，钱谷融主编，浙江人民出版社，1998年版。

曹伯言、曹扬编：《胡适书话》

李庆西标校：《叶德辉书话》

绿林书房辑校：《梁启超书话》

陈子善编：《林语堂书话》

陈子善编：《周越然书话》

陈子善编：《刘半农书话》

印永清辑、魏得良校：《顾颉刚书话》

来凤仪编：《郁达夫书话》

劳舒编校：《王国维书话》

孔繁荣、刘凌编：《蔡元培书话》

吴俊标校：《林琴南书话》

张先觉编：《刘师培书话》

8.《华夏书香丛书》，蔡玉洗、徐雁主编，陕西师范大学出版社，1998年版。

第一辑：周越然：《言言斋书话》

王辛笛：《夜读书记》

梁永：《咏苏斋书话》

黄俊东：《克亮书话》

高信：《常荫楼书话》

薛冰：《止水轩书影》

张放：《叹凤楼枕书录》

徐雁：《雁斋书灯录》

王稼句：《栎下居书话》

徐鲁：《黄叶村读书记》

第二辑：韦明铧：《醉堂走笔》

古远清：《隔海说书》

隐地：《尔雅堂书事》

黄成勇：《佣书斋随笔》

陈学勇：《未名园夜读》

潘芜：《惜书斋书影》

杨栋：《梨花村读书记》

李福眠：《天钥楼访书录》

张志强：《面壁斋研书录》

徐重庆：《人间过路书斋札记》

9.《经典丛话》，江西教育出版社，1998 年版。

施康强：《塞纳河的沉吟——法国书话》

熊玉鹏：《自新大陆放飞——美国书话》

刘乃银：《泰晤士河畔智慧——英国书话》

徐玉明：《幽香的番石榴——拉美书话》

秦弓：《富士山风韵——日本书话》

陈建华：《凝眸伏尔加——俄苏书话》

叶廷芳：《悠悠莱茵河——德国书话》

10.《新世纪万有文库》，辽宁教育出版社，1998 年版。

邓之诚：《桑园读书记》

董康：《书舶庸谭》

周越然等著：《蠹鱼篇》

唐德刚：《书缘与人缘》

[美] 约翰 · 温特里奇著，胡丹等译：《书与人》

11.《世界名人书话系列》，郑克鲁主编，上海三联书店，1999 年版。

王志耕编选，王志耕、张福堂等译：《托尔斯泰读书随笔》

张介明译：《王尔德读书随笔》

[英]J. 拉斯金著，王青松等译：《拉斯金读书随笔》

[英] 劳伦斯著，陈庆勋译：《劳伦斯读书随笔》

[英] 罗曼 · 罗兰著，郑克鲁译：《罗曼 · 罗兰读书随笔》

12.《读书台笔丛》，徐雁主编，江苏教育出版社，2001 年版。

李福眠：《天钥书屋散札》

张志强：《面壁斋研书录》

周维强：《书林意境》

徐雁：《书房文影》

徐雁平：《书海夜泊》

陈学勇：《浅酌书海》

韦明铧：《醒堂书品》

董健：《跬步斋读思录》

王振羽：《漫卷诗书》

薛冰：《淘书随录》

13.《台港名家书话文丛》，陈子善主编，云南人民出版社，2002 年版。

吴文兴：《书痴闲话》

小思：《书林撷叶》

黄俊东：《猎书小记》

庄信正：《异乡说书》

陈黎：《百科全书之恋》

黄碧端：《书乡长短调》

14.《六朝松随笔文库》，雷雨、秋禾主编，东南大学出版社，2002 年版。

龚明德：《昨日书香》

薛冰：《金陵书话》

王稼句：《秋水夜读》

潘树广：《学林漫笔》

陈子善：《海上书声》

徐重庆：《文苑散叶》

徐雁：《开卷余怀》

白化文：《承泽副墨》

薛原：《滨海读思》

王振羽：《书卷故人》

15.《插图本 新书话》，许觉民、陈祥主编，中共中央党校出版社，2002 年版。

张中行：《开卷集》

萧乾：《心的解读》

阎纲：《书生意气》

袁鹰：《书窗碎影》

姜德明：《守望冷摊》

陈丹晨：《美和死亡》

洁泯：《读而未竟》

王蒙：《感悟与献疑》

谢冕：《燕园问学》

16.《读书风景文丛》，朱晓剑、朱姝主编，天地出版社，2012 年版。

安武林：《读书如同玩核桃》

王国华：《书中风骨》

夏春锦：《悦读散记》

黄岳年：《弱水西流集》

周立民：《五味子》

葛筱强：《雪地书窗》

买超：《枕边书》

向敬之：《现场与背后》

谷雨：《拙书堂闲话》

王淼：《左手新书 右手旧书》

阿滢：《秋缘斋读书记》

黄涌：《杯水集》

姜晓铭：《积树居话书》

潘小娴：《闲敲棋子落灯花》

理洵：《与书为徒》

孟庆德：《信手拈书》

兰楚：《书的故事》

朱晓剑：《书式生活》

参考书目

一、著作类

鲁迅：《古籍序跋集 译文序跋集》，《鲁迅全集》第10卷，人民文学出版社，1981年版。

孙郁选编：《鲁迅书话》，北京出版社，1996年版。

朱正编：《鲁迅书话》，海南出版社，1998年版。

钟叔河编：《知堂书话》，岳麓书社，1986年版。

钟叔河编：《知堂书话》，海南出版社，1997年版。

钟叔河编订：《知堂序跋》，中国人民大学出版社，2004年版。

黄乔生选编：《周作人书话》，北京出版社，1996年版。

唐弢：《书话》，北京出版社，1962年版。

唐弢：《晦庵书话》，生活·读书·新知三联书店，1980年版。

唐弢：《唐弢文集》，社会科学文献出版社，1995年版。

杨义选编：《唐弢书话》，北京出版社，1997年版。

孙犁：《耕堂读书记》，百花文艺出版社，1989年版。

孙犁：《书林秋草》，生活·读书·新知三联书店，1983年版。

孙犁：《耕堂序跋》，湖南人民出版社，1988 年版。

孙犁：《孙犁文集》，百花文艺出版社，1992 年版。

金梅选编：《孙犁书话》，北京出版社，1996 年版。

钱璎、钱小惠选编：《阿英书话》，北京出版社，1996 年版。

郑振铎：《西谛书话》，生活·读书·新知三联书店，1983 年版。

郑尔康选编：《郑振铎书话》，北京出版社，1996 年版。

郑振铎撰，吴晓玲整理：《西谛书跋》，文物出版社，1998 年版。

纪申选编：《巴金书话》，北京出版社，1997 年版。

黄裳：《黄裳书话》，北京出版社，1996 年版。

黄裳：《银鱼集》，生活·读书·新知三联书店，1985 年版。

黄裳：《榆下说书》，安徽教育出版社，2006 年版。

黄裳：《榆下杂说》，安徽教育出版社，2006 年版。

黄裳：《春夜随笔》，安徽教育出版社，2006 年版。

黄裳：《拾落红集》，安徽教育出版社，2006 年版。

黄裳：《来燕榭集外文钞》，作家出版社，2006 年版。

黄裳：《书之归去来》，中华书局，2008 年版。

黄裳：《翠墨集》，安徽教育出版社，2006 年版。

黄裳：《来燕榭读书记》，辽宁教育出版社，2001 年版。

黄裳：《来燕榭书札》，大象出版社，2004 年版。

黄裳：《海上乱弹》，文汇出版社，2005 年版。

黄裳：《梦雨斋读书记》，岳麓书社，2005 年版。

曹雷选编：《曹聚仁书话》，北京出版社，1998 年版。

曹聚仁：《我与我的世界》，人民文学出版社，1983 年版。

曹聚仁：《书林新话》，生活·读书·新知三联书店，1987 年版。

曹聚仁：《书林又话》，上海书店出版社，1999 年版。

曹聚仁：《文坛五十年》，东方出版中心，1997 年版。

小思选编：《叶灵凤书话》，北京出版社，1998 年版。

叶灵凤：《读书随笔》，生活·读书·新知三联书店，1988 年版。

姜德明：《余时书话》，四川文艺出版社，1992 年版。

姜德明：《姜德明书话》，北京出版社，1997 年版。

姜德明：《姜德明序跋》，东南大学出版社，2003 年版。

杜渐：《书海夜航》，生活·读书·新知三联书店，1980 年版。

杜渐：《书海夜航二集》，生活·读书·新知三联书店，1984 年版。

陈平原：《漫卷诗书——陈平原书话》，浙江人民出版社，1997 年版。

陈子善：《捞针集——陈子善书话》，浙江人民出版社，1997 年版。

徐雁：《秋禾书话》，书目文献出版社，1994 年版。

徐雁：《中国旧书业百年》，科学出版社，2005 年版。

［清］黄丕烈著，潘祖荫辑，周少川点校：《士礼居藏书题跋记》，书目文献出版社，1989 年版。

叶德辉：《书林清话 书林余话》，岳麓书社，1999 年版。

［清］钱曾撰，丁瑜点校：《读书敏求记》，书目文献出版社，1984 年版。

黄俊东：《猎书小记》，云南人民出版社，2002 年版。

邓之诚：《桑园读书记》，辽宁教育出版社，1998 年版。

谢国桢：《瓜蒂庵小品》，北京出版社，1998 年版。

谢国桢：《江浙访书记》，上海书店出版社，2004 年版。

杨世骥：《文苑谈往》，中华书局，1945 年版。

瞿光熙：《中国现代文学史札记》，上海文艺出版社，1984 年版。

陈原：《书林漫步》，上海人民出版社，1962 年版。

陈原：《人和书》，生活 · 读书 · 新知三联书店，2006 年版。

胡从经选编：《胡从经书话》，北京出版社，1998 年版。

倪墨炎选编：《倪墨炎书话》，北京出版社，1998 年版。

李一氓：《一氓题跋》，生活 · 读书 · 新知三联书店，1981 年版。

伦明著，雷梦水校补：《辛亥以来藏书纪事诗》，上海古籍出版社，1990 年版。

林辰：《鲁迅传》，福建人民出版社，2004 年版。

倪墨炎：《鲁迅与书》，天津人民出版社，1984 年版。

曹聚仁：《鲁迅评传》，复旦大学出版社，2006 年版。

［英］卜立德著，陈广宏译：《一个中国人的文学观——周作人的文艺思想》，复旦大学出版社，2001 年版。

钱理群：《周作人传》，北京十月文艺出版社，1990 年版。

刘绪源：《解读周作人》，上海文艺出版社，1994 年版。

郭志刚：《孙犁评传》，重庆出版社，1995 年版。

《开卷》特刊，二十一世纪全国图书连锁机构、凤凰读书俱乐部，2002 年版。

黄永玉、黄宗江、李辉、傅月庵等著，陈子善编：《爱黄裳》，上海书店出版社，2008 年版。

王成玉：《书话史随札》，河北教育出版社，2006 年版。

朱金顺：《新文学资料丛话》，河北教育出版社，2006 年版。

赵普光：《书话与现代中国文学》，人民出版社，2014 年版。

张菊香主编：《周作人年谱》，南开大学出版社，1985 年版。

孙郁：《鲁迅与周作人》，河北人民出版社，1997年版。

曹之：《中国古籍版本学》，武汉大学出版社，1992年版。

刘叶秋：《历代笔记概述》，北京出版社，2003年版。

李广宇：《书文化大观》，中国广播电视出版社，1994年版。

李广宇：《纽约寻书》，国际文化出版公司，1998年版。

来新夏：《书文化的传承》，山西古籍出版社，2006年版。

张健：《沧浪诗话研究》，（台湾）五南图书出版公司，1966年7月初版，1996年1月再版。

刘兆祐：《晁公武及其郡斋读书志》，（台湾）嘉新水泥公司文化基金会，1969年版。

张葆全：《诗话和词话》，上海古籍出版社，1983年版。

俞元桂主编：《中国现代散文理论》，广西人民出版社，1983年版。

朱世英、方遒、刘国华：《中国散文学通论》，安徽教育出版社，1995年版。

陈子善：《这些人，这些书：在文学史视野下》，湖北人民出版社，2008年版。

文汇报报史研究室编：《文汇报大事记》，文汇出版社，1986年版。

王文彬编：《中国报纸的副刊》，中国文史出版社，1988年版。

王余光主编：《藏书四记》，湖北辞书出版社，1998年版。

傅璇琮、谢灼华：《中国藏书通史》，宁波出版社，2001年版。

沈昌文：《阁楼人语：〈读书〉的知识分子记忆》，作家出版社，2003年版。

王瑶：《中国现代文学史论集》，北京大学出版社，1998

年版。

钱理群、黄子平、陈平原：《二十世纪中国文学三人谈·漫说文化》，北京大学出版社，2004 年版。

程光炜、刘勇、吴晓东、孔庆东、郜元宝主编：《中国现代文学史》，中国人民大学出版社，2007 年版。

徐柏容：《现代书评学》，苏州大学出版社，2005 年版。

郑如斯、肖东发编著：《中国书史》，书目文献出版社，1987 年版。

黄国声选注：《古代题跋选》，广东人民出版社，1986 年版。

郭预衡：《中国散文史》，上海古籍出版社，2000 年版。

储斌杰：《中国古代文体概论》，北京大学出版社，1990 年版。

姜涛：《古代散文文体概论》，山西人民出版社，1990 年版。

黄科安：《现代散文的建构与阐释》，海峡文艺出版社，2001 年版。

姚名达：《中国目录学史》，上海古籍出版社，2005 年版。

黄修己：《中国新文学史编纂史》，北京大学出版社，1995 年版。

陈平原主编：《中国文学研究现代化进程二编》，北京大学出版社，2002 年版。

杨联芬：《晚清至五四：中国文学现代性的发生》，北京大学出版社，2003 年版

徐雁、王燕均主编：《中国历史藏书论著读本》，四川大学出版社，1990 年版。

王宏志编：《翻译与创作——中国近代翻译小说论》，北京大学出版社，2000 年版。

林毓生：《中国意识的危机》，贵州人民出版社，1986 年版。

[美]韦勒克、沃伦著，刘象愚等译：《文学理论》，生活·读书·新知三联书店，1984年版。

[美]M.H. 艾布拉姆斯著，郦稚牛等译：《镜与灯：浪漫主义文论及批评传统》，北京大学出版社，1989年版。

童庆炳：《文体与文体的创造》，云南人民出版社，1994年版。

二、论文类

罗文华：《一种特殊的散文——论书话》，《天津文学》，1996年第6期。

徐雁：《书话源流与文体风范》，《出版广角》，1998年第1期。

王兆胜：《论20世纪中国书话散文》，《中国社会科学院研究生院学报》，2001年第1期。

朱金顺：《新文学书话叙考》，《中国现代文学研究丛刊》2005年第6期。

宋庆森：《现代书话世纪回眸》，《中华读书报》，2004年6月23日。

赵普光：《缱绻与决绝——现代书话的产生及其文学史意义》，南京师范大学硕士论文，2006年。